एक था डॉक्टर एक था संत

आंबेडकर-गांधी संवाद

जाति, नस्ल और 'जाति का विनाश'

AF539906

राजकमल से प्रकाशित लेखक की अन्य कृतियाँ

कथा साहित्य

मामूली चीज़ों का देवता

अपार ख़ुशी का घराना

بے پناہ شادمانی کی مملکت

कथेतर साहित्य

न्याय का गणित

आहत देश

भूमकाल : कॉमरेडों के साथ

कठघरे में लोकतंत्र

आज़ादी

एक था डॉक्टर
एक था संत

आंबेडकर–गांधी संवाद

जाति, नस्ल और 'जाति का विनाश'

अरुंधति रॉय

अनुवाद
अनिल यादव 'जयहिंद'
रतन लाल

राजकमल पेपरबैक्स

The Doctor and the Saint : The Ambedkar–Gandhi Debate
Caste, Race and Annibilation of Caste का अनुवाद

ISBN : 978-93-88933-05-6

मूल्य : ₹250

© अरुंधति रॉय
अनुवाद © अरुंधति रॉय

राजकमल संस्करण : अप्रैल, 2019
सातवाँ संस्करण : जुलाई, 2023

प्रकाशक : राजकमल प्रकाशन प्रा.लि.
1-बी, नेताजी सुभाष मार्ग, दरियागंज
नई दिल्ली-110 002
शाखाएँ : अशोक राजपथ, साइंस कॉलेज के सामने, पटना-800 006
पहली मंजिल, दरबारी बिल्डिंग, महात्मा गांधी मार्ग, प्रयागराज-211 001
वेबसाइट : www.rajkamalprakashan.com
ई-मेल : info@rajkamalprakashan.com

मुद्रक : यश प्रिंटोग्राफिक्स
ग्रेटर नोएडा-201 301 (उत्तर प्रदेश)

EK THA DOCTOR EK THA SANT
by Arundhati Roy

इस पुस्तक के सर्वाधिकार सुरक्षित हैं। प्रकाशक की लिखित अनुमति के बिना इसके किसी भी अंश को, फोटोकॉपी एवं रिकॉर्डिंग सहित इलेक्ट्रॉनिक अथवा मशीनी, किसी भी माध्यम से, अथवा ज्ञान के संग्रहण एवं पुन:प्रयोग की प्रणाली द्वारा, किसी भी रूप में, पुनरुत्पादित अथवा संचारित-प्रसारित नहीं किया जा सकता।

क्रम

भूमिका

एक था डॉक्टर एक था संत को मूल रूप से डॉ. बी.आर. आंबेडकर लिखित प्रसिद्ध लेख *जाति का विनाश* (1936) के टीका सहित संस्करण की प्रस्तावना के रूप में लिखा गया था, जो भारत में पहली बार 'नवयान प्रकाशन' द्वारा 2014 में प्रकाशित किया गया और बाद में 'वर्सो बुक्स' ने अमेरिका और इंग्लैंड से प्रकाशित किया।

जाति का विनाश एक ऐसा भाषण है जिसे भारत के एक महानतम बुद्धिजीवी आंबेडकर ने लिखा था, लेकिन यह कभी दिया न जा सका। हिन्दू सुधारवादी संस्था 'जात-पात-तोड़क मंडल' ने आंबेडकर को आमन्त्रित किया था, अपने सदस्यों को सम्बोधित करने के लिए, जो सभी 'उच्च जाति' से थे। उन्होंने लेख की अग्रिम कॉपी पढ़ने के बाद महसूस किया कि भाषण हिन्दुत्व पर ही सीधा हमला है, इसलिए यह निमंत्रण निरस्त कर दिया गया। आंबेडकर ने इस भाषण को एक पुस्तिका के रूप में *जाति का विनाश* शीर्षक से प्रकाशित करा दिया, जो बाद में ज़्यादातर छोटे दलित प्रकाशक समूहों द्वारा प्रकाशित किया जाता रहा, अनौपचारिक तौर पर वितरित किया जाता रहा, और आज तक इसकी लाखों प्रतियाँ बिक चुकी हैं। सभी साक्ष्यों से यह स्पष्ट है कि भारत में बी.आर. आंबेडकर सबसे ज़्यादा बिकने वाले और सबसे प्रिय लेखक हैं।

जाति का विनाश के प्रकाशित होने के तुरन्त बाद, विश्व में सबसे ज़्यादा सुविख्यात भारतीय, मोहनदास करम चन्द गांधी ने इस पर आपत्ति जताई। इसके उपरान्त दोनों के बीच इस मुद्दे पर एक गम्भीर सार्वजनिक बहस शुरू हुई, जो सम्भवत: भारत में अपने समय के साथ-साथ आज के समय तक सबसे अहम मुद्दा है।

इसके बावजूद, और कई अन्य कारणों से जो पाठकगण उनका लेख पढ़कर समझ सकेंगे, यह स्पष्ट हो जाएगा कि *जाति का विनाश* ऐसा लेख नहीं है जिसे स्कूलों या विश्वविद्यालयों के पाठ्यक्रमों में शामिल किया जाए।

यह किताब की दुकानों पर उपलब्ध नहीं है। न ही इस पर कोई विद्वत्तापूर्ण टिप्पणी लिखी गई और न ही इसे वह स्थान मिला जिसका यह हक़दार था। दूसरे शब्दों में, जिन लोगों को आंबेडकर सम्बोधित करना चाहते थे—विशेष रूप से 'उच्च जातियों' के 'नरमदलीय', 'सुधारवादी हिन्दू' (हालाँकि आंबेडकर मानते थे कि 'नरमदलीय' और 'हिन्दू' विशेषण में अन्तर्विरोध है), उन्होंने इसके प्रकाशन और वितरण से एक तरह से 'अलगाव' की नीति बनाए रखी। इससे वे निःसन्देह अपने शर्मनाक जातीय व्यवहार और भारतीय अपारथाईड, जातिवाद को अन्तर्राष्ट्रीय रडार से बचाए रखने में सफल रहे।

एक था डॉक्टर एक था संत वर्तमान के साथ-साथ अतीत के चश्मे से भारत में जाति के प्रचलन के प्रश्न पर विचार करता है। जाति के प्रश्न पर आंबेडकर के साथ वाद-विवाद-संवाद में गांधी के दृष्टिकोण की पृष्ठभूमि तलाशने के सन्दर्भ में मैंने उनकी कहानी में पूरी तरह से दक्षिण अफ़्रीका में उनकी राजनैतिक जागृति पर नज़र डाली है, जो अब दंतकथाओं और लोक साहित्य का विषयवस्तु बन चुकी है। मैं स्वीकार करूँगी कि जिस बड़े पैमाने पर झूठ और बेईमानी के मिथक गढ़कर उस दौर की असल कहानी के तथ्यों को धुँधला दिया गया है उससे मैं अचंभित भी रह गई और परेशान भी हुई। गांधी की वजह से उतनी नहीं जितनी उनके मिथककारों के कारण।

मुझे इसका दोषी ठहराया गया है कि प्रस्तावना में, जो अनिवार्य रूप से आंबेडकर की रचना पर है, मैंने गांधी पर बहुत ज़्यादा ध्यान केन्द्रित किया है। मैं इस आरोप की दोषी हूँ। फिर भी, आधुनिक दुनिया, विशेषकर पश्चिमी दुनिया की स्मृति में गांधी को जो असाधारण, लगभग दैवीय स्थान दिया गया है, उसकी वजह से मैंने महसूस किया कि जब तक जाति और नस्ल पर उनके अत्यन्त प्रभावशाली दृष्टिकोण को, जो मेरे ख़याल में अक्षम्य है, सावधानीपूर्वक नहीं देखा जाएगा, आंबेडकर के रोष को पूरी तरह से समझा नहीं जा सकता। और उस देश के हृदय में जो स्वयं को दुनिया का महानतम लोकतंत्र कहलाना पसन्द करता है, इस क्रूर, संस्थागत सामाजिक अन्याय को अनदेखा करने की और छिपाने की परियोजना, अबाध गति से और बिना किसी अड़चन के जारी रहेगी।

इस कहानी को बतलाने में शोध के लिए मैंने ज़्यादातर आंबेडकर और गांधी की अपनी (प्रचुर) कृतियों पर भरोसा किया है।

मार्च, 2019

—**अरुंधति रॉय**

अनुवादकीय

प्रिय पाठको,

पिछले कई दशकों से हम लोग सामाजिक न्याय आन्दोलन के कार्यकर्ता रहे हैं। सामाजिक परिवर्तन के सुनहरे स्वप्न को साकार करने के लिए हमने इस विषय की पुस्तकों को पढ़ने में भी हमेशा रुचि ली। महात्मा फुले, बाबा साहेब भीमराव आंबेडकर, पेरियार, डॉ. लोहिया, रामस्वरूप वर्मा, बाबू जगदेव प्रसाद के साहित्य को भी हमने ख़ूब पढ़ा। कांशीराम, शरद यादव के भाषणों को सुना। हमारा दृढ़ विश्वास है कि यदि भारतवर्ष को महान बनना है तो भारत के वंचितों और शोषितों को उनके जायज़ हक़ और इंसाफ़ देना ही पड़ेगा। जब तक ब्राह्मणवादी जातिवाद का विनाश नहीं होगा और हम पूँजीवाद का विश्लेषण और अधिक पैना नहीं करेंगे, इस देश में समाजी इन्क़लाब सम्भव नहीं है। और इस सब के लिए बाबा साहेब की विचारधारा को गहराई से समझना होगा। इसी सन्दर्भ में एक रोज़ हमें जानकारी मिली कि बाबा साहेब द्वारा रचित 'एनिहिलिशन ऑफ़ कास्ट' का एक नया संस्करण प्रकाशित हुआ है जिसमें सन्दर्भ टिप्पणियाँ भी हैं। इसी पुस्तक में अरुंधति रॉय का एक निबन्ध भी था, 'द डॉक्टर एंड द सेंट'। इससे पहले हमने अरुंधति रॉय की कोई पुस्तक कभी पढ़ी नहीं थी। हाँ, हमें यह जानकारी अवश्य थी कि वे कमज़ोरों के जायज़ अधिकारों की बात लिखती हैं। जब उनका लिखा निबन्ध हमने पढ़ा तो अचानक हमारे दिमाग़ में मानो सैकड़ों बत्तियाँ एक साथ जल उठीं। हम स्तब्ध और हतप्रभ थे। कैसे गांधी ने बाबा साहेब के आन्दोलनों पर और देश के दलितों, पिछड़ों के जायज़ अधिकारों पर एक साज़िश के तहत कुठाराघात किया। कैसे गांधी ने जातिवादी व्यवस्था से पीड़ित, वंचितों को चिरकाल तक स्थायी रूप से वंचित बनाए रखने के लिए अपनी जान की बाज़ी लगाकर हरचन्द कोशिशें की। दलितों,

पिछड़ों, मज़दूरों और नीग्रो के विषय में गांधी कितनी अमानवीय सोच रखते थे। कैसे उन्होंने पग-पग पर बाबा साहेब के जायज़ संघर्षों में टाँग अड़ाई। गांधी के पाखंड को थोड़ा-बहुत हम पहले भी समझते थे। लेकिन गांधी ने जातिवादी व्यवस्था को क़ायम रखने के लिए तमाम मर्यादाएँ तोड़ते हुए ऐसे तुच्छ प्रयास किए, इसका पूरा आभास हमें दशकों तक सामाजिक न्याय के क्षेत्र में काम करने के बावजूद भी नहीं हुआ था। अरुंधती रॉय ने जो तर्क रखे, सभी के सन्दर्भ और उद्धरण दिए, अपनी ओर से कुछ भी नहीं कहा।

हमारे प्यारे देश भारत में अंग्रेज़ी पढ़ने वालों की संख्या नगण्य है। हमें महसूस हुआ कि यह निबन्ध आम जन और हिन्दी पढ़ने वाले सामाजिक न्याय के कार्यकर्ताओं तक भी पहुँचना चाहिए ताकि वे भविष्य में सामाजिक न्याय की लड़ाई को और अधिक प्रभावशाली तरीके से लड़ सकें। कैसे मनुवाद के पोषक सुधारवादी का लबादा ओढ़कर सामाजिक न्याय के आन्दोलन को कुचलते हैं, यह एक आम सामाजिक कार्यकर्ता को समझना आवश्यक है। हमने अरुंधती रॉय से इस निबन्ध के हिन्दी अनुवाद की प्रार्थना की। उन्होंने तत्काल इसकी अनुमति हमें दे दी। हम हृदय की गहराइयों से उनका धन्यवाद करते हैं। अरुंधति रॉय का कहना है कि इन्क़लाबों का आगाज़ अक्सर पढ़ने से होता है। हमारा दृढ़ विश्वास है कि यह निबन्ध सामाजिक इन्क़लाब को कम-से-कम एक क़दम आगे अवश्य बढ़ाएगा।

मार्च, 2019 —**अनिल यादव 'जयहिंद'**
नई दिल्ली **रतन लाल**

एक था डॉक्टर एक था संत

एक था डॉक्टर एक था संत

जाति का विनाश लगभग अस्सी वर्ष पुराना भाषण है। एक ऐसा भाषण, जो कभी दिया न जा सका। जब मैंने इसे पहली बार पढ़ा तो लगा, मानो कोई व्यक्ति किसी घुप अँधेरे कमरे में जाए, और फिर खिड़कियाँ खोल दे। जो कुछ भी भारतवासियों को स्कूल में पढ़ाया जाता है और जो असली वास्तविकता हम हर रोज़ अपने जीवन में देखते और भुगतते हैं, उसमें एक खाई है और डॉ. भीमराव रामजी आंबेडकर का अध्ययन उस खाई के बीच एक पुल का काम करता है।

मेरे पिता एक हिन्दू परिवार से थे, जो बाद में ब्राह्म समाजी बन गए। मैं उनसे तब तक नहीं मिली, जब तक मैं बीस-बाईस साल की नहीं हो गई। मैं कम्यूनिस्ट-शासित केरल के एक छोटे से गाँव आईमनम में, एक सीरियन ईसाई परिवार में, अपनी माँ के साथ पली-बढ़ी। और फिर भी मेरे चारों ओर जाति की फटन और दरारें थीं। आईमनम में एक अलग 'परयाँ' चर्च था जहाँ 'परयाँ' पादरी एक 'अछूत' धार्मिक समूह को उपदेश देते थे। हर व्यक्ति की जाति, उसके नाम से एकदम स्पष्ट हो जाती थी। या एक-दूसरे को सम्बोधित करने के तरीक़े से, पेशे से, पहनावे से, उनकी तय की हुई शादियों से, उनकी बोली-भाषा से। इस सब के बावजूद मुझे स्कूल की किसी भी पाठ्यपुस्तक में जाति के विषय में कभी कुछ भी पढ़ने को नहीं मिला। आंबेडकर को पढ़ने से मुझे अहसास हुआ कि हमारे शैक्षणिक संसार में कितनी चौड़ी खाई है। उनको पढ़ने से यह भी साफ़ हो गया कि यह खाई क्यों है, और हमेशा क्यों रहेगी जब तक कि भारतीय समाज में कोई बुनियादी इन्क़लाबी बदलाव नहीं आ जाता।

इन्क़लाब भी आते हैं, और अक्सर इन्क़लाबों का आग़ाज़ पढ़ने से होता है।

यदि आपने मलाला यूसुफ़ज़ई का नाम सुना है लेकिन सुरेखा भोतमाँगे का नहीं, तो आप आंबेडकर को अवश्य पढ़ें।

मलाला ऐसी लड़की थी जिसकी आयु मात्र पंद्रह वर्ष थी, लेकिन तब तक वह कई 'अपराध' कर चुकी थी। पाकिस्तान की स्वात घाटी में रहती थी, बीबीसी ब्लॉगर थी, *न्यूयॉर्क टाइम्स* वीडियो में आई थी, और स्कूल जाती थी। मलाला डॉक्टर बनना चाहती थी, लेकिन उसके पिता उसे राजनेता बनाना चाहते थे। वह एक बहादुर बालिका थी। जब तालिबान ने फ़रमान जारी किया कि स्कूल लड़कियों के लिए नहीं बने हैं, अर्थात् लड़कियाँ स्कूल न जाएँ, तब मलाला ने परवाह नहीं की। तालिबान ने धमकी दी कि यदि मलाला ने उनके विरुद्ध बोलना बन्द नहीं किया, तो उसकी हत्या कर दी जाएगी। 9 अक्टूबर, 2012 को एक बन्दूक़धारी ने मलाला को स्कूल बस से नीचे घसीट लिया, और उसके सर में गोली दाग़ दी। मलाला को इंग्लैंड ले जाया गया जहाँ उसे सर्वोत्तम सम्भव चिकित्सकीय सुविधा मिली, और वह बच गई। यह एक चमत्कार ही था।

अमेरिकी राष्ट्रपति और राज्य सचिव ने मलाला को समर्थन और एकजुटता के सन्देश भेजे। विश्वविख्यात गायिका मैडोना ने उन्हें एक गीत समर्पित किया, विश्वविख्यात हॉलीवुड अभिनेत्री एंजिलिना जोली ने मलाला पर एक लेख लिखा, मलाला को नोबेल शान्ति पुरस्कार के लिए मनोनीत किया गया, *टाइम* पत्रिका के कवर पेज पर मलाला का चित्र प्रकाशित हुआ। हत्या के प्रयास के चन्द दिनों के भीतर गॉर्डोन ब्राउन, ब्रिटेन के पूर्व प्रधानमंत्री और संयुक्त राष्ट्र संघ के वैश्विक शिक्षा के विशेष दूत ने 'मैं हूँ मलाला' लोकयाचिका शुरू की जिसमें कहा गया कि पाकिस्तान सरकार सभी बालिकाओं को शिक्षा प्रदान करे। लेकिन नारीवादी अगेंदे के साथ पाकिस्तान में अमेरिकी ड्रोन हमले जारी हैं—नारीद्वेषी, इस्लामी आतंकवादियों का सफ़ाया करने के लिए।

सुरेखा भोतमाँगे चालीस वर्ष की थीं और उन्होंने भी बहुत से 'अपराध' किए थे—वे एक महिला थीं—एक अछूत, दलित महिला—और इसके बावजूद वे फटेहाल दरिद्र भी नहीं थीं। वे अपने पति से अधिक शिक्षित थीं, और इसलिए अपने परिवार की मुखिया बन गई थीं। डॉक्टर आंबेडकर उनके हीरो थे। उनकी तरह ही, सुरेखा के परिवार ने भी हिन्दू धर्म त्यागकर बौद्ध धर्म अपना लिया था। सुरेखा के बच्चे शिक्षित थे। उनके दोनों बेटे सुधीर और रोशन कॉलेज गए थे। उनकी बेटी प्रियंका सत्रह वर्ष की थी और स्कूल के अन्तिम वर्ष में थी। सुरेखा और उसके पति ने महाराष्ट्र के खैरलांजी गाँव में ज़मीन का एक छोटा-सा टुकड़ा ख़रीदा था। इस भूखंड के चारों ओर के खेत उस जाति के लोगों के थे जो स्वयं को सुरेखा की महार जाति से ऊँचा मानते थे। चूँकि वे दलित थीं, और उन्हें परम्परा के अनुसार एक सम्मानजनक अच्छा जीवन जीने का अधिकार 'नहीं'

था, इसलिए ग्राम पंचायत ने उन्हें बिजली कनेक्शन लेने की इजाज़त नहीं दी। उन्हें अपने झोंपड़े को पक्की ईंट के घर में तब्दील करने की इजाज़त भी नहीं दी गई। गाँव वाले नहर के पानी से उन्हें अपने खेतों को सींचने भी नहीं देते थे, न ही वे सार्वजनिक कुओं से पानी ले सकती थीं। और फिर, एक रोज़ गाँव वालों ने, सुरेखा के खेत के बीच में से एक सार्वजनिक सड़क बनाने की कोशिश की। सुरेखा ने इसका विरोध किया तो गाँव वालों ने उनके खेत में अपनी बैलगाड़ियाँ दौड़ा दीं। सुरेखा की पकी हुई फ़सल पर गाँव वालों ने अपने मवेशी, छोड़ दिए।

सुरेखा झुकी नहीं। उन्होंने पुलिस में शिकायत दर्ज कराई। लेकिन पुलिस ने कोई ध्यान नहीं दिया। कुछ महीने बीत गए, और फिर गाँव में तनाव अपने चरम पर पहुँच गया। उन्हें चेतावनी देने के लिए गाँव वालों ने उनके एक रिश्तेदार पर हमला करके, उसे अधमरा कर छोड़ा। सुरेखा ने पुलिस में एक और शिकायत दर्ज कराई। इस बार पुलिस ने कुछ व्यक्तियों की गिरफ्तारियाँ कीं, लेकिन अभियुक्तों को तत्काल ज़मानत पर रिहा कर दिया गया। जिस दिन उन अभियुक्तों को ज़मानत पर रिहा किया गया (29 सितम्बर, 2006), उसी शाम छह बजे, ग़ुस्से से भरे, लगभग सत्तर मर्द और औरतें, ट्रैक्टरों में बैठकर आए और भोतमाँगे के घर को घेर लिया। सुरेखा का पति भैया लाल, उस समय खेत में काम कर रहा था, उसने जब शोर सुना, तो वह घर की ओर दौड़ा। एक झाड़ी के पीछे छुपकर उसने भीड़ को अपने परिवार पर हमला करते देखा। वह फौरन नज़दीक के शहर दुसाला भागकर गया, और वहाँ एक रिश्तेदार की सहायता से पुलिस को फ़ोन करने में कामयाब रहा (आपको ऐसे सम्पर्कों की ज़रूरत होती है कि पुलिस आपका फ़ोन सुन ले)। लेकिन पुलिस नहीं आई। भीड़ ने सुरेखा, प्रियंका और दोनों बेटों को, जिनमें से एक आंशिक रूप से अंधा था, घसीटकर घर से बाहर निकाला। भीड़ ने लड़कों को आदेश दिया कि वे अपनी माँ और बहन के साथ बलात्कार करें, जब लड़कों ने यह कुकृत्य करने से साफ़ मना कर दिया तो उनके जननांगों को क्षत-विक्षत कर दिया गया, और अन्ततः भीड़ ने उनकी हत्या कर दी। सुरेखा और प्रियंका का गैंग-रेप किया गया और अन्ततः उनकी भी पीट-पीट कर हत्या कर दी गई। चारों शवों को पास की एक नहर में फेंक दिया गया, जहाँ वे अगले दिन पाए गए।[1]

सबसे पहले प्रेस ने इसे एक 'नैतिक हत्या का मामला' कहा, इशारा किया गया कि गाँव वाले नाराज़ थे क्योंकि सुरेखा के अपने एक रिश्तेदार (जिस व्यक्ति पर पहले हमला किया गया था) से नाजायज़ सम्बन्ध थे। दलित संगठनों के विरोध के बाद न्याय-व्यवस्था को मजबूरन अपराध का संज्ञान लेना

पड़ा। नागरिकों की तथ्य-खोज समितियों ने बताया कि सबूतों के साथ कैसे छेड़-छाड़ की गई और उन्हें कैसे तोड़ा-मरोड़ा गया। जब निचली अदालत ने अन्ततः निर्णय सुनाया, मुख्य अपराधियों को सज़ा-ए-मौत सुनाई गई लेकिन अनुसूचित जाति और अनुसूचित जनजाति अत्याचार निवारण अधिनियम लागू नहीं किया गया। न्यायाधीश महोदय का मानना था कि खैरलांजी की सामूहिक हत्या के पीछे बदले की भावना थी। उन्होंने कहा कि बलात्कार का कोई सबूत नहीं मिला और हत्या के पीछे कोई जातीय कोण भी नहीं था।[2] जब कोई न्यायिक निर्णय, पहले अपराध के क़ानूनी ढाँचे को कमज़ोर कर और फिर मृत्युदंड दे, तो ऐसा करके वह यह आधार दे देता है कि ऊपर की अदालत उस सज़ा को कम कर दे, या फिर उसको बिलकुल हो समाप्त कर दे। भारत में यह कोई असामान्य चलन नहीं है।[3] किसी भी अदालत द्वारा दी गई मृत्युदंड की सज़ा, चाहे वह कितने भी जघन्य अपराध के लिए क्यों न हो, न्यायसंगत नहीं ठहराई जा सकती। अदालत यदि यह स्वीकार करती कि जातीय विद्वेष आज भी भारत में एक भयानक वास्तविकता है, तो यह न्याय का एक संकेत होता। लेकिन जज ने इस पूरे प्रकरण से जाति का कोण ही ग़ायब कर दिया।

सुरेखा भोतमाँगे और उसके बच्चे एक बाजारवादी लोकतंत्र में रहते थे, इसलिए संयुक्त राष्ट्र की कोई याचिका 'मैं हूँ सुरेखा' भारत सरकार को नहीं दी गई। विभिन्न राष्ट्राध्यक्षों ने समर्थन या एकजुटता के सन्देश भी नहीं भेजे। और यह दुरुस्त क्यों न हो, आखिर तो हम नहीं चाहते कि हमारे ऊपर भी 'डेज़ी-कटर' बमबारी हो, और वह भी सिर्फ़ इसलिए कि हम जाति-व्यवस्था चलाते हैं।[4]

आंबेडकर ने पूरी हिम्मत से, जो हिम्मत आजकल के हमारे बुद्धिजीवी नहीं जुटा पाते, कहा था, "अछूतों के लिए हिन्दू धर्म सही मायने में एक नर्क है।"[5]

एक लेखक द्वारा अपने सहजीवियों के लिए, 'अछूत', 'अनुसूचित जाति', 'पिछड़ा वर्ग' और 'अन्य पिछड़ा वर्ग' जैसी शब्दावली इस्तेमाल करना ऐसा ही है जैसे किसी नर्क में जीना। लेकिन चूँकि आंबेडकर ने 'अछूत' शब्द बेहिचक और आक्रोश के साथ प्रयोग किया, इसलिए मुझे भी यह शब्द ही प्रयोग करना है। आज 'अछूत' शब्द के स्थान पर मराठी शब्द 'दलित' (कुचले हुए लोग) ने ले लिया है और यह 'अनुसूचित जाति' के पर्याय के रूप में इस्तेमाल होता है। यह एक ग़लत प्रथा है, जैसा कि विद्वान रूपा विश्वनाथ बताती हैं, क्योंकि 'दलित' शब्द में वे अछूत भी समाहित हैं जिन्होंने जाति के कलंक से बचने के लिए धर्म-परिवर्तन कर लिया। (जैसे कि मेरे गाँव के परयाँ, जो ईसाई धर्म में चले गए), जिसके बाद वे 'अनुसूचित जाति' में नहीं रहे।[6] पक्षपात की सरकारी शब्दावली

एक ऐसी भूलभुलैया है, जिसे पढ़कर लगता है, मानो यह किसी दुराग्रही नौकरशाह द्वारा फ़ाइल पर लिखी कोई टिप्पणी हो। इस सबसे बचने के लिए जब मैंने अतीत के सन्दर्भ में लिखा तो ज़्यादातर, 'अछूत' शब्द प्रयोग किया है और जब मैंने वर्तमान काल के सन्दर्भ में लिखा है तो 'दलित' शब्द का प्रयोग किया है। जब मैं उन दलितों के बारे में लिखती हूँ, जिन्होंने अन्य धर्म अपना लिये, तब मैं विशिष्ट शब्द प्रयोग करती हूँ जैसे दलित सिख, दलित मुस्लिम या दलित ईसाई।

अब मैं आंबेडकर के नर्क वाले बिन्दु पर वापस लौटती हूँ।

राष्ट्रीय अपराध रिकॉर्ड ब्यूरो के अनुसार प्रति सोलह मिनट में, एक दलित के विरुद्ध, किसी ग़ैर-दलित द्वारा अपराध किया जाता है। प्रतिदिन चार से अधिक अछूत महिलाओं का, ग़ैर-अछूत द्वारा बलात्कार किया जाता है। प्रत्येक सप्ताह तेरह दलितों की हत्या होती है और छह दलितों का अपहरण होता है। केवल 2012 में, जब दिल्ली में एक चर्चित गैंग-रेप और हत्या का मामला हुआ था,[7] 1,574 दलित महिलाओं का बलात्कार हुआ (मोटे तौर पर ऐसा माना जाता है कि दलितों पर अत्याचार और बलात्कार के केवल 10 प्रतिशत अपराधों की ही रिपोर्ट दर्ज की जाती है), और 651 दलितों की हत्या हुई।[8] और यह संख्या केवल बलात्कार और हत्याओं की है। इसमें नंगा करके बाज़ार में घुमाना, ज़बरदस्ती मानव-मल खिलाना(सचमुच),[9] भूमि पर क़ब्ज़ा करना, सामाजिक बहिष्कार, पेयजल के स्रोतों पर पाबन्दी शामिल नहीं है। इन आँकड़ों में ऐसे मामले नहीं आते जैसे पंजाब का बंत सिंह, एक दलित मज़हबी सिख,[10] 2005 में जिसके दोनों हाथ और एक पाँव काट दिए गए—सिर्फ़ इसलिए क्योंकि उसने उन लोगों के ख़िलाफ़ पुलिस में केस दर्ज कराने का दुस्साहस किया था, जिन्होंने उसकी बेटी के साथ सामूहिक बलात्कार किया था। तीन अंगों से अपंग लोगों के भी कोई अलग से आँकड़े नहीं होते।

आंबेडकर ने कहा, ''यदि किसी समुदाय द्वारा मूलभूत बुनियादी अधिकारों का विरोध किया जाता हो तो क़ानून, कोई संसद, कोई न्यायपालिका उन अधिकारों की सही अर्थों में गारंटी नहीं दे सकती है। अमेरिकी नीग्रो, जर्मनी के यहूदी और भारत के अछूतों के लिए मूलभूत अधिकारों का क्या फ़ायदा है? जैसा कि बर्क ने कहा था, भीड़ को दंडित करने की कोई विधि नहीं है।''[11]

किसी भी गाँव के पुलिसकर्मी से पूछो कि उसका क्या काम है तो वह आपको शायद यह जवाब देगा, ''शान्ति बनाए रखना।'' और अमूमन यह काम जाति-व्यवस्था बनाए रखकर किया जाता है। जबकि दलितों की आकांक्षाएँ उस 'शान्ति' को भंग करती हैं।

आंबेडकर का भाषण *जाति का विनाश* भी इसी शान्ति को भंग करता है।

***

वर्तमान समय के अन्य घृणित विद्वेष—जैसे दक्षिण अफ़्रीका का अपारथाईड (रंग-भेद), नस्लवाद, लिंग आधारित भेदभाव और धार्मिक कट्टरवाद—को राजनीतिक तथा बौद्धिक रूप से अन्तर्राष्ट्रीय मंचों से ज़ोरदार चुनौतियाँ दी गई हैं। लेकिन ऐसा क्यों है कि भारत में जाति का चलन—मानव समाज की अब तक की ज्ञात क्रूरतम ऊँच-नीच की सामाजिक व्यवस्था—इस प्रकार की समीक्षा और घोर निन्दा से बच निकलने में कामयाब रहा? ऐसा शायद इसलिए हुआ क्योंकि इसे हिन्दू धर्म में समाहित और विलीन कर दिया गया, जहाँ कितना कुछ अच्छा और दया-करुणा से भरा नज़र आता है—रहस्यवाद, अध्यात्म, अहिंसा, सहिष्णुता, शाकाहार, गांधी, योग, हिप्पी लोग और बीटल्स बैंड—कम से कम किसी बाहरी व्यक्ति के लिए इसमें ताक-झाँक करना और इसे गहराई से समझ पाना असम्भव लगता है।

समस्या और भी टेढ़ी हो जाती है जब हम देखते हैं कि रंग-भेद (अपार-थाईड) के विपरीत, जाति किसी रंग-संकेत पर आधारित नहीं है, इसलिए इसे आसानी से *'देखा'* भी नहीं जा सकता। साथ ही, रंग-भेद (अपारथाईड) के विपरीत, जाति-व्यवस्था के बहुत से जोशीले प्रशंसक मौजूद हैं, जो ऊँचे-ऊँचे पदों पर बैठे हैं। वे खुलकर तर्क देते हैं कि जाति एक सामाजिक गोंद है जो व्यक्तियों और समुदायों को बहुत ही दिलचस्प और कुल मिलाकर बहुत ही सकारात्मक तरीक़े से बाँधती और अलग करती है। और इसने भारतीय समाज को विभिन्न चुनौतियों को झेलने की ताक़त और लचीलापन दिया है।[12] जब जातिवादी हिंसा की तुलना नस्लवाद और रंग-भेद (अपारथाईड) की बुनियाद पर जारी हिंसा से की जाती है तो भारतीय सत्ता-वर्ग के चेहरे पीले पड़ जाते हैं। यही लोग दलितों पर उस समय टूट पड़े थे जब 2001 में डरबन में हुए, नस्लवाद के विरुद्ध विश्व सम्मेलन में, दलितों ने जाति का मुद्दा उठाने का प्रयास किया। इन लोगों ने कहा कि जाति हमारा 'आन्तरिक मामला' है। ये लोग जाने-माने समाजशास्त्रियों के शोध को तर्क के रूप में प्रस्तुत करते और कहते हैं कि जाति का चलन, नस्लीय भेदभाव जैसा नहीं है तथा जाति नस्ल से भिन्न है।[13] आंबेडकर भी उनसे सहमत होते। लेकिन जो तर्क सक्रिय दलित कार्यकर्ता दे रहे थे वह यह था कि हालाँकि जाति और नस्ल एक समान नहीं हैं, फिर भी एक-दूसरे से तुलनीय हैं। दोनों तरह का भेदभाव जन्म-वंश के आधार

पर लोगों को अपने निशाने पर रखता है।[14] 15 जनवरी, 2014 को मार्टिन लूथर किंग जूनियर की 85वीं जयन्ती के अवसर पर आयोजित वाशिंगटन डी सी के कैपिटोल हिल में एक आम जनसभा में अफ़्रीकी-अमेरिकी लोगों ने भारत के दलितों के लिए 'संवेदना के घोषणा-पत्र' पर हस्ताक्षर किए। इस घोषणा-पत्र में माँग की गई कि 'भारत में दलितों का उत्पीड़न तत्काल बन्द हो।'[15]

पहचान और न्याय, वृद्धि तथा विकास की मौजूदा बहसों में, कई जाने-पहचाने भारतीय विद्वानों के लिए जाति केवल एक प्रसंग-भर है, एक उपशीर्षक है और अक्सर एक फुटनोट-भर। मार्क्सवाद के वर्ग-विश्लेषण में ज़बरदस्ती इसे ठूँसकर, प्रगतिशील और वाम-झुकाव वाले बुद्धिजीवी वर्ग ने जाति को देख पाना और अधिक मुश्किल कर दिया है। यह मिटाने, अनदेखा करने की परियोजना, कई बार एक सचेत राजनीतिक कृत्य है, और कई बार उस विशेषाधिकारप्राप्त उच्च वर्ग से आता है जिसे जाति का स्वयं कोई अहसास नहीं होता, इसलिए वे ऐसा मान लेते हैं कि चेचक की तरह जाति का भी उन्मूलन हो चुका है।

***

जाति की उत्पत्ति के बारे में समाजशास्त्रियों द्वारा बहसें होती रहेंगी, लेकिन इसके सांगठनिक सिद्धान्तों को समझना मुश्किल नहीं है, जो ऊँच-नीच, 'जाति अधिकारों और कर्तव्यों' के रपटते मापक, पवित्रता और मलिनता पर आधारित हैं, और जो तौर-तरीक़े पहले थे और आज भी हैं, उन्हें आज भी लागू करने के लिए विवश और बाध्य किया जाता है। जाति के पिरामिड की चोटी पर बैठे लोगों को पवित्र माना जाता है और उनके बहुत सारे विशेषाधिकार हैं। पिरामिड के तल पर बैठे लोगों को मलिन, प्रदूषित माना जाता है, उन्हें कोई अधिकार तो नहीं हैं लेकिन ढेरों कर्तव्य ज़रूर हैं। मलिनता-पवित्रता का फ़ार्मूला, असल में पैतृक व्यवसाय और एक विस्तृत जाति-आधारित व्यवस्था से जुड़ा हुआ है। आंबेडकर ने 1916 में (उस समय उनकी आयु मात्र 25 वर्ष थी) कोलम्बिया विश्वविद्यालय के सेमिनार के लिए एक पेपर लिखा, जिसका शीर्षक था 'भारत में जातियाँ'। इसमें उन्होंने जाति की परिभाषा दी। उनके अनुसार जाति एक अन्तर्विवाही इकाई है और एक 'ख़ुद में बन्द वर्ग' है। एक अन्य अवसर पर उन्होंने इसका वर्णन इस प्रकार किया, ''एक ऐसी व्यवस्था जिसमें जितना ऊपर जाएँ उतना मान-सम्मान है, जितना नीचे खिसकें उतनी घृणा-अपमान है।''[16]

आज जिसको हम जाति-व्यवस्था के नाम से जानते हैं, हिन्दू धर्मग्रंथों में

उसे *वर्णाश्रम धर्म* या *चातुर्वर्ण* अर्थात चार वर्णों की व्यवस्था के नाम से जाना जाता है। हिन्दू समाज की लगभग चार हज़ार सजातीय विवाही जातियाँ और उपजातियाँ हैं, जिनमें प्रत्येक का एक विशिष्ट वंशानुगत व्यवसाय है, और जिन्हें चार वर्णों में बाँटा गया है—ब्राह्मण (पुजारी), क्षत्रिय (सैनिक), वैश्य (व्यापारी) और शूद्र (सेवक)। इन वर्णों के बाहर *अवर्ण* जातियाँ हैं, अति शूद्र, अवमानवीय (मनुष्य से कमतर) जिनकी अपनी अलग श्रेणी-अनुक्रम हैं—अछूत, दर्शन-अयोग्य, समीप जाने के अयोग्य—जिनकी उपस्थिति, जिनका छूना, जिनकी परछाईं भी विशेषाधिकारप्राप्त जाति के व्यक्ति को प्रदूषित कर सकती है। कुछ समुदायों में सजातीय प्रजनन से बचने के लिए, प्रत्येक सजातीय विवाही जाति को ऐसे *गोत्रों* में बाँटा गया है, जिनके अन्दर आपस में विवाह निषेध है। गोत्रेतर-विवाह का वैसी ही क्रूरता से अनुपालन कराया जाता है, जैसे विजातीय विवाह का—बड़े-बूढ़ों की सहमति से सर क़लम करके और भीड़ द्वारा पीट-पीट कर हत्या करके।[17] भारत के हर क्षेत्र ने बड़े प्रेम से जाति-क्रूरता के अपने अलग-अलग और अनूठे तरीक़ों में दक्षता हासिल कर ली है। यह अलिखित नियम-संहिता अमेरिका के नस्लवादी 'जिम क्रो' क़ानून से भी कहीं ज़्यादा बदतर है। पृथक् बस्तियों में रहने को मजबूर करने के अलावा, अछूतों पर उन सार्वजनिक मार्गों का प्रयोग निषेध था जिन्हें विशेषाधिकारप्राप्त जातियाँ प्रयोग करती थीं। दलितों को सार्वजनिक कुओं का पानी पीना मना था, वे हिन्दू मन्दिरों में प्रवेश नहीं कर सकते थे, विशेषाधिकारप्राप्त जातियों के स्कूल में उनका प्रवेश निषेध था, उन्हें अपने जिस्म का ऊपरी भाग ढकने की मनाही थी, हर प्रकार के कपड़े पहनने की उन्हें स्वतंत्रता नहीं थी, बस कुछ घटिया क़िस्म के कपड़े और आभूषण ही पहनने की उन्हें इजाज़त थी। कुछ जातियों को, जैसे महार, जिस जाति में आंबेडकर पैदा हुए थे, उन्हें अपनी कमर से झाड़ू बाँधना होता था ताकि उनके प्रदूषित पदचिह्नों पर ख़ुद-ब-ख़ुद झाड़ू लगती जाए। अन्य को अपने गले में मटकीनुमा थूकदान लटकाना होता था, ताकि उनका थूक ज़मीन पर गिरकर, ज़मीन को अपवित्र न कर दे। विशेषाधिकारप्राप्त जातियों के पुरुषों को अछूत महिलाओं के जिस्म पर अविवादित अधिकार हासिल था। प्रेम प्रदूषित करता है, लेकिन बलात्कार पवित्र है। भारत के कई हिस्सों में आज भी यह सब जारी है।[18]

उस मानवीय या दिव्य कल्पना के बारे में कहने को और क्या बचता है, जिसने इस प्रकार की सामाजिक संरचना की परिकल्पना की?

जैसे वर्णाश्रम का धर्म अपने आप में काफ़ी नहीं था, इसके साथ ही कर्मों

का बोझ भी लाद दिया गया। उन लोगों को, जिनका जन्म अधीनस्थ जातियों में हुआ, बताया गया कि उन्हें उनके पिछले जन्मों के कुकर्मों की सज़ा मिल रही है। असल में वे लोग एक तरह का कारावास भुगत रहे हैं। यदि उनके द्वारा अवज्ञा या अवमानना हुई तो उनकी सज़ा में वृद्धि हो जाएगी, जिसका अर्थ होगा पुनर्जन्म का एक और चक्र, फिर से एक अछूत या शूद्र जाति में। इसलिए बेहतर यही है कि वे अपनी सीमाओं में रहें।

आंबेडकर ने कहा, ''जाति-व्यवस्था से बढ़कर अपमानजनक सामाजिक संगठन हो ही नहीं सकता। यह एक ऐसी व्यवस्था है जो लोगों को शिथिल, पंगु और विकलांग बनाकर, उन्हें कुछ भी उपयोगी गतिविधि नहीं करने देती।''[19]

दुनिया में सर्वाधिक प्रसिद्ध भारतीय, मोहनदास करमचन्द गांधी, आंबेडकर से असहमत थे। उनका विश्वास था कि जाति, भारतीय समाज की प्रतिभा का प्रतिनिधित्व करती है। 1916 में मद्रास के एक मिशनरी सम्मेलन में दिए गए एक भाषण में उन्होंने कहा :

> जाति का व्यापक संगठन न केवल समाज की धार्मिक आवश्यकताओं को पूरा करता है बल्कि यह राजनीतिक आवश्यकताओं को भी परिपूर्ण करता है। जाति-व्यवस्था से ग्रामवासी न केवल अपने अन्दरूनी मामलों का निपटारा कर लेते हैं बल्कि इसके द्वारा वे शासक शक्ति या शक्तियों द्वारा उत्पीड़न से भी निपट लेते हैं। एक राष्ट्र जो जाति-व्यवस्था उत्पन्न करने में सक्षम हो उसकी अद्‌भुत सांगठनिक क्षमता को नकार पाना सम्भव नहीं।[20]

1921 में उन्होंने अपनी गुजराती पत्रिका 'नवजीवन' में लिखा :

> मेरा विश्वास है कि यदि हिन्दू समाज अपने पैरों पर खड़ा हो पाया है तो वजह यह है कि इसकी बुनियाद जाति-व्यवस्था के ऊपर डाली गई। जाति का विनाश करने और पश्चिमी यूरोपीय सामाजिक व्यवस्था को अपनाने का अर्थ होगा कि हिन्दू आनुवंशिक-पैतृक व्यवसाय के सिद्धान्त को त्याग दें, जो जाति-व्यवस्था की आत्मा है। आनुवंशिक सिद्धान्त एक शाश्वत सिद्धान्त है। इसको बदलने से अव्यवस्था पैदा होगी। मेरे लिए ब्राह्मण का क्या उपयोग है यदि मैं उसे जीवन-भर ब्राह्मण न कह सकूँ। यदि हर रोज़ किसी ब्राह्मण को शूद्र में परिवर्तित कर दिया जाए और शूद्र को ब्राह्मण में, तो इससे तो अराजकता फैल जाएगी।[21]

हालाँकि गांधी जाति-व्यवस्था के प्रशंसक थे, लेकिन वे यह भी मानते थे कि जातियों में ऊँच-नीच की श्रेणी नहीं होनी चाहिए। सभी जातियों को समान माना जाना चाहिए और अवर्ण जातियों, अति शूद्र को वर्णव्यवस्था के भीतर लाना चाहिए।

आंबेडकर की इस पर प्रतिक्रिया थी कि "जाति-बहिष्कृत (चंडाल) लोग जाति-व्यवस्था का ही उप-उत्पाद हैं। जब तक जाति-व्यवस्था रहेगी तब तक जाति-बहिष्कृत लोग रहेंगे। कोई भी प्रयास जाति-बहिष्कृत लोगों को बेड़ियों से मुक्त नहीं कर सकता सिवाय जाति-व्यवस्था के विनाश के।"[22]

अगस्त 1947 से अब तक साम्राज्यवादी ब्रिटिश सरकार और भारत सरकार के बीच सत्ता के हस्तांतरण को लगभग सत्तर वर्ष बीत चुके हैं। क्या जाति एक बीते ज़माने की बात है? वर्णाश्रम धर्म हमारे नव 'जनतंत्र' में अपने किस अवतार में ज़िन्दा है?

***

काफ़ी कुछ बदल गया है। भारत में एक दलित व्यक्ति राष्ट्रपति बन चुके हैं और एक दलित न्यायाधीश भी। दलित और अधीनस्थ जातियों के दबदबे वाले राजनीतिक दलों का उभार अपने आप में अद्‌भुत है और साथ ही अनेक दृष्टि से यह एक क्रान्तिकारी घटना है। इसका जो स्वरूप बना है उसमें—दलितों की एक बहुत ही छोटी, लेकिन नज़र आने वाली संख्या—अर्थात नेतृत्व ही—बहुसंख्यक दलितों के स्वप्न की ज़िन्दगी जीता है। बावजूद इसके, यदि हम अपने इतिहास को देखें, तो दलित स्वाभिमान के इस राजनीतिक उभार को सिर्फ़ एक अच्छी बात ही कहा जा सकता है। भ्रष्टाचार और सख़्ती की जो शिकायतें अक्सर बहुजन समाज पार्टी जैसी पार्टियों के बारे में की जाती हैं, वही शिकायतें पुराने राजनीतिक दलों पर इससे भी कहीं बड़े पैमाने पर लागू होती हैं, लेकिन वही आरोप जब बसपा पर लगाए जाते हैं तो उन आरोपों के स्वर में चीख़ बहुत अधिक होती है और लहज़ा, कहीं ज़्यादा तल्ख़, तीखा और अपमानजनक हो जाता है। ऐसा इसलिए कि इसका नेता कोई मायावती जैसा होता है, जो चार बार उत्तर प्रदेश की मुख्यमंत्री रही हैं—एक दलित हैं, अविवाहित महिला हैं, और दोनों बातों पर उनको फ़ख़्र है। बसपा की चाहे जो नाकामियाँ रही हों, लेकिन दलित स्वाभिमान को जगाने और बनाने में उनका योगदान ही अपने आप में एक बड़ा राजनीतिक कार्य है, जिसको कभी भी कम नहीं आँका जाना चाहिए। चिन्ता की बात यह है कि जैसे-जैसे अधीनस्थ जातियाँ संसदीय

जनतंत्र में एक ताक़त बनकर उभर रही हैं, बहुत ही चिन्ताजनक और व्यवस्थित तरीक़ों से संसदीय जनतंत्र की बुनियाद में बारूदी सुरंगें बिछाई जा रही हैं, संसदीय जनतंत्र को नाकारा बनाने के सुनियोजित प्रयास किए जा रहे हैं।

भारत किसी ज़माने में गुटनिरपेक्ष देशों के आन्दोलन का अगुआ हुआ करता था। लेकिन सोवियत संघ के बिखर जाने के बाद भारत ने अमेरिका और इज़राइल के साथ गुट बना लिया, यह कहते हुए कि ये देश हमारे स्वाभाविक मित्र हैं। 1990 के दशक से, भारत सरकार ने बहुत ही नाटकीय ढंग से आर्थिक सुधारों का पिटारा खोल दिया। पहले के संरक्षित बाज़ार के कपाट वैश्विक पूँजी के लिए खोल दिए गए। प्राकृतिक संसाधन, ज़रूरी सेवाएँ, देश का आधारभूत ढाँचा, जिसे पचास वर्षों में आम जनता के धन से विकसित किया गया था, रातोंरात निजी कॉर्पोरेट को सौंप दिया गया। बीस वर्षों के बाद, सकल घरेलू उत्पाद (GDP) की बहुत शानदार वृद्धि दर (जो अभी हाल ही में धीमी पड़ गई है) के बावजूद नई आर्थिक नीतियों का परिणाम यह हुआ कि धन का एकत्रीकरण चन्द हाथों में सिमटकर रह गया है। आज भारत के सौ सर्वाधिक धनवानों की कुल सम्पत्ति का मूल्य भारत के चर्चित सकल घरेलू उत्पाद के एक-चौथाई के बराबर है।[23] 120 करोड़ के देश में 80 करोड़ लोग 20 रुपए प्रतिदिन से भी कम में अपना जीवन जीते हैं।[24] भीमकाय कॉर्पोरेट ही असलियत में देश को चलाते हैं और देश के मालिक बन बैठे हैं। राजनीतिज्ञों और राजनीतिक दलों ने एक प्रकार से बड़े-बड़े व्यापारियों और उद्योगपतियों के सेवक के रूप में काम करना शुरू कर दिया है।

इन सब बातों का जातीय जाल-तंत्र के ऊपर क्या प्रभाव पड़ा? कुछ लोगों का तर्क है कि जाति ने भारतीय समाज के लिए एक कवच का काम किया और इसे खंड-खंड और चूर-चूर होने से बचाया है, जैसा कि पश्चिमी समाज औद्योगिक क्रान्ति के बाद हो गया था।[25] कुछ लोग इसका उलट तर्क देते हैं, वे कहते हैं कि अभूतपूर्व शहरीकरण और कार्य करने के नए वातावरण ने पुरानी व्यवस्था को झकझोर कर रख दिया है और जातीय ऊँच-नीच को यदि विलुप्तप्राय नहीं तो कम से कम महत्त्वहीन अवश्य बना दिया है। दोनों ही तर्क गम्भीरतापूर्वक ध्यान देने योग्य हैं। अब आगे आने वाले एक तरह के असाहित्यिक अन्तराल के लिए क्षमा करें, लेकिन सामान्यीकरण ठोस तथ्यों का स्थान कभी नहीं ले सकता।

अभी हाल ही में *फ़ोर्ब्स* मैगज़ीन में प्रकाशित डॉलर अरबपतियों की सूची में पचपन भारतीयों के नाम लिखे हुए हैं।[26] स्वाभाविक है कि ये आँकड़े उनके द्वारा स्वेच्छा से स्वयं बताई गई धन-सम्पत्ति के हैं। इन डॉलर अरबपतियों में भी

धन-सम्पत्ति का वितरण एक खड़ी ढलान वाले पिरामिड की तरह है, जिसमें ऊपरी दस की कुल धन-सम्पत्ति बाक़ी बचे पैंतालीस की धन-सम्पत्ति से अधिक है। ऊपरी दस में से सात वैश्य हैं, जो सब के सब विशालकाय कॉर्पोरेट के मुख्य कार्यकारी अधिकारी (सीईओ) हैं, और उनके व्यावसायिक हित पूरे विश्व के कोने-कोने में फैले हुए हैं। ये लोग मालिक हैं और संचालन करते हैं, बन्दरगाहों, खनिज-खानों, तेल-क्षेत्र, गैस-क्षेत्र, जहाज़ी कम्पनियों, दवा कम्पनियों, टेलीफ़ोन नेटवर्क, पेट्रो-केमिकल संयंत्र, एल्युमिनियम संयंत्र, सेलफ़ोन नेटवर्क, टेलीविज़न चैनल, ताज़ा खाद्य-पदार्थों के बाज़ार, फ़िल्म उत्पादन कम्पनियों, मूल कोशिका (स्टेम सेल) भंडारण प्रणाली, विद्युत् वितरण नेटवर्क, और विशेष आर्थिक ज़ोन का। ये हैं : मुकेश अम्बानी (रिलायंस इंडस्ट्रीज़ लिमिटेड), लक्ष्मी मित्तल (आर्सेलर मित्तल), दिलीप सांघवी (सन फ़ार्मास्युटिकल्स), रुइया बन्धु (रुइया समूह), कुमार मंगलम बिड़ला (आदित्य बिड़ला समूह), सावित्री देवी जिन्दल (ओ. पी. जिन्दल समूह), गौतम अडानी (अडानी समूह) और सुनील मित्तल (भारती एयरटेल)। बाक़ी पैंतालीस में से भी उन्नीस वैश्य हैं। अन्य अधिकतर पारसी, बोहरा और खत्री (सभी व्यावसायिक जातियाँ) और ब्राह्मण हैं। इस सूची में एक भी दलित या आदिवासी नहीं हैं।

बड़े उद्योगों-व्यवसायों के अलावा, बनियों (वैश्य) ने शहरों के छोटे व्यापारों पर भी मज़बूत पकड़ बना रखी है। और इसके अलावा पूरे देश के ग्रामीण साहूकारी ब्याज-बट्टे के परम्परागत धन्धे पर भी इनकी पकड़ है। जहाँ करोड़ों ग़रीब किसान और आदिवासी, जिन्हें व्यवस्था ने ग़रीबी में धकेल दिया, और वे जो मध्य भारत के सुदूर जंगलों में बसते हैं, इनके सर्पीले ऋण-जाल में फँसे हुए हैं। भारत के उत्तर-पूर्व के आदिवासी बहुल प्रदेशों—अरुणाचल प्रदेश, मणिपुर, मिज़ोरम, त्रिपुरा, मेघालय, नागालैंड और असम—ने स्वतंत्रता के पश्चात दशकों तक बग़ावत, सैन्यकरण और ख़ून-ख़राबा देखा है। इन सब के बीचोबीच मारवाड़ी और बनिया व्यापारियों ने अपना धन्धा जमा लिया। आज इस इलाक़े की तमाम आर्थिक गतिविधियों पर उनका सम्पूर्ण नियंत्रण है।

1931 की जनगणना आख़िरी जनगणना थी जिसमें जातीय जनगणना भी की गई थी। इसमें वैश्य जनसंख्या, कुल जनसंख्या की 2.7 प्रतिशत आँकी गई थी (जबकि उसी जनगणना में अछूतों की जनसंख्या 12.5 प्रतिशत थी।[27] चूँकि वैश्यों को बेहतर स्वास्थ्य सुविधा उपलब्ध है, और उनका भविष्य अधिक सुरक्षित होता है, इसीलिए उनकी जनसंख्या का आँकड़ा बढ़ने की बजाय कम ही हुआ होगा। जनसंख्या का आँकड़ा चाहे बढ़ा हो या घटा हो, नई अर्थव्यवस्था

पर उनका प्रभुत्व असाधारण है। छोटे-बड़े व्यापारों में, खेती और उद्योगों में, जाति और पूँजीवाद घुल-मिलकर एक अनोखी मिश्रित भारतीय धातु में ढल गए हैं, जो बहुत बेचैन करती है। क्रोनिज़्म (पूँजीवादियों और सरकार का परस्पर याराना) जाति-व्यवस्था के अन्दर समा चुका है।

वैश्य तो केवल उन्हीं कर्तव्यों का पालन कर रहे हैं, जिनकी ज़िम्मेदारी ईश्वरीय आदेश से उन्हें मिली है। *अर्थशास्त्र* नामक ग्रन्थ में, जो लगभग 350 वर्ष ईसापूर्व में लिखा गया, स्पष्ट लिखा है कि ब्याजखोरी वैश्य का जन्मसिद्ध अधिकार है। *मनुस्मृति* (जिसे लगभग 150 ईसवी में लिखा गया) पूरे विस्तार से एक बदलती हुई ब्याज-दर का उल्लेख करती है : ब्राह्मण के लिए 2 प्रतिशत, क्षत्रिय के लिए 3 प्रतिशत, वैश्य के लिए 4 प्रतिशत, और शूद्र के लिए 5 प्रतिशत।[28] यदि वर्ष-भर के लिए इसकी गणना की जाए तो यह ब्याज दर जहाँ ब्राह्मण के लिए 24 प्रतिशत थी, वहीं शूद्र के लिए 60 प्रतिशत थी। आज भी किसी साहूकार द्वारा किसी बेबस-लाचार किसान या मज़दूर से, 60 प्रतिशत ब्याज की वसूली एक आम बात है। यदि वे क़र्ज़ राशि को नक़द में नहीं चुका पाते, तो उन्हें 'शारीरिक ब्याज' देकर क़र्ज़ चुकाना होता है। इसका मतलब यह है कि क़र्ज़दार को पीढ़ी-दर-पीढ़ी साहूकार के लिए कठोर श्रम करना होगा, उस नामुमकिन क़र्ज़ राशि को चुकाने के लिए। अब यह बताने की ज़रूरत ही नहीं कि कोई 'नीची' जाति वाला किसी 'ऊँची' जाति वाले व्यक्ति को श्रम के लिए मजबूर नहीं कर सकता, ऐसा मनुस्मृति में साफ़-साफ़ लिखा है।

वैश्य भारतीय व्यापार को नियंत्रित करते हैं। ब्राह्मण-भूदेव (पृथ्वी के देवता) क्या करते हैं? 1931 की जातीय जनगणना इनकी आबादी 6.4 प्रतिशत बताती है, लेकिन वैश्यों की तरह और उन्हीं कारणों से शायद इनका भी प्रतिशत घटा ही होगा। 'सेंटर फ़ॉर द स्टडी ऑफ़ डेवलपिंग सोसायटीज़' (सीएसडीएस) के एक सर्वे के अनुसार एक समय में ब्राह्मणों का संसद में गैर-आनुपातिक ढंग से, ऊँची संख्या में प्रतिनिधित्व था, जो बाद में नाटकीय ढंग से घट गया।[29] क्या इसका मतलब यह निकाला जाए कि ब्राह्मणों का प्रभाव कम हो गया है?

आंबेडकर के अनुसार, ब्राह्मणों की आबादी 1948 में मद्रास प्रेसिडेंसी में मात्र 3 प्रतिशत थी, उनके पास 37 प्रतिशत राजपत्रित पद थे और 43 प्रतिशत ग़ैर-राजपत्रित पद।[30] अब कोई विश्वसनीय स्रोत नहीं है जो इस प्रवृत्ति की सही जानकारी दे सके क्योंकि 1931 के बाद इस पर पर्दा डालने की परियोजना शुरू कर दी गई। जो सूचनाएँ उपलब्ध होनी चाहिए उनके अभाव में हमें उन्हीं सूचनाओं से काम चलाना पड़ेगा जो उपलब्ध हैं। 1990 में 'ब्राह्मण पॉवर'

शीर्षक से लिखे एक लेख में खुशवंत सिंह ने कहा :

> ब्राह्मणों की जनसंख्या हमारे देश की कुल जनसंख्या में से 3.5 प्रतिशत से अधिक नहीं है लेकिन आज वे 70 प्रतिशत नौकरियों पर क़ाबिज़ हैं। मैं यह मानकर चलता हूँ कि यह आँकड़ा केवल राजपत्रित पदों का है। उपसचिव से ऊपर के उच्च प्रशासनिक पदों पर 500 में से 310 ब्राह्मण हैं यानी 62 प्रतिशत, 26 प्रदेश मुख्य सचिवों में से 19 ब्राह्मण हैं, 27 राज्यपाल और उपराज्यपालों में से 13 ब्राह्मण हैं, सर्वोच्च न्यायालय के 16 न्यायाधीशों में से 9 ब्राह्मण हैं, 330 उच्च न्यायालय के न्यायाधीशों में से 166 ब्राह्मण हैं, और 140 राजदूतों में से 58 ब्राह्मण हैं। कुल 3300 भारतीय प्रशासनिक अधिकारियों में से 2376 ब्राह्मण हैं। निर्वाचित पदों पर भी इनका प्रदर्शन इतना ही बढ़िया है। 508 लोकसभा सदस्यों में से 190 ब्राह्मण हैं, 244 राज्यसभा सदस्यों में से 89 ब्राह्मण हैं। ये आँकड़े साफ़ तौर पर सिद्ध करते हैं कि भारत के 3.5 प्रतिशत ब्राह्मण समुदाय का देश में उपलब्ध बढ़िया नौकरियों पर क़ब्ज़ा है। ऐसा कैसे हो गया, ये मुझे नहीं मालूम, लेकिन मेरे लिए यह विश्वास करना मुश्किल है कि यह सब ब्राह्मणों की कुशाग्र बुद्धि की वजह से ही हुआ है।[31]

जो आँकड़े खुशवंत सिंह ने दिए हैं, उनमें हो सकता है थोड़ी-बहुत ख़ामियाँ हों, लेकिन ये ख़ामियाँ बहुत ज़्यादा भी नहीं हो सकतीं। ये आँकड़े अब एक- चौथाई सदी पुराने हो चुके हैं। जनगणना-आधारित कुछ नई सूचनाओं से सहायता मिल सकती है, लेकिन ऐसा होता नहीं लगता।

सीएसडीएस के एक अध्ययन के अनुसार 1950 से 2000 के बीच सर्वोच्च न्यायालय में 47 प्रतिशत मुख्य न्यायाधीश ब्राह्मण थे। उसी समय-काल में सहायक जज, उच्च न्यायालय और निचली अदालतों में 40 प्रतिशत ब्राह्मण थे। पिछड़ा वर्ग आयोग की 2007 की एक रिपोर्ट के अनुसार भारत की कार्यपालिका के 37.17 प्रतिशत हिस्से पर ब्राह्मण बैठे हैं। और इनमें से ज़्यादातर उच्चतम पदों पर आसीन हैं।

मीडिया पर भी ब्राह्मणों का पारम्परिक प्रभुत्व रहा है। यहाँ भी आंबेडकर ने जो कुछ 1945 में कहा, उसकी गूँज अभी तक सुनाई दे रही है :

> अछूतों के पास अपना कोई प्रेस नहीं है। कांग्रेस की प्रेस के द्वार उनके लिए बन्द हैं, और वे दृढ़-संकल्प हैं कि अछूतों को थोड़ा-सा भी प्रचार न मिले। अछूतों का अपना प्रेस हो भी नहीं सकता, जिसके

> कारण बिलकुल स्पष्ट हैं। कोई भी प्रेस, विज्ञापन की आय के बिना ज़िन्दा नहीं बच सकती। और विज्ञापन की आय व्यापारियों से होती है। भारत में तमाम व्यापारी, बड़े और छोटे दोनों, कांग्रेस से जुड़े हैं, और किसी गैर-कांग्रेसी संगठन की तरफ़दारी कभी नहीं करेंगे। भारत में एसोसिएटेड प्रेस समाचार वितरण की एक प्रमुख संस्था है। उसका तमाम स्टाफ़ मद्रासी ब्राह्मणों से लिया गया है। वास्तव में भारत में पूरी प्रेस ब्राह्मणों के ही हाथ में है और ये लोग उन कारणों से, जो सबको मालूम हैं, कांग्रेस के पक्षधर हैं। ये लोग किसी ऐसे समाचार को प्रचारित नहीं करते जो कांग्रेस के प्रतिकूल हो। ये वो कारण हैं जो अछूतों के बस के बाहर हैं।[32]

सन 2006 में सीएसडीएस ने नई दिल्ली मीडिया के अभिजात वर्ग के सामाजिक प्रोफ़ाइल का एक सर्वे किया। इसमें दिल्ली स्थित 37 हिन्दी और अंग्रेज़ी प्रकाशनों और टीवी चैनलों के बड़े फ़ैसले लेने वाले 315 अधिकारियों का सर्वे किया गया। अंग्रेज़ी भाषा के प्रिंट मीडिया के 90 प्रतिशत निर्णयकर्ता अधिकारी और टेलीविज़न के 79 प्रतिशत अधिकारी *उच्च जाति* के पाए गए। इनमें से 49 प्रतिशत ब्राह्मण थे। 315 में से एक भी दलित या आदिवासी नहीं था, केवल 4 प्रतिशत उन जातियों के थे जिन्हें शूद्र कहा जाता है, और 3 प्रतिशत मुस्लिम थे (जिनकी आबादी कुल आबादी का 13.4 प्रतिशत है)।

तो ये हैं पत्रकार और 'मीडिया की शख्सियतें'। जिनके लिए ये लोग काम करते हैं, उन बड़े मीडिया घरानों के मालिक कौन हैं? चार सबसे महत्त्वपूर्ण राष्ट्रीय अंग्रेज़ी दैनिक समाचार-पत्रों में से तीन के मालिक वैश्य हैं और एक का ब्राह्मण परिवार। द टाइम्स समूह (बेनेट कोलमन कम्पनी लिमिटेड), भारत की सबसे बड़ी मीडिया कम्पनी (जिसकी जागीर में द *टाइम्स ऑफ़ इंडिया* और 24 घंटे चलने वाला समाचार चैनल *टाइम्स नाऊ* भी है) का मालिक एक जैन परिवार (बनिया) है। द *हिन्दुस्तान टाइम्स* के मालिक भरतिया हैं, जो कि मारवाड़ी बनिया हैं, द *इंडियन एक्सप्रेस* के स्वामी गोयनका हैं, वो भी मारवाड़ी बनिया हैं। द *हिन्दू* का स्वामित्व एक ब्राह्मण परिवार के पास है; भारत का सर्वाधिक बिकने वाले हिन्दी समाचार-पत्र *दैनिक जागरण* हिन्दी दैनिक, जिसका प्रसार साढ़े पाँच करोड़ है, का स्वामित्व कानपुर के एक गुप्ता परिवार के पास है।

सर्वाधिक प्रभावशाली हिन्दी अख़बार *दैनिक भास्कर,* प्रसार पौने दो करोड़, का स्वामित्व अग्रवाल का है, वो भी एक बनिया परिवार है। रिलायंस

इंडस्ट्रीज़ लिमिटेड (मालिक मुकेश अम्बानी, एक गुजराती बनिया) के पास 27 बड़े राष्ट्रीय एवं क्षेत्रीय टीवी चैनलों के इतने शेयर हैं कि उसका नियंत्रण हो चुका है। सबसे बड़े राष्ट्रीय टीवी समाचार और मनोरंजन नेटवर्क ज़ी टीवी नेटवर्क के मालिक सुभाष चन्द्रा हैं, और वह भी एक बनिया हैं। दक्षिण भारत में जाति का प्रकटीकरण कुछ अलग क़िस्म का है। उदाहरण के लिए ईनाडु समूह कई समाचार-पत्रों सहित दुनिया की सबसे बड़ी फ़िल्म सिटी और दर्जन-भर टीवी चैनलों तथा अन्य संस्थानों का मालिक है, और इसके मुखिया रामोजी राव हैं जो कि आन्ध्र प्रदेश की एक किसान जाति 'कम्मा' से हैं। यह स्थिति बड़े मीडिया घरानों के मालिक ब्राह्मण-बनिया होने की प्रवृत्ति से हट के है। एक अन्य बड़े मीडिया घराने, सन टीवी का स्वामी 'मारन' परिवार है जो कि 'पिछड़ी' जाति से है, लेकिन वर्तमान में राजनीतिक रूप से काफ़ी ताक़तवर है।

देश को आज़ादी मिलने के बाद, ऐतिहासिक नाइंसाफ़ियों को दूर करने के प्रयास में भारत सरकार ने एक आरक्षण नीति (सकारात्मक तरफ़दारी) विश्वविद्यालयों और सरकार द्वारा संचालित संस्थानों में उन लोगों के लिए अपनाई जो अनुसूचित जातियों और जन-जातियों में आते हैं।[33] दलितों को मुख्य-धारा में शामिल होने का एकमात्र अवसर आरक्षण से ही हासिल होता है (बेशक यह नीति उन दलितों पर लागू नहीं होती जो धर्म परिवर्तन कर गए फिर भी पहले ही की तरह भेदभाव का शिकार हैं)।

आरक्षण नीति से लाभान्वित होने के लिए दलित को कम से कम दसवीं कक्षा पास होना आवश्यक है। एक सरकारी आँकड़े के अनुसार, 71.3 प्रतिशत दलित विद्यार्थी, दसवीं पास करने से पहले ही स्कूल छोड़ देते हैं। इसका अर्थ यह हुआ कि सबसे निम्न सरकारी नौकरी के लिए भी आरक्षण प्रत्येक चार में से एक दलित पर लागू होता है।[34] सफ़ेदपोश नौकरी के लिए न्यूनतम योग्यता स्नातक की डिग्री है। 2001 की जनगणना के अनुसार दलितों की केवल 2.24 प्रतिशत आबादी ही स्नातक है।[35] आरक्षण की नीति चाहे दलितों की कितनी ही सूक्ष्म आबादी को उपलब्ध हो, फिर भी इसने दलितों को एक मौका तो दिया है सार्वजनिक क्षेत्र में जाने का, डॉक्टर, विद्वान, लेखक, जज, पुलिसवाला और प्रशासनिक अफ़सर बनने का। इनकी संख्या भले ही छोटी हो लेकिन यह वास्तविकता कि सत्ता-शक्ति की सीढ़ी के ऊपरी पायदानों पर दलित प्रतिनिधित्व मौजूद है, पुराने सामाजिक समीकरणों में बदलाव लाता है। इससे कुछ ऐसी परिस्थितियाँ बनी हैं जिनकी कुछ दशक पहले कल्पना भी नहीं की जा सकती थी, जैसे ब्राह्मण क्लर्क का किसी दलित अफ़सर के अधीन काम करना।[36]

लेकिन इस छोटे से अवसर को भी, जो दलितों ने एक लम्बे कड़े संघर्ष से प्राप्त किया है, विशेषाधिकारप्राप्त जातियों के विरोध की दीवार का सामना करना पड़ता है।

उदाहरण के लिए, अनुसूचित जाति एवं जनजाति के राष्ट्रीय आयोग की रिपोर्ट के अनुसार केन्द्रीय सार्वजनिक क्षेत्र उद्यमों के ए-ग्रेड अफ़सरों (क्षमा करें पारिभाषिक शब्द के लिए) में केवल 8.4 प्रतिशत अनुसूचित जाति से हैं, जबकि यह आँकड़ा 15 प्रतिशत होना चाहिए था।

इसी रिपोर्ट में दलित और आदिवासी के भारतीय न्यायिक सेवाओं में प्रतिनिधित्व के आँकड़े बहुत ही चिन्ताजनक हैं। दिल्ली उच्च न्यायालय के 20 जजों में एक भी अनुसूचित जाति से नहीं है, और बाक़ी न्यायिक पदों पर आँकड़ा 1.2 प्रतिशत है। इसी प्रकार के आँकड़े राजस्थान से प्राप्त हुए। गुजरात में एक भी अनुसूचित जाति का या आदिवासी जज नहीं। तमिलनाडु में, जहाँ सामाजिक न्याय के आन्दोलन की एक लम्बी विरासत रही है, अड़तीस में से केवल चार जज दलित थे। केरल में, अपनी मार्क्सवादी विरासत के बावजूद पच्चीस में से केवल एक दलित, उच्च न्यायालय का जज था।[37] यदि जेल के क़ैदियों का कोई अध्ययन किया जाए तो वहाँ यह अनुपात शायद एकदम उलटा मिले।

पूर्व राष्ट्रपति, श्री के. आर. नारायणन ने, जो स्वयं एक दलित हैं, जब यह सुझाव दिया कि अनुसूचित जातियों और आदिवासियों को (जिनकी आबादी 2011 की जनगणना में 120 करोड़ में 25 प्रतिशत आँकी गई है) सर्वोच्च न्यायालय के जजों में आनुपातिक प्रतिनिधित्व मिलना चाहिए, तो न्यायिक बन्धुओं द्वारा उनका मज़ाक़ उड़ाया गया। ''इन श्रेणियों में योग्य व्यक्ति उपलब्ध हैं, और उनके कम प्रतिनिधित्व या गैर प्रतिनिधित्व को न्यायसंगत नहीं ठहराया जा सकता,'' उन्होंने 1999 में कहा। ''न्यायपालिका में किसी भी प्रकार का आरक्षण, उसकी आज़ादी और क़ानून व्यवस्था को ख़तरा है,'' यह जवाब था सर्वोच्च न्यायालय के एक वरिष्ठ वकील का। एक अन्य हाई-प्रोफ़ाइल क़ानूनी विद्वान का कहना था, ''नौकरी में कोटा अब एक विवादग्रस्त विषय है। मेरा मानना है कि योग्यता की प्राथमिकता को बनाए रखना चाहिए।''[38]

'योग्यता' भारतीय अभिजात वर्ग का एक चुनिन्दा हथियार है, जिसने 'ईश्वरीय अधिकार' से व्यवस्था पर अपना प्रभुत्व बनाए रखा, और अपने अधीनस्थ जातियों को, विशेष ज्ञान से हज़ारों वर्षों तक वंचित रखा। अब चूँकि इस विद्वेषपूर्ण व्यवस्था को चुनौती मिल रही है, तो इसकी प्रतिक्रिया में सरकारी नौकरियों तथा विश्वविद्यालयों में आरक्षण नीति के ख़िलाफ़ जज़्बाती विरोध-

प्रदर्शन किए जा रहे हैं। धारणा यह है कि 'योग्यता' का अस्तित्व एक ग़ैर ऐतिहासिक सामाजिक शून्य में मौजूद है और यह कि वे फ़ायदे जो विशेषाधिकारप्राप्त जातियों को सामाजिक नेटवर्किंग से मिलते हैं, और अधीनस्थ जातियों के प्रति शत्रुतापूर्ण घृणा का व्यवहार कोई एक कारक ही नहीं जिस पर विचार किया जाए। सच्चाई यह है कि 'योग्यता' भाई-भतीजावाद का एक पर्याय बन चुकी है।

जवाहरलाल नेहरू विश्वविद्यालय में—जिसे प्रगतिशील समाजशास्त्रियों और इतिहासकारों का गढ़ माना जाता है—अध्यापन संकाय के केवल 3.29 प्रतिशत लोग ही दलित हैं और 1.44 प्रतिशत आदिवासी हैं[39] जबकि कोटा क्रमश: 15 प्रतिशत और 7.5 प्रतिशत है। यह स्थिति तब है जबकि यह माना जाता है कि यहाँ पिछले सत्ताइस वर्ष से लगातार आरक्षण नीति लागू है। 2010 में जब यह मुद्दा उठाया गया तो यहाँ के कुछ सेवामुक्त माननीय प्रोफ़ेसरों ने कहा कि संवैधानिक रूप से अनिवार्य आरक्षण नीति "जेएनयू को उत्कृष्टता के प्रमुख केन्द्रों में बने रहने से रोकेगी।"[40] उनका तर्क था कि यदि जेएनयू के अध्यापन संकाय के पदों पर आरक्षण लागू कर दिया गया तो, अच्छे लोग विदेशी या निजी विश्वविद्यालयों में चले जाएँगे, और वंचित वर्ग को वह विश्वस्तरीय शिक्षा नहीं प्राप्त हो पाएगी, जिसे देने में जेएनयू अब तक बहुत गर्व महसूस करता रहा है।[41] बी एन मलिक, जीव विज्ञान के प्रोफ़ेसर, खुलकर बोले, "कुछ जातियाँ आनुवंशिक स्तर पर कुपोषित हैं और उनको ज़्यादा ऊपर के पदों तक नहीं उठाया जा सकता। और यदि ऐसा कर दिया तो यह योग्यता और उत्कृष्टता को पलटने के समान होगा।"[42] वर्ष-दर-वर्ष, विशेषाधिकारप्राप्त जातियों के छात्रों ने भारत के कोने-कोने में, आरक्षण के विरुद्ध बड़ी संख्या में विरोध प्रदर्शन किए हैं।

ये खबरें तो हुईं शीर्ष की। अब ज़रा देखिए कि नए भारत के दूसरे छोर पर सच्चर समिति की रिपोर्ट हमें बताती है कि दलित और आदिवासी अब भी आर्थिक पिरामिड के सबसे निचले तल्ले पर रहते हैं, जहाँ वे हमेशा से थे, मुस्लिम समुदाय के ठीक नीचे।[43] लाखों-करोड़ों लोग जो खानों, बाँधों और अन्य ढाँचागत परियोजनाओं की वजह से विस्थापित हुए हैं, उनमें बहुसंख्या आदिवासियों और दलितों की ही है। वे बेहद कम वेतन पाने वाले कृषि श्रमिक और ऐसे कॉन्ट्रैक्ट मज़दूर हैं जो शहरी निर्माण-उद्योग में काम करते हैं। सत्तर प्रतिशत दलित कमोबेश भूमिहीन हैं। पंजाब, बिहार, हरियाणा और केरल जैसे प्रदेशों में यह आँकड़ा 90 प्रतिशत तक ऊँचा जाता है।[44]

लेकिन एक सरकारी विभाग ऐसा भी है जहाँ दलितों का प्रतिनिधित्व उनके आरक्षित स्थानों से छह गुना ज़्यादा है। वे लगभग 90 प्रतिशत हैं, जिन्हें सफ़ाई-कर्मी कहा जाता है—जो सड़कों को साफ़ करते हैं, जो गटर की गहराई में नीचे उतरते हैं और सीवेज व्यवस्था की साफ़-सफ़ाई रखते हैं, जो शौचालय साफ़ करते हैं और जो नीच-घटिया माने जाने वाले काम करते हैं, और इस प्रकार के कामों के लिए भारत सरकार द्वारा रोज़गार पर रखे जाते हैं, वे लगभग सभी दलित हैं।[45] (अब यह क्षेत्र भी निजीकरण के लिए खोल दिया गया है, जिसका मतलब है कि निजी कम्पनियाँ इसका ठेका लेकर, अब दलितों को आगे अस्थायी नौकरियाँ देंगी, और कम वेतन पर, और बिना नौकरी सुरक्षा की गारंटी के, उनसे काम लेंगी)।

मॉलों की साफ़-सुथराई की नौकरियाँ, जिनमें आधुनिक आडम्बर वाले शौचालय होते हैं, जहाँ साफ़-सफ़ाई में हाथों का प्रयोग नहीं होता। इसके विपरीत 13 लाख लोग,[46] जिनमें अधिकतर महिलाएँ हैं, अपने जीवनयापन के लिए, पारम्परिक शौचालयों, जो कि पानी के बिना काम करते हैं, की सफ़ाई करती हैं, और मानव-मल को टोकरियों में भर, सर पर उठाकर ले जाने को मजबूर हैं। हालाँकि यह क़ानून के ख़िलाफ़ है, लेकिन फिर भी भारतीय रेलवे, हाथों द्वारा काम करने वाले सफ़ाईकर्मियों का सबसे बड़ा नियुक्तिकर्ता है। इसकी 14,300 रेलगाड़ियाँ 2.5 करोड़ यात्रियों को लेकर 65,000 किलोमीटर की पटरियों पर प्रतिदिन यात्रा करती हैं। इन यात्रियों का मल-मूत्र गाड़ी के 1,72,000 शौचालयों के पाइप द्वारा सीधा पटरियों पर गिरता है। यह मल जिसकी कुल मात्रा प्रतिदिन हज़ारों टन होती होगी, दलितों द्वारा हाथों से साफ़ किया जाता है, वह भी बिना दस्तानों के, बिना किसी सुरक्षा उपकरण के।[47] हाथ से मैला ढोने वाले कर्मी के रूप में नियोजन पर प्रतिबंध तथा उनका पुनर्वास बिल, 2012 कैबिनेट द्वारा पास कर दिया गया था और सितम्बर 2013 में राज्यसभा द्वारा भी पास कर दिया गया था, लेकिन रेलवे ने अब तक इसे नज़रअन्दाज़ ही किया है। गहराती हुई ग़रीबी और लगातार ग़ायब होती हुई सरकारी नौकरियों के चलते, दलितों के एक भाग को मल साफ़ करने के अपने स्थायी सरकारी वंशानुगत रोज़गार की जमकर रक्षा करनी पड़ रही है, रोज़गार खा जाने वाले भेड़ियों से।

कुछ दलित इन बाधाओं को लाँघने में कामयाब रहे हैं। उनकी व्यक्तिगत कहानियाँ असाधारण और प्रेरणादायक हैं। कुछ दलित महिलाओं और व्यवसायियों ने एक साथ मिलकर एक अपना संस्थान बनाया, दलित इंडियन चैम्बर ऑफ़

कॉमर्स एंड इंडस्ट्री (दिक्की), जिसकी प्रशंसा और संरक्षण बड़े व्यवसायियों द्वारा किया जाता है। मीडिया और टेलीविज़न पर इसका ख़ूब प्रचार भी किया जाता है, क्योंकि इससे यह धारणा बनाने में सहायता मिलती है कि पूँजीवादी व्यवस्था बुनियादी तौर पर समतावादी है, बशर्ते कि आप कड़ी मेहनत करें।[48]

एक समय था, जब ऐसा माना जाता था कि यदि कोई द्विज हिन्दू महासागर के पार जाएगा तो वह अपनी जाति खो देगा और प्रदूषित हो जाएगा। लेकिन आजकल जाति-व्यवस्था का भी निर्यात हो रहा है। हिन्दू जहाँ भी जाते हैं, इसे अपने साथ लेकर जाते हैं। यह श्रीलंका के, पाशविकता के शिकार-तबाह तमिलों में मौजूद हैं, यह उपरिगामी गतिशीलता वाले उन आप्रवासी भारतीयों में भी मौजूद हैं जो 'स्वतंत्र दुनिया' में, यूरोप और संयुक्त राज्य अमेरिका में रहते हैं। लगभग दस वर्षों से, ग्रेट ब्रिटेन में दलित नेतृत्व वाले समूह यह प्रयास कर रहे हैं कि जातीय भेदभाव को ब्रिटिश क़ानून में एक प्रकार का नस्ली भेदभाव मान लिया जाए। द्विज-हिन्दू लॉबी, इसको टाँग अड़ाकर रोक पाने में अब तक तो कामयाब ही रही है।[49]

लोकतंत्र ने जाति-उन्मूलन नहीं किया है। इसने जाति का आधुनिकीकरण करके इसकी जड़ों को और अधिक मज़बूत किया है। इसीलिए यही समय है आंबेडकर को पढ़ने का।

***

आंबेडकर बहुत लिखते थे, और बहुत-सी पुस्तकों के लेखक हैं। यह दुर्भाग्य है कि जैसे गांधी, नेहरू या विवेकानन्द द्वारा लिखित पुस्तकें पुस्तकालयों और किताबों की दुकानों में अलमारियों में चमकती नज़र आती हैं, आंबेडकर की पुस्तकें ढूँढ़े नहीं मिलतीं।

उनके अनेकों ग्रंथों में, *जाति का विनाश* सबसे मौलिक पाठ है। इस तर्क का निशाना हिन्दू कट्टरवादी या चरमपंथी नहीं हैं, बल्कि वे लोग हैं जो स्वयं को नरमपंथी समझते हैं, वो जिन्हें आंबेडकर ने 'हिन्दुओं में सर्वोत्तम' की संज्ञा दी थी, और कुछ शिक्षाविद् जिन्हें वे 'वामपंथी हिन्दू' के नाम से पुकारते हैं।[50] आंबेडकर का तर्क यह था कि हिन्दू शास्त्रों में विश्वास करना और साथ में स्वयं को उदारवादी या नरमपंथी समझना अपने आप में एक अन्तर्विरोध है। जब *जाति का विनाश* भाषण प्रकाशित हुआ, उस व्यक्ति ने जिसे अक्सर 'हिन्दुओं में महानतम' कहा जाता है—महात्मा गांधी—उद्वेलित होकर आंबेडकर को प्रत्युत्तर दिया।

उनका विवाद कोई नया नहीं था। दोनों व्यक्ति अपनी पीढ़ी के दूत थे, एक ऐसे गहन सामाजिक, राजनीतिक और दार्शनिक टकराव के, जो बहुत समय पहले शुरू हुआ था और अभी भी जिसका अन्त हुआ नहीं है। आंबेडकर, एक अछूत, उस जाति-विरोधी बौद्धिक परम्परा के उत्तराधिकारी थे, जो ईसा से 200-100 वर्ष के भी पूर्व से शुरू होती है। माना जाता है कि जाति चलन की उत्पत्ति, ऋग्वेद (1200-900 वर्ष ईसा पूर्व) के पुरुष सूक्त से हुई।[51] जाति को पहली बार चुनौती का सामना एक हज़ार वर्ष पश्चात करना पड़ा, जब बौद्धों ने संघों की रचना की, जिनमें सभी को प्रवेश दिया जाता था, चाहे वे किसी भी जाति से हों। लेकिन फिर भी जाति टिकी रही तथा विकसित होती रही। बारहवीं सदी के मध्य में, बसवन्ना के नेतृत्व में वीरशैवों ने दक्षिण भारत में जाति को चुनौती दी, लेकिन इसको भी कुचल दिया गया। चौदहवीं सदी के बाद से, भक्ति आन्दोलन के प्यारे कवि-संत—चोखमेला, रविदास, कबीर, तुकाराम, मीरा, जनाबाई—जाति-विरोधी परम्परा के कवि बने और आज भी हैं। उन्नीसवीं और बीसवीं सदी की शुरुआत में जोतिबा फुले, सावित्री बाई फुले और उनके सत्यशोधक समाज ने पश्चिमी भारत में इस परम्परा को आगे बढ़ाया। इनके बाद आए—पंडिता रमाबाई जो शायद भारत की पहली नारीवादी थीं, एक मराठी ब्राह्मण जो हिन्दू धर्म को त्यागकर ईसाई हो गई थीं (और बाद में उन्होंने ईसाईयत को भी चुनौती दी)। स्वामी अछूतानन्द हरिहर, जिन्होंने आदि हिन्दू आन्दोलन का नेतृत्व किया, भारतीय अछूत महासभा की शुरुआत की, और पहली दलित पत्रिका *अछूत* का सम्पादन किया। अय्यनकाली और श्री नारायणा गुरु, जिन्होंने मालाबार और त्रावणकोर में पुरानी व्यवस्था को झकझोर दिया। मूर्तिभंजक इयोती थास और उनके शाक्यबौद्ध, जिन्होंने तमिल दुनिया में ब्राह्मणों के प्रभुत्व का मज़ाक़ बनाया। जाति विरोधी परम्परा में आंबेडकर के समकालीन थे ई.वी. रामासामी नायकर, जो मद्रास प्रेसिडेंसी में 'पेरियार' के नाम से जाने जाते हैं। बंगाल के जोगिन्द्रनाथ मंडल, और बाबू मंगू राम, जिन्होंने पंजाब में 'आद धर्म' आन्दोलन की स्थापना की, जिसने हिन्दू, और सिख दोनों धर्मों को ठुकरा दिया। यही लोग आंबेडकर के अपने थे।

गांधी, जो वैश्य थे, और एक गुजराती बनिया परिवार में जन्मे, विशेषाधिकारप्राप्त जातियों के हिन्दू समाज सुधारकों और उनके संगठनों में नवीनतम सुधारक थे। उनसे पहले, राजा राममोहन राय, जिन्होंने 1828 में 'ब्राह्मसमाज' की स्थापना की; स्वामी दयानन्द सरस्वती जिन्होंने 1875 में आर्य समाज की स्थापना की; स्वामी विवेकानन्द जिन्होंने 1897 में रामकृष्ण मिशन

की स्थापना की, गुज़र चुके थे तथा कई अन्य समकालीन सुधारवादी संगठन अस्तित्व में आ चुके थे।[52]

आंबेडकर-गांधी विवाद को सही सन्दर्भ में देखने के लिए, उन लोगों को जो उसके इतिहास और पात्रों से अपरिचित हैं बहुत ही अलग राजनीतिक प्रक्षेपणों के घुमावदार रास्तों से होकर गुज़रना पड़ेगा। यह केवल भिन्न विचार रखने वाले दो व्यक्तियों के बीच की कोई सैद्धान्तिक बहस नहीं थी। दोनों ही एक बहुत ही अलग क़िस्म के हित-समूह का प्रतिनिधित्व करते थे, और उनका संग्राम भारतीय राष्ट्रीय अन्दोलन के बीचोबीच प्रकट हुआ। उन्होंने जो भी कहा और किया उसका समकालीन राजनीति पर बहुत गहरा असर पड़ा और आज भी पड़ रहा है। उनके मतभेद में समझौता असम्भव था (और आज भी असम्भव है)। दोनों को बहुत गहराई से प्यार करने वाले, और दोनों को देवता का दर्जा देकर पूजा करने वाले उनके अनुयायी मौजूद हैं। दोनों के अनुयायियों को एक-दूसरे की कथा सुनना पसन्द नहीं, जबकि दोनों एक-दूसरे से न टूटने वाली कड़ियों से जुड़े हुए हैं। आंबेडकर, गांधी के लिए, सबसे खौफ़नाक विरोधी था। आंबेडकर ने गांधी को केवल राजनीतिक या बौद्धिक चुनौती ही नहीं दी, बल्कि नैतिक चुनौती भी दी। आंबेडकर को गांधी की कथा से काट बाहर फेंकना, जो कथा हम बचपन से सुनते हुए बड़े हुए हैं, एक भोंड़ा मज़ाक़ है। साथ में आंबेडकर के विषय में लिखते हुए, गांधी को अनदेखा करना आंबेडकर के प्रति अपकार होगा, क्योंकि गांधी की छाया आंबेडकर की दुनिया पर बेशुमार कोणों से, और कुरूप ढंग से पड़ती है।

***

हम सब जानते हैं कि भारतीय राष्ट्रीय आन्दोलन में बहुत से सितारे थे। यह आन्दोलन हॉलीवुड की एक धमाकेदार और अत्यन्त लोकप्रिय फ़िल्म की भी विषयवस्तु रहा है, जिसने आठ ऑस्कर अन्तर्राष्ट्रीय पुरस्कार जीते थे। भारत में एक रिवाज-सा है, जनमत सर्वेक्षण का, पुस्तकें और पत्रिकाएँ प्रकाशित करने का, जिनमें हम अपने संस्थापक पिताओं (माताओं को इसमें शामिल ही नहीं किया जाता) के तारा-मंडल को विभिन्न पदानुक्रम और संरचनाओं में ऊपर-नीचे पुनर्गठित करते रहते हैं। महात्मा गांधी के भी कटु आलोचक मौजूद हैं, लेकिन फिर भी उनका नाम हमेशा सरे-फ़ेहरिस्त आता है। औरों पर भी नज़र पड़े, इसके लिए राष्ट्रपिता को अलग कर पृथक् श्रेणी में डाला जाता है : महात्मा गांधी के बाद, कौन है सबसे महान भारतीय ?[53]

डॉ. आंबेडकर लगभग हर बार पहली पंक्ति में आते हैं। (हालाँकि रिचर्ड

एटनबरो की फ़िल्म *गांधी* में डॉ. आंबेडकर की एक झलक तक नहीं दिखी, जबकि इस फ़िल्म के निर्माण में भारत सरकार का धन खर्च हुआ था)। इस सूची में उनके चुनाव का एक कारण भारतीय संविधान निर्माण में उनकी भूमिका है। उनके जीवन और सोच का जो मर्म था—उनकी राजनीति और उनका जज़्बा—उसके लिए उन्हें चयनित नहीं किया जाता। आपको अहसास हो सकता है कि सूची में उनका नाम आरक्षण और राजनीतिक न्याय के दिखावे के कारण है। लेकिन इसके नीचे उनके ख़िलाफ़ प्रतिवादी फुसफुसाहट जारी रहती है—'अवसरवादी' (क्योंकि उन्होंने ब्रिटिश वायसराय की कार्यकारी परिषद् के लेबर सदस्य के रूप में काम किया, 1942-46), 'ब्रिटिश कठपुतली' (क्योंकि उन्होंने ब्रिटिश सरकार की प्रथम गोल-मेज़ सम्मेलन का निमंत्रण स्वीकार किया, जब कांग्रेसियों को नमक क़ानून तोड़ने के लिए जेलों में बन्द किया जा रहा था), 'अलगाववादी' (क्योंकि वे अछूतों के लिए अलग निर्वाचिका चाहते थे), 'राष्ट्र-विरोधी' (क्योंकि उन्होंने मुस्लिम लीग की पाकिस्तान की माँग का समर्थन किया, और क्योंकि उनका सुझाव था कि जम्मू और कश्मीर को तीन भागों में विभाजित कर दिया जाए)।[54]

उन्हें चाहे किसी भी नाम से क्यों न पुकारा जाता रहा हो, तथ्य यह है कि न तो आंबेडकर पर और न ही गांधी पर, कोई भी लेबल आसानी से चिपकाया जा सकता है—चाहे वह 'साम्राज्यवादी-समर्थक' का हो या 'साम्राज्यवादी-विरोधी' का। उनका टकराव हमारी साम्राज्यवाद की समझ को और उसके ख़िलाफ़ संघर्ष को, जहाँ एक तरफ़ पेचीदा करता है, वहीं शायद उसे समृद्ध भी करता है।

इतिहास गांधी पर मेहरबान रहा है। करोड़ों लोगों ने, उनके जीवनकाल में ही उन्हें देवता मान लिया था। गांधी के तुल्य होना एक विश्वव्यापी, और ऐसा लगता है एक सतत घटना है। सिर्फ़ इतना नहीं कि रूपक व्यक्ति को पीछे छोड़, ख़ुद आगे निकल गया हो, बल्कि इसने गांधी का पूरी तरह से पुनर्निर्माण कर दिया है (इसीलिए गांधी के आलोचक को ख़ुद-ब-ख़ुद सभी गांधीवादियों का आलोचक नहीं माना जाना चाहिए)। हर तरह के लोग गांधी में अपने मतलब की बात ढूँढ़ लेते हैं। अगर ओबामा उनसे प्रेम करते हैं तो 'क़ब्ज़ा' (Occupy Movement) आन्दोलनकारी भी। अराजकतावादी उनसे प्रेम करते हैं और सत्तारूढ़ भी। नरेन्द्र मोदी उनसे प्रेम करते हैं और राहुल गांधी भी। ग़रीब उनको प्रेम करते हैं और अमीर भी।

वे यथास्थिति के 'संत' हैं।

गांधी के जीवन और लेखन—48,000 पृष्ठ, जो अट्ठानवे सजिल्द संस्करणों

में संगृहीत हैं—को अलग-अलग करके—एक-एक घटना, एक-एक वाक्य को लिख दिया गया है, और अन्त में उनसे कोई तर्कसंगत कथा नहीं निकलती—अगर कभी कोई थी भी। समस्या यह है कि गांधी ने 'सब कुछ' कहा और इस 'सब कुछ' का बिलकुल उलटा भी बोल दिया। चुन-चुन कर अपनी मतलब की बातों को ढूँढ़ने वालों के लिए वे ऐसे हक्का-बक्का कर देने वाले विविध विचार पेश करते हैं कि आप आश्चर्यचकित होकर दाँतों तले अँगुली दबा लेते हैं, दंग रह जाते हैं।

उदाहरण के लिए एक जाना-माना वर्णन है, धरती पर एक सादगी भरे सुशान्त स्वर्ग का, 'पिरामिड बनाम समुद्री-चक्र' जो उन्होंने 1946 में लिखा गया :

> आज़ादी नीचे से शुरू होती है। इस प्रकार प्रत्येक गाँव एक-एक ऐसा गणतंत्र या पंचायत होगा जिसके पास सम्पूर्ण शक्तियाँ होंगी। इसका तात्पर्य यह है कि प्रत्येक गाँव को आत्मनिर्भर होना होगा और अपने मामलों का प्रबन्धन स्वयं करने योग्य होना पड़ेगा, इतना कि वह पूरे विश्व से अपनी रक्षा कर सके। असंख्य ग्रामों से बने इस ढाँचे में हमेशा फैलते, कभी-न-ऊपर-उठते हुए चक्र होंगे। जीवन एक पिरामिड नहीं होगा जिसमें शीर्ष, नीचे वालों के कन्धों पर खड़ा हो। बल्कि यह एक महासागरीय-चक्र होगा जिसके केन्द्र में कभी भी अपना सर्वस्व न्योछावर करने को तत्पर व्यक्ति होगा। इसीलिए सबसे बाहरी परिधि के पास आन्तरिक चक्र को कुचलने की शक्ति नहीं होगी बल्कि वह सभी अन्दरूनी चक्रों को ताक़त देगी और ख़ुद की शक्ति इनसे प्राप्त करेगी।[55]

फिर उनका 1921 के *नवजीवन* में जाति-व्यवस्था का समर्थन है। इसका अनुवाद आंबेडकर ने गुजराती भाषा से किया है (आंबेडकर ने एक से अधिक बार इशारा किया कि गांधी ने लोगों को 'धोखा' दिया, और यह समझने के लिए उनके अंग्रेज़ी और गुजराती के लेखों की तुलना की जा सकती है)।[56]

> नियंत्रण का ही दूसरा नाम जाति है। जाति किसी व्यक्ति को अपने भोग-आनन्द के प्रयास में जाति सीमाओं का उल्लंघन करने की अनुमति नहीं देती। जाति प्रतिबंधों का यही अर्थ है जैसे अन्तरजातीय सहभोज और अन्तरजातीय विवाह...ये मेरे विचार हैं और मैं जाति-व्यवस्था को नष्ट करने वाले सभी लोगों के विरोध में हूँ।[57]

क्या यह 'हमेशा-फैलते और कभी-न-ऊपर-उठते' वाद का प्रतिवाद नहीं है?

यह सच्चाई है कि इन बयानों के बीच में पच्चीस साल का अन्तराल है। क्या इसका अर्थ यह है कि गांधी सुधर गए थे? कि उन्होंने जाति पर अपने विचार बदल लिए थे? हाँ, विचार उन्होंने बदले, लेकिन बहुत ही धीमी हिमनदी की गति से। जातीय व्यवस्था में पूर्णतया अक्षरशः विश्वास करने से लेकर, उनका मत बदला कि चार हज़ार पृथक् जातियों को मिलकर चार वर्णों में शामिल हो जाना चाहिए (आंबेडकर ने वर्ण को जाति का 'माता-पिता' कहा है)। गांधी के जीवन के अन्तकाल में, (जब उनका मत केवल मत था, और उनके मत का राजनीतिक क्रिया में बदलने का कोई जोखिम नहीं था) उन्होंने कहा कि अब वे अन्तरजातीय सहभोज और अन्तरजातीय विवाह का विरोध नहीं करते। कभी-कभी उन्होंने कहा कि हालाँकि वह वर्ण-व्यवस्था में विश्वास करते हैं, लेकिन किसी व्यक्ति के वर्ण का फ़ैसला उसके गुणों के आधार पर होना चाहिए, न कि उसके जन्म के आधार पर। (यही मत आर्य समाज का भी था)।

आंबेडकर ने इस विचार के बेतुकेपन की ओर इशारा किया : "आप उन लोगों को कैसे मजबूर कर सकते हैं, जिन्होंने गुणों के आधार पर नहीं, जन्म के आधार पर ऊँचा दर्जा हासिल किया है, कि वह अपना ऊँचा दर्जा छोड़ दें? आप लोगों को कैसे मजबूर करेंगे कि वे उस व्यक्ति को ऊँचे दर्जे की मान्यता दें, जिस व्यक्ति को जन्म के आधार पर नीचे का दर्जा दिया गया है?"[58] उन्होंने आगे पूछा कि महिलाओं का क्या होगा, क्या उनके दर्जे का फ़ैसला उन्हीं के स्वयं के गुणों के आधार पर होगा या फिर उनके पति के गुणों के आधार पर होगा?

हालाँकि गांधी के अनुयायियों का लेखन ऐसे किस्से-कहानियों से भरा पड़ा है, जिनमें ज़िक्र है गांधी के अछूतों के प्रति प्रेम का, और उनके अन्तरजातीय विवाहों में शामिल होने का, लेकिन अपने अट्ठानवे संस्करणों में कहीं भी, एक बार भी, गांधी ने निर्णायक और स्पष्ट रूप से ऐसा नहीं कहा कि चतुर्वर्ण व्यवस्था अर्थात चार वर्णों की व्यवस्था में, उन्होंने अपने विश्वास को त्याग दिया है। जबकि वे सार्वजनिक और निजी तौर पर अक्सर ऐसी चीज़ों पर बोल देते थे जैसे, अपनी काम-वासना के नियंत्रण पर कभी-कभार चूक हो जाना,[59] लेकिन जाति पर उन्होंने जो बहुत ही नुक़सान पहुँचाने वाली बातें बोली थीं, उन पर कभी ग्लानि व्यक्त नहीं की।

फिर भी, क्यों न नकारात्मक बातों से परहेज़ किया जाए, और जो गांधी के बारे में अच्छा था, उस पर ध्यान केन्द्रित किया जाए, और उसका इस्तेमाल

लोगों के अन्दर का सर्वश्रेष्ठ उजागर करने के लिए किया जाए? यह एक जायज़ प्रश्न है, और ऐसा, जिसका उत्तर उन लोगों ने शायद ख़ुद ही दे दिया है जिन्होंने गांधी के तीर्थ-स्थान बनवाए। आख़िरकार उन महान संगीतकारों, लेखकों, वास्तुकारों, खिलाड़ियों और संगीतकारों के कार्यों की प्रशंसा करना सम्भव है जिनके विचार हमारे विचारों से भिन्न हैं। फ़र्क़ यह है कि गांधी एक संगीतकार या लेखक या खिलाड़ी नहीं थे। उन्होंने ख़ुद को एक दूरदर्शी, रहस्यवादी, नैतिकतावादी, और महान मानवीय व्यक्ति के रूप में पेश किया, जिसने सच्चाई और पवित्रता के हथियारों से एक शक्तिशाली साम्राज्य को धराशायी कर दिया। हम कैसे सामंजस्य स्थापित करें अहिंसावादी गांधी के विचार का गांधी—जिसने शक्ति को सत्य से टक्कर दी, गांधी—अन्याय का प्रतिकार, विनम्र—गांधी, नर-मादा—गांधी, गांधी—एक माँ, गांधी—जिसके लिए कहा जाता है कि उन्होंने राजनीति का स्त्रीकरण किया और स्त्रियों के लिए राजनीति में आने की ज़मीन तैयार की, पर्यावरणविद्—गांधी, वाक्-पटु गांधी और महान वाक्य बोलने वाला गांधी—इन सब का हम गांधी के जाति के प्रति विचार (और कारनामों) से कैसे सामंजस्य स्थापित करें? हम इस नैतिक धर्म की संरचना का क्या करें, जो अविचलित, पूरी तरह से क्रूर संस्थागत अन्याय पर टिकी हुई है? क्या यह काफ़ी है कि हम कह दें, गांधी एक जटिल व्यक्तित्व था, और बात को जाने दें? इसमें कोई शक नहीं कि गांधी एक असाधारण और मनमोहक व्यक्ति थे, लेकिन क्या भारत के स्वतंत्रता संघर्ष के दौरान उन्होंने वास्तव में शक्ति को सत्य से टक्कर दी? क्या उन्होंने स्वयं को ग़रीबों में सबसे ग़रीब, और कमज़ोरों में सबसे कमज़ोर के साथ ख़ुद को जोड़ा?

आंबेडकर ने कहा, "यह बेवकूफी होगी यदि ऐसा मान लिया जाए कि चूँकि कांग्रेस भारत की स्वतंत्रता के लिए लड़ रही है, इसलिए वह भारत के लोगों की स्वतंत्रता के लिए भी लड़ रही है तथा छोटे से छोटे व्यक्ति की स्वतंत्रता की लड़ाई लड़ रही है। कांग्रेस स्वतंत्रता की लड़ाई लड़ रही है, यह सवाल इतना महत्त्वपूर्ण नहीं है जितना यह सवाल अहम है कि कांग्रेस किन लोगों की स्वतंत्रता की लड़ाई लड़ रही है।"[60]

1931 में जब आंबेडकर पहली बार गांधी से मिले तो गांधी ने उनसे प्रश्न किया कि वे कांग्रेस की इतनी कटु आलोचना क्यों करते हैं (उस समय कांग्रेस की आलोचना का मतलब होता था, मातृभूमि के लिए संघर्ष का विरोध)? आंबेडकर का जवाब था जो बाद में प्रसिद्ध हो गया, "गांधी जी, मेरी कोई

अपनी मातृभूमि नहीं है, कोई भी अछूत जिसमें थोड़ी-सी भी चेतना हो, इस मातृभूमि पर गर्व नहीं करेगा।"[61]

इतिहास ने आंबेडकर के साथ बहुत ही निर्दयतापूर्ण व्यवहार किया। इतिहास ने आंबेडकर को पहले कालकोठरी में बन्द कर दिया और फिर महिमामंडित कर दिया। इतिहास ने आंबेडकर को अछूतों का नायक बना दिया, घेटो-बन्द बस्तियों का राजा। इसने आंबेडकर के लेखों को दुनिया की नज़रों से छुपा दिया। आंबेडकर की इन्क़लाबी बौद्धिकता पर इतिहास ने डाका डाला और तेज़ धार ज़बान को भोथरी करने की कोशिश की।

लेकिन फिर भी, आंबेडकर को मानने वालों ने बहुत ही सृजनात्मक तरीक़ों से उनकी विरासत को ज़िन्दा रखा। उनमें से एक तरीक़ा है, उनकी बड़े पैमाने पर उत्पादित लाखों मूर्तियाँ बनाना। आंबेडकर की मूर्ति एक इन्क़लाबी ज़िन्दा लक्ष्य है।[62] इसे दुनिया में आगे प्रस्तुत किया जाता है, अपने हिस्से के एक मुट्ठी आसमान पर अपना दावा ठोंकने के लिए—भौतिक और आभासी, सार्वजनिक और निजी—जो दलित का हक़ है। दलितों ने आंबेडकर की प्रतिमा का इस्तेमाल किया है नागरिक अधिकारों पर अपना हक़ जमाने के लिए—उस ज़मीन पर दावा ठोंकने के लिए जो उनकी बक़ाया है, पानी जो उनका है, सार्वजनिक स्थान जो उनके लिए प्रतिबन्धित किए गए। आंबेडकर की प्रतिमा जिसका प्रत्यारोपण सार्वजनिक स्थानों पर किया जाता है, और जिसके चारों ओर लोग इकट्ठा होते हैं, उसके हाथ में हमेशा एक पुस्तक होती है। यह ध्यान देना महत्त्वपूर्ण है कि उनके हाथ में जो पुस्तक होती है वह क्रान्तिकारी क्रोध से ओत-प्रोत मुक्तिदायक *जाति का विनाश* नहीं होती। यह भारतीय संविधान की एक प्रति होती है जिसकी संकल्पना में आंबेडकर ने अति महत्त्वपूर्ण और सजीव भूमिका अदा की—वह दस्तावेज़, जो आज प्रत्येक भारतीय के जीवन को शासित और नियंत्रित करता है।

संविधान को अपने हक़ के लिए इस्तेमाल करना एक बात है। उसकी सीमा में बन्द रहना दूसरी बात। अपनी परिस्थितियों के कारण वे एक क्रान्तिकारी भी बने, और साथ में जब-जब मौक़ा मिला उन्होंने स्थापित सामाजिक, राजनीतिक, आर्थिक व्यवस्था के गलियारों में क़दम भी रखा। उनकी प्रतिभा इसी में झलकती है कि वे अपने इन दोनों ही पक्षों के कार्यों को बड़ी ही दक्षता से और अति प्रभावशाली तरीक़े से अंजाम देते थे। आज के चश्मे से अगर उनको देखा जाए तो ऐसा लगेगा जैसे वे दोहरी और कभी-कभी भ्रमित करनेवाली विरासत छोड़ गए : आंबेडकर एक इन्क़लाबी, और आंबेडकर भारतीय संविधान

के जनक। संविधानवाद इन्क़लाब की राह का रोड़ा बन सकता है—दलित क्रान्ति अभी तक नहीं हुई है। हमें आज भी इसका इन्तज़ार है। और इससे पहले कोई अन्य क्रान्ति सम्भव ही नहीं है, कम से कम भारत में तो नहीं।

इसका अर्थ यह क़तई नहीं कि संविधान लिखना एक क्रान्तिकारी काम नहीं हो सकता। ऐसा हो सकता है, शायद ऐसा हुआ भी, और आंबेडकर ने भरसक प्रयास किया, उसे ऐसा बनाने का। लेकिन उन्होंने ख़ुद माना, कि वे इसमें पूरी तरह से सफल नहीं हुए।

जैसे-जैसे भारत तेज़ी से स्वतंत्रता की ओर बढ़ रहा था, आंबेडकर और गांधी दोनों को ही पूरी गम्भीरता से अल्पसंख्यकों के भविष्य को लेकर चिन्ता सता रही थी, ख़ासतौर पर मुसलमानों और अछूतों की। लेकिन दोनों की प्रतिक्रिया जल्द ही जन्म लेने वाले नए राष्ट्र के प्रति बहुत ही भिन्न थी। गांधी ख़ुद को राष्ट्रनिर्माण की प्रक्रिया से दूर, और दूर करते चले गए। उनका मानना था कि कांग्रेस पार्टी का कार्य सम्पन्न हो चुका है। वह चाहते थे कि अब इसे भंग कर दिया जाए। गांधी का मानना था (और यह सही भी है) कि राज्य, हिंसा के केन्द्रित और संगठित रूप का प्रतिनिधित्व करता है, और चूँकि यह एक मानव-अस्तित्व नहीं है, और चूँकि यह आत्माविहीन है, इसलिए राज्य का अस्तित्व ही हिंसा के दम पर है।[63] गांधी की समझ के अनुसार, स्वराज मेरे लोगों के नैतिक हृदय में बसता है, उन्होंने स्पष्ट किया कि 'मेरे लोगों' का अर्थ कदापि अकेला बहुसंख्यक समाज नहीं है :

> ऐसा कहा गया है कि भारतीय स्वराज में बहुसंख्यक समुदाय का शासन होगा अर्थात हिन्दुओं का। इससे बड़ी ग़लती हो ही नहीं सकती। यदि ऐसा सही में होता है तो मैं उसे स्वराज कहने से ही मना कर दूँगा, और मैं अपनी पूरी ताक़त से इसके ख़िलाफ़ लड़ूँगा, मेरे लिए *हिन्द स्वराज* सभी लोगों का शासन है, न्याय का शासन है।[64]

आंबेडकर के लिए, 'सभी लोग' कोई एकरूप समजातीय श्रेणी नहीं थी जो जन्मजात सच्चाई के आलोक से प्रकाशमान हो। गांधी चाहे जो कुछ भी कहें, आंबेडकर को मालूम था कि यह अवश्यम्भावी है कि बहुसंख्यक समाज ही फ़ैसला करेगा कि स्वराज का स्वरूप कैसा होगा। इस सम्भावना से कि भारत के अछूतों पर, भारत के मुख्य रूप से हिन्दू लोगों के दयावान हृदयों का ही शासन होगा, आंबेडकर का माथा भन्ना गया। उनको आने वाला डरावना भविष्य साफ़ नज़र आ रहा था। आंबेडकर भविष्य के प्रति चिन्तित हो उठे, बेक़रार होकर वे किसी तरह से संविधान सभा का सदस्य बनने का जुगाड़

बिठाने लगे। एक ऐसा पद जहाँ रहकर वे उभरते हुए देश के संविधान की भावना और स्वरूप को वास्तविक और व्यावहारिक तरीक़ों से प्रभावित कर सकें। इसके लिए वे अपने गौरव और अपने पुराने शत्रु, कांग्रेस पार्टी के प्रति अपने सन्देहों को भी त्यागने के लिए तैयार थे।

आंबेडकर की मुख्य चिन्ता थी 'सांविधानिक नैतिकता' को, जातीय व्यवस्था की पारम्परिक सामाजिक नैतिकता से उच्च, आधिकारिक और क़ानूनी बनाना। 4 नवम्बर, 1948 को संविधान सभा में बोलते हुए उन्होंने कहा, ''सांविधानिक नैतिकता एक क़ुदरती स्वाभाविक भावना नहीं है। इसको निर्मित करके सहेजना होगा। इसको बीज की तरह बोना और उत्पन्न करना होगा। हमें मालूम होना चाहिए कि हमारे लोगों को अभी इसे सीखना बाक़ी है। भारत में लोकतंत्र, भारतीय माटी की केवल एक ऊपरी परत मात्र है, उस मिट्टी की जो कि अनिवार्य रूप से अलोकतांत्रिक है।''[65]

आंबेडकर संविधान के अन्तिम मसौदे से बुरी तरह निराश थे। फिर भी जहाँ तक अधीनस्थ जातियों का सम्बन्ध है, वे कुछ अधिकार और सुरक्षा उपायों को डालने में सफल रहे, और एक ऐसा दस्तावेज़ तैयार कर पाए जो उस समाज की तुलना में अधिक प्रबुद्ध था जिसके लिए यह संविधान लिखा गया था (अन्य समूहों, जैसे कि भारत के आदिवासियों के लिए यह संविधान औपनिवेशिक दौर का विस्तार-भर ही साबित हुआ। इस पर हम बाद में लौटेंगे)। आंबेडकर का मानना था कि संविधान ऐसा दस्तावेज़ है, जो निरन्तर प्रगतिशील रहना चाहिए। थॉमस जेफ़र्सन की तरह उनका मानना था कि जब तक हर पीढ़ी को, ख़ुद के लिए एक नया संविधान लिखने का अधिकार नहीं होगा, पृथ्वी पर अधिकार 'मृतकों का होगा, न कि जीवितों का।'[66] परेशानी यह है कि ज़रूरी नहीं कि जीवित, मृतकों की तुलना में अधिक प्रगतिशील या प्रबुद्ध हों। आज असंख्य ऐसी शक्तियाँ हैं, राजनीतिक और वाणिज्यिक, जो बिलकुल ही प्रतिगामी तरीक़े से संविधान के पुनर्लेखन की पैरवी कर रही हैं।

हालाँकि आंबेडकर वकील थे, लेकिन उन्हें क़ानून बनाने के बारे में कोई भ्रम नहीं था। स्वतंत्र भारत में क़ानून मंत्री के रूप में, उन्होंने हिन्दू कोड बिल के मसौदे पर महीनों काम किया। उनका मानना था कि जाति-प्रथा का पोषण महिलाओं को नियंत्रित करके होता है, और उनकी एक प्रमुख चिन्ता यह भी थी कि हिन्दू निजी क़ानून को महिलाओं के लिए कैसे समानतापूर्ण बनाया जाए।[67] बिल के प्रस्तावों में उन्होंने तलाक़ को स्वीकृति दी, और विधवाओं और बेटियों के अधिकारों का विस्तारीकरण किया। संविधान सभा इसको चार

वर्षों तक लटकाती रही (1947 से 1951 तक) और फिर इसे अवरुद्ध कर दिया।[68] तत्कालीन राष्ट्रपति, राजेन्द्र प्रसाद ने धमकी दी कि इसे रोक देंगे और क़ानून में परिवर्तित नहीं होने देंगे। हिन्दू साधुओं ने संसद की घेराबन्दी कर दी। उद्योगपतियों और ज़मींदारों ने चेतावनी दी कि आनेवाले चुनावों में वे अपना समर्थन वापस ले लेंगे।[69] अन्ततः आंबेडकर ने क़ानून मंत्री के रूप में अपना इस्तीफ़ा दे दिया। इस्तीफ़े के वक़्त अपने भाषण में उन्होंने कहा : "वर्ग और वर्ग के बीच असमानता करना, लिंग और लिंग के बीच असमानता करना, हिन्दू समाज की आत्मा है, दूसरी ओर आर्थिक समस्याओं के प्रस्ताव पास किए जाना, संविधान के साथ एक ढोंग, पाखंड और भद्दा मज़ाक़ करने के समान है। यह गू के ढेर पर महल बनाने जैसा है।"[70]

आंबेडकर का महान योगदान यह है कि एक ऐसे जटिल, बहुमुखी राजनीतिक संघर्ष में, जिसमें ज़रूरत से ज़्यादा सम्प्रदायवाद था, अन्धकारवाद था, ठगी थी, वे प्रबुद्धता लेकर आए।

***

जाति का विनाश को अक्सर (कुछ आंबेडकरवादियों द्वारा भी) आंबेडकर का आदर्शलोक कहा जाता है—असाध्य और अव्यावहारिक। यह एक विशाल भारी-भरकम चट्टान को, गहरी खाई से खड़ी ढलान पर ऊपर की ओर धकेलते हुए, पर्वत की चोटी तक पहुँचाने के समान है। एक समाज से, जो आस्था और अन्धविश्वास में इतना गहरा डूबा हो, कैसे उम्मीद की जा सकती है कि वह अपने सबसे गहरे स्थापित विश्वासों की इतनी तीखी आलोचना सह सके। आख़िरकार सभी जातियों के करोड़ों हिन्दुओं के लिए, जिनमें अछूत भी शामिल हैं, हिन्दू धर्म एक जीवन-पद्धति है, जो जन्म, मृत्यु, युद्ध, विवाह, भोजन, संगीत, कविता, नृत्य सब कुछ में समाई हुई है। यह हिन्दुओं की संस्कृति है, उनकी पहचान है। हिन्दू धर्म को केवल इसलिए कैसे त्यागा जा सकता है कि जाति का चलन इसके आधारभूत ग्रंथों में सम्मिलित है, उन ग्रंथों में जिन्हें अधिकतर लोगों ने कभी पढ़ा ही नहीं?

आंबेडकर का तर्क था कि ऐसा कैसे नहीं हो सकता? ऐसे संस्थागत अन्याय को—भले ही उसे ईश्वरीय आदेश से प्रदत्त किया गया हो—कैसे स्वीकार किया जा सकता है?

> बाल की खाल निकालने और शब्दछल की शरण में जाने का कोई फ़ायदा नहीं। लोगों से यह कहने का भी कोई लाभ नहीं कि शास्त्र

> वह नहीं कहते जैसा आमतौर पर लोग समझते हैं—यदि उन्हें सही व्याकरण के नियम से पढ़ा जाए या फिर उनकी सटीक व्याख्या की जाए तो। महत्त्व इस बात का है कि लोगों ने शास्त्रों को किस तरह समझा है। आपको वह स्टैंड लेना होगा जो बुद्ध ने लिया था...आपको न केवल शास्त्रों को त्यागना होगा बल्कि बुद्ध और नानक की तरह शास्त्रों की धर्म-सत्ता को भी अवमान्य करना होगा। आपको हिन्दुओं को यह बताने का भी साहस होना चाहिए कि उनके साथ गड़बड़ जो है, वह उनका धर्म ही है जिसने जाति की पवित्रता की ग़लत धारणा दी है। क्या आप यह साहस कभी दिखा पाएँगे ?[71]

गांधी का मानना था कि आंबेडकर स्नान के पानी के साथ-साथ बच्चे को भी फेंक रहा था। आंबेडकर का विश्वास था कि बच्चा और स्नान का पानी एक एकल, मिश्रित जीव था।

चलिए बहस के लिए, थोड़ी देर के लिए ही सही, हम मान लेते हैं, लेकिन पूर्णत: स्वीकार नहीं करते, कि *जाति का विनाश* वास्तव में एक आदर्शलोक का टुकड़ा है। यदि यह ऐसा है तो आइए, स्वीकार कीजिए और मानिए हम समाज के तौर पर कितने ख़ाली और दयनीय होते यदि यह आक्रोश, यह साहसपूर्ण घोर निन्दा हमारे बीच मौजूद नहीं होती। आंबेडकर का ग़ुस्सा हमें मुँह छुपाने की थोड़ी जगह देता है, थोड़ी गरिमा प्रदान करता है।

जिस आदर्शलोकवाद का आरोप आंबेडकर पर मढ़ा जाता है, वह भक्ति आन्दोलन का एक अहम् हिस्सा था। भक्ति आन्दोलन की कविताएँ इससे भरी पड़ी हैं। गांधी के काल्पनिक 'रामराज्य' से भिन्न जिसमें काल्पनिक ग्राम गणराज्य हैं, भक्त कवि-संतों ने उन आदर्श शहरों के गीत गाए[72], जहाँ अछूतों को सर्वव्यापी ख़ौफ़ से, अकल्पनीय ज़िल्लत से और अन्य लोगों की ज़मीन पर अन्तहीन मशक्कत करने से आज़ाद किया जाएगा। रविदास (जिन्हें रैदास, रूहिदास, रौहिदास के नाम से भी पुकारा जाता है) के लिए उस स्थान का नाम बे-ग़म-पुरा था, एक ऐसा शहर, जिसमें कोई ग़म न हो, एक ऐसा शहर जहाँ पृथक् बस्तियाँ न हों, जहाँ लोगों को, कहीं भी आने-जाने की आज़ादी हो :

> ***ऐसा चाहूँ राज मैं***
>
> *ऐसा चाहूँ राज मैं, जहाँ मिले सबन को अन्न।*
> *छोट-बड़ो सब सम बसें, रैदास रहे प्रसन्न।*
> *बे-ग़म-पुरा सहर का नाऊ।*

रैदास जु है बे-ग़म-पुरा, उह पूरन सुख-धाम।
दुख अन्दोह अरु द्वेष भाव, नाही बसैं तिहि ठाम॥
दुख अन्देस नहीं तिन्ही ठानऊ॥
ना तसबीस, खिराज न मालू।
ख़ौफ़ न खता, न तख्म जवालू॥
कहें रैदास खलास चमारा।
जो हम सहरी सों मीत हमारा॥

अर्थात अब मुझे अपने वतन में घर मिल गया। वहाँ हमेशा ख़ैरियत रहती है, जो मेरे मन को ख़ूब भाती है। जिस शहर में मैं रहता हूँ वह सभी ग़मों से मुक्त है। उस शहर में दुख और चिन्ता के लिए कोई स्थान नहीं है। बे-ग़म-पुरा शहर में, न कोई चिन्ता न कोई घबराहट। वहाँ भगवान का नाम लेने के लिए कोई टैक्स नहीं देना पड़ता। वहाँ किसी का ख़ौफ़ नहीं, न ख़ता, न किसी चीज़ के लिए तरस है और न ही अप्राप्ति की अगन। रैदास अपने बारे में कहते हैं कि मैं ख़ालिस चमार हूँ, उनका कहना है कि जो हम-शहरी है यानी जो इस विचार में यक़ीन करता है, वही हमारा मीत है।[73]

तुकाराम के लिए वह शहर पंढरपुर था, जहाँ सब लोग बराबर थे, जहाँ शहर के सरदार को भी, हर किसी की तरह, कड़ी मेहनत करनी पड़ती थी, जहाँ लोग नाचते और गाते थे, और एक-दूसरे से बिना किसी भेदभाव के पूरी स्वतंत्रता से मिलते थे। कबीर के लिए वह प्रेम नगर था, प्यार का शहर।

आंबेडकर का आदर्शलोक बहुत यथार्थवादी और व्यावहारिक था। यह न्याय का नगर था—इंसाफ़ का शहर—सांसारिक न्याय। उन्होंने एक *प्रबुद्ध भारत* की परिकल्पना की, जिसमें बौद्ध विचारों के साथ-साथ यूरोपीय ज्ञान के सर्वोत्तम विचारों को भी जोड़ा गया था। अपने जीवन के आख़िरी चार समाचार-पत्र जो उन्होंने सम्पादित किए, आंबेडकर ने उनका नामकरण भी *प्रबुद्ध भारत* नाम से किया था।

यदि गांधी द्वारा पश्चिमी आधुनिकता की कट्टर आलोचना, ठेठ भारतीय परम-आनन्द की रूमानी यादों के स्मरण से उपजी, तो आंबेडकर की उन रूमानी यादों की आलोचना व्यावहारिक पश्चिमी उदारवाद और उसकी प्रगति व प्रसन्नता की परिभाषाओं से उपजी। (जो इस समय, एक ऐसे संकट से गुज़र रहा है, जिससे शायद वह कभी न उबर पाए)।

गांधी ने आधुनिक शहरों को एक 'रसौली' की संज्ञा दी जो "वर्तमान समय में गाँवों के जीवन-रक्त के निकास का दुष्ट उद्देश्य पूरा करते हैं।"[74]

आंबेडकर के लिए, और अधिकांश दलितों के लिए, ज़ाहिर है, गांधी का आदर्श गाँव, "स्थानीयता का एक गन्दा हौद, अज्ञानता की माँद, संकीर्ण-मानसिकता और साम्प्रदायिकता/जातिवाद"[75] का स्थान था। आंबेडकर की न्याय की अपनी परिकल्पना के कारण, उनकी नज़र गाँव से हटकर शहर की ओर गई, शहरीकरण की ओर, आधुनिकता और उद्योगीकरण—बड़े शहर, बड़े बाँध, बड़ी सिंचाई परियोजनाएँ। विडम्बना यह है कि यही 'विकास' का वह एक आदर्श मॉडल है जिसे हज़ारों लोग आज अन्याय के साथ जोड़कर देखते हैं, एक ऐसा विकास मॉडल जो पर्यावरण को बर्बाद करता है। एक ऐसा विकास मॉडल जो खनन, बाँधों और अन्य बड़ी आधारभूत परियोजनाओं के लिए, जबरन दसियों लाख लोगों को उनके गाँवों और घरों से विस्थापित करता है। इस बीच, गांधी—जिनका कल्पित गाँव, जो अपने भयानक अन्तर्निहित अन्याय के प्रति बिलकुल अन्धा है—इसे विडम्बना ही कहा जाएगा कि वह गाँव इन सभी न्याय के संघर्षों का तावीज़ बन गया है।

जहाँ एक ओर गांधी ने अपने ग्राम गणराज्य के विचार को बढ़ावा दिया, वहीं उनकी व्यावहारिकता ने, या कुछ लोग जिसे उनका द्वन्द्व भी कह सकते हैं, बड़े उद्योगों और बाँधों का समर्थन किया और साथ में बड़े उद्योगपतियों का समर्थन गांधी को भी मिला।[76]

गांधी और आंबेडकर के प्रतिद्वन्द्वी आदर्शलोकों ने, परम्परा और आधुनिकता के बीच एक पारम्परिक युद्ध का प्रतिनिधित्व किया। यदि आदर्शलोकों को 'सही' या 'ग़लत' कहा जा सकता है, तो दोनों सही थे, और दोनों ही गम्भीर रूप से ग़लत भी थे। गांधी ने इस बात को बहुत जल्दी समझ लिया था कि पश्चिमी आधुनिकता के अन्दर ही विनाश का भी बीज है :

> भगवान न करे कि कभी ऐसा हो कि भारत उद्योगीकरण को उसी तरह से अंगीकार करे जैसे पश्चिम ने किया है। एक छोटे से द्वीप की सल्तनत के आर्थिक साम्राज्यवाद ने पूरे विश्व को ज़ंजीरों में जकड़ रखा है। यदि 30 करोड़ के एक पूरे देश ने ऐसी ही आर्थिक शोषण की नीति अपना ली, तो वह पूरे विश्व को टिड्डी-दल की तरह सफ़ाचट ही कर देगा।[77]

जैसे-जैसे पृथ्वी गर्म हो रही है, हिमनद पिघल रहे हैं और जंगल ग़ायब हो रहे हैं, गांधी के शब्द पैग़म्बरी साबित हो रहे हैं। लेकिन आधुनिक सभ्यता के उनके भय ने, उन्हें एक ऐसे पौराणिक भारतीय अतीत की प्रशंसा करने के

लिए प्रेरित किया, जो उनकी नज़रों में, न्यायपूर्ण और सुन्दर था। आंबेडकर को उस अतीत के अन्याय का दर्द भरा अहसास था, लेकिन उससे दूर जाने की अपनी जल्दबाज़ी में, वे पश्चिमी आधुनिकता के विनाशकारी ख़तरों को पहचानने में नाकाम रहे।

आंबेडकर और गांधी का, उनके अलग-अलग एकदम भिन्न आदर्शलोकों का उनके 'अन्तिम उत्पाद'—शहर या गाँव से मूल्यांकन नहीं किया जाना चाहिए। उतना ही महत्त्वपूर्ण वह कारक है, जिसने उन आदर्शलोकों की ओर उन्हें प्रेरित किया। आंबेडकरवादियों द्वारा विकास के समकालीन मॉडलों के विरुद्ध जन-संघर्षों को 'पर्यावरण-रोमांटिक' कहना, और गांधीवादियों द्वारा गांधी को न्याय और नैतिकता का प्रतीक मानना, दोनों बहुत ही उथली व्याख्याएँ हैं, उन बहुत ही भिन्न लक्ष्यों की जिन्होंने इन दोनों को प्रेरित और आकर्षित किया।

जिन शहरों का स्वप्न, भक्ति कवि-संतों ने देखा था—बेग़मपुरा, पंढरपुर, प्रेमनगर—उन सभी में एक बात समान थी। वे सभी ऐसे समय और स्थान में मौजूद थे, जो ब्राह्मणवाद के बन्धनों से मुक्त था। 'ब्राह्मणवाद' वह शब्द है जिसे जाति-विरोधी आन्दोलन, 'हिन्दू धर्म' शब्द से ज़्यादा तरजीह देता है। ब्राह्मणवाद से उनका तात्पर्य ब्राह्मण जाति या समुदाय से नहीं है। उनका मतलब डोमिनो प्रभाव से है—घटनाक्रम की शुरुआत करने वाला कारक—जिसे आंबेडकर ने संज्ञा दी 'नक़ल करने की महामारी', अर्थात वह जाति जिसने ख़ुद को सबसे पहले ''बन्द'' कर दिया—ब्राह्मण, जिन्होंने सबसे पहले इसकी शुरुआत की। उन्होंने लिखा—''कुछ ने दरवाज़ा बन्द किया, दूसरों ने उन दरवाज़ों को ख़ुद पर बन्द पाया।''[78]

> 'नक़ल करने की महामारी' रेडियो-एक्टिव परमाणु के अर्ध-जीवन की तरह क्षय होती चली जाती है लेकिन पूरी तरह से कभी भी समाप्त नहीं होती। इसने एक ऐसी व्यवस्था की रचना की है जिसे आंबेडकर ने ऊँच-नीच पर आधारित असमानता की व्यवस्था कहा। जिसमें ''कोई ऐसा वर्ग नहीं है जो पूर्ण रूप से विशेषाधिकार-रहित हो, एक को छोड़कर जो सामाजिक पिरामिड के सबसे निचले तल्ले पर है। बाक़ी सभी के विशेषाधिकार वर्गीकृत हैं। यहाँ तक कि निचले के भी विशेषाधिकार हैं, ख़ुद से निम्नतर की तुलना में। चूँकि हर वर्ग के पास कुछ विशेषाधिकार हैं, इसलिए प्रत्येक वर्ग की रुचि इस व्यवस्था को बनाए रखने में रहती है।''[79]

जाति के रेडियो-एक्टिव परमाणु का 'घातीय क्षय' का अर्थ है कि ब्राह्मणवाद न केवल ब्राह्मण द्वारा क्षत्रियों पर चलाया जाता है, या वैश्य द्वारा शूद्र पर चलाया जाता है, या शूद्र द्वारा अछूत पर चलाया जाता है, बल्कि अछूत द्वारा समीप जाने के अयोग्य के ऊपर भी चलाया जाता है, समीप-अयोग्य द्वारा दर्शन-अयोग्य के ऊपर चलाया जाता है। इसका अर्थ है कि हर किसी के भीतर ब्राह्मणवाद का एक अंश मौजूद है, चाहे वह किसी भी जाति का क्यों न हो। यह नियंत्रण का एक ज़बरदस्त तरीक़ा है, जिसमें प्रदूषण और शुद्धता की अवधारणा और सामाजिक व शारीरिक हिंसा का पापकर्म—ऊँच-नीच की एक दमनकारी व्यवस्था लागू करने का अनिवार्य हिस्सा—न केवल आउटसोर्स किया गया है, बल्कि उसका प्रत्यारोपण हर किसी के मानस में कर दिया गया है, उनके मानस में भी जो पदानुक्रम के सबसे निचले पायदान पर हैं। यह एक विस्तृत दमनकारी जाल है, जिसमें हर कोई, दूसरे पर नज़र रखता और दमन करता है। समीप जाने के अयोग्य, दर्शन के अयोग्य का दमन करते हैं, माला जाति के लोग माडीगा जाति पर कड़ी नज़र रखते हैं, माडीगा जाति वाले दक्काली की छाती पे बैठ जाते हैं, दक्काली, रैल्ली के सर पर बैठे हैं; वन्नियार, परैयर से झगड़ा करते हैं, परैयर, अरुंधतियार को पीट सकते हैं।

ब्राह्मणवाद पीड़ितों और उत्पीड़कों के बीच एक स्पष्ट रेखा खींचना असम्भव बनाता है। (जबकि जाति के व्यवहार में पीड़ित और उत्पीड़क मौजूद हैं। सछूतों और अछूतों के बीच की रेखा, उदाहरण के लिए एकदम स्पष्ट है) ब्राह्मणवाद जातीय रेखाओं के इतर सामाजिक या राजनीतिक एकजुटता की सम्भावनाओं को रोकता है। एक प्रशासनिक प्रणाली के रूप में यह प्रतिभा का एकदम अद्‌भुत नमूना है। माओ ज़ेदोंग का गोरिल्ला सेना को एक प्रसिद्ध सन्देश है, "एक छोटी सी चिनगारी, घास के एक बड़े मैदान को आग लगाकर पूरा जला सकती है।" शायद। लेकिन ब्राह्मणवाद ने हमें एक मैदान की जगह, एक भूलभुलैया दी है, जिसमें बेचारी चिनगारी भटककर खो जाती है। आंबेडकर ने कहा, "स्वतंत्रता, समता और बंधुत्व को एकदम नकारने का नाम ही ब्राह्मणवाद है।"[80]

***

जाति का विनाश उस भाषण का लिखित रूप है जो भाषण आंबेडकर को 1936 में विशेषाधिकारप्राप्त जाति के हिन्दुओं के समक्ष लाहौर में देना था। वह संगठन, जिसने आंबेडकर को अध्यक्षीय भाषण देने का निमंत्रण देने का साहस दिखाया, लाहौर का 'जात-पात तोड़क मंडल' था। यह आर्य समाज की एक उग्र मौलिक-

परिवर्तनवादी शाखा थी। इसके ज़्यादातर सदस्य विशेषाधिकारप्राप्त जाति के हिन्दू सुधारवादी थे। उन्होंने भाषण के लेख की अग्रिम नक़ल माँगी, ताकि उसे छपवाया और बँटवाया जा सके। जब उन्होंने इसे पढ़ा, तो उनको अहसास हुआ कि आंबेडकर वेदों, शास्त्रों और हिन्दू धर्म पर भी एक बौद्धिक आक्रमण करने जा रहे हैं, उन्होंने आंबेडकर को एक पत्र लिखा :

> हम सभी लोग, जो यह चाहते हैं कि सम्मेलन बिना किसी अप्रिय घटना के पूरा हो जाए, चाहते हैं कि कम से कम 'वेद' शब्द को फ़िलहाल भाषण से बाहर रखा जाए। हम इसे आपके विवेक पर छोड़ देते हैं। मैं उम्मीद करता हूँ कि आप अपने समापन पैराग्राफ़ में यह व्यक्त कर देंगे कि भाषण में दिए गए विचार आपके अपने हैं, और मंडल इसके लिए उत्तरदायी नहीं है।[81]

आंबेडकर ने अपने भाषण को बदलने से इनकार कर दिया, और इसलिए कार्यक्रम रद्द हो गया। उनका भाषण-लेख, मंडल के लिए अचरज का विषय नहीं होना चाहिए था। सिर्फ़ चन्द माह पहले, 13 अक्टूबर, 1935 को बॉम्बे प्रेसिडेंसी में येओला में (अभी के महाराष्ट्र प्रदेश) सम्पन्न दमित वर्ग सम्मेलन (Depressed Classes Conference) में आंबेडकर ने दस हज़ार से ज़्यादा श्रोताओं को बताया था :

> चूँकि हमारा दुर्भाग्य है कि हम स्वयं को हिन्दू कहते हैं, इसलिए हमारे साथ ऐसा बर्ताव होता है। यदि हम किसी और धर्म को मानते तो हमारे साथ कोई ऐसा व्यवहार न करता। कोई भी ऐसा धर्म अपना लो जो तुम्हें गरिमा और बराबरी का दर्जा देता हो। हम अब अपनी ग़लती को सुधारेंगे। यह मेरा दुर्भाग्य था, कि मैंने अछूत के कलंक के साथ जन्म लिया। हालाँकि, यह मेरी कोई ग़लती नहीं थी, लेकिन मैं हिन्दू बना रहकर मरूँगा नहीं, क्योंकि यह मेरे वश में है।[82]

धर्म-परिवर्तन की धमकी, ख़ासकर उस वक़्त, वह भी आंबेडकर जैसे क़द्दावर अछूत नेता द्वारा, सुधारवादियों के लिए इससे ज़्यादा बुरी ख़बर कोई और नहीं हो सकती थी।

धर्म-परिवर्तन कोई नई बात नहीं थी। जाति के कलंक से बचने के लिए, अछूत और अन्य अपमानित मेहनतकश जातियों ने अन्य धर्मों को अपनाना सदियों पहले शुरू कर दिया था। मुस्लिम शासन काल में दसियों लाख लोगों ने

इस्लाम अपना लिया था। बाद में, दसियों लाख लोग, सिख और ईसाई धर्म में शामिल हो गए थे। (यह दुखद है कि भारतीय उपमहाद्वीप में जाति पूर्वग्रह धार्मिक विश्वास पर हावी रहता है। हालाँकि उनके शास्त्र इसकी अनुमति नहीं देते फिर भी, अभिजात भारतीय मुस्लिम, सिख और ईसाई सभी धर्म जातीय पूर्वग्रह से ग्रसित हैं।[83] पाकिस्तान, बांग्लादेश और नेपाल सभी के पास, अछूत सफ़ाईकर्मियों के उनके अपने समुदाय हैं। कश्मीर में भी ऐसा ही है। लेकिन वह एक अलग कहानी है, फिर कभी)।

पीड़ित-जाति के हिन्दुओं का बड़े पैमाने पर धर्म-परिवर्तन, विशेषकर इस्लाम में, हिन्दू श्रेष्ठतावादी इतिहास लेखन को असहज बनाता है। इस प्रकार के इतिहास लेखन की बुनियाद यह है कि हिन्दू धर्म के स्वर्ण युग का अन्त, मुस्लिम शासकों की क्रूरता और बर्बरता के कारण हुआ।[84] यक़ीनन क्रूरता और बर्बरता मौजूद थी। लेकिन इसका अलग-अलग लोगों के लिए अलग-अलग अर्थ था। जोतिबा फुले (1827-90), शुरुआती आधुनिक जाति-विरोधी बुद्धिजीवी थे। आइए देखते हैं उनका मुस्लिम शासन और तथाकथित आर्य-भट्ट (ब्राह्मण) के स्वर्णयुग विषय पर क्या कहना था :

> मुसलमानों ने धूर्त आर्य भट्टों की नक्काशीदार पत्थर की छवियों को नष्ट कर दिया, जबरन उन्हें ग़ुलाम बना दिया और शूद्रों व अति शूद्रों को बड़ी संख्या में उनके चंगुल से छुड़ाकर मुस्लिम धर्म में शामिल कर लिया। इतना ही नहीं, बल्कि उन्होंने सहभोज और अन्तरजातीय विवाह करना भी शुरू कर दिया और उन्हें समान अधिकार दे दिए। मुसलमानों ने इन सभी को इतना ही प्रसन्न कर दिया, जितने वे स्वयं थे और आर्य भट्टों को यह सब देखने को मजबूर कर दिया।[85]

अलबत्ता सदी के अन्त तक आते-आते भारत में राजनीतिक सन्दर्भ में धर्म-परिवर्तन के मायने ही बदल गए। अनजाने विचारों के एक नए समूह ने प्रवेश किया। अलोकप्रिय शासन के विरोध का तरीक़ा यह नहीं रहा कि विजयी सेना घोड़े पर सवार, राजधानी में प्रवेश कर, राजा को उखाड़ फेंके और राज-सिंहासन पर क़ब्ज़ा जमा ले। साम्राज्य की दक़ियानूसी परिकल्पना, राष्ट्र-राज्य की नई आधुनिक परिकल्पना में बदल रही थी। आधुनिक प्रशासन में अब प्रतिनिधित्व के अधिकार के ज्वलंत प्रश्न को हल करना ज़रूरी था : भारतीय लोगों के प्रतिनिधित्व का अधिकार किसके पास था? हिन्दू के पास? या फिर

मुस्लिम या सिख या ईसाई के पास? या फिर विशेषाधिकारप्राप्त जातियों के पास? या उत्पीड़ित जातियों या किसानों या मज़दूरों के पास? स्वशासन और स्वराज के 'स्व' का गठन कैसे होगा? कौन फ़ैसला करेगा? अचानक वे लोग जो नस्ल, जाति, क़बीलों और धर्मों की असीमित असंख्य विविधताओं में बँटे हुए थे—जो एक हज़ार से अधिक भाषाएँ बोलते थे—उन्हें आधुनिक राष्ट्र के आधुनिक नागरिकों में तब्दील किया जाना था। एक-रूप बनाने की कृत्रिम प्रक्रिया का प्रभाव एकदम उलटा पड़ना शुरू हो गया। आधुनिक भारतीय राष्ट्र का गठन अभी शुरू ही हुआ था कि इसने ख़ुद को तोड़ना भी शुरू कर दिया।

नई व्यवस्था में जनसांख्यिकी अत्यन्त महत्त्वपूर्ण बन गई। ब्रिटिश जनगणना के अनुभवजन्य वर्गीकरण ने, जातियों के पदानुक्रम को, जो कठोर थे लेकिन लचीलेपन से पूरी तरह से वंचित नहीं थे, सख़्त, कठोर और ठोस बना दिया। और साथ ही इसमें अपने पूर्वग्रहों और मूल्य निर्णयों का घालमेल भी कर दिया। मसलन पूरे के पूरे समुदाय का 'अपराधी' और 'योद्धाओं' आदि श्रेणी में वर्गीकरण कर डाला। अछूत जातियों को 'हिन्दू' के खाते में डाल दिया गया था (1930 में आंबेडकर के अनुसार अछूतों की जनसंख्या 4.45 करोड़ थी।[86] अफ़्रीकी अमेरिकियों की जनसंख्या लगभग उसी समय 88 लाख थी)। 'हिन्दू-बाड़े' से बड़ी संख्या में अछूतों का पलायन, 'हिन्दू' बहुसंख्या के लिए प्रलयंकारी साबित हो सकता था। विभाजन-पूर्व के अविभाजित पंजाब में, उदाहरण के लिए, 1881 और 1941 के बीच हिन्दू जनसंख्या 43.8 प्रतिशत से गिरकर 29.1 प्रतिशत हो गई थी, जिसका मुख्य कारण अधीनस्थ जातियों का इस्लाम, सिख और ईसाई धर्म में चले जाना था।[87]

हिन्दू समाज सुधारकों ने इस निकास को रोकने के लिए जल्दी-जल्दी कुछ क़दम उठाने शुरू किए। आर्य समाज, जिसकी स्थापना 1875 में लाहौर में स्वामी दयानन्द सरस्वती (जन्म का नाम मूल शंकर, एक गुजराती कठियावाड़ी ब्राह्मण) ने की थी, शुरुआती दौर का एक संगठन था। यह अस्पृश्यता के विरुद्ध और मूर्ति-पूजा पर प्रतिबन्ध लगाने का प्रचार अभियान चलाता था। दयानन्द सरस्वती ने 1877 में शुद्धि कार्यक्रम प्रारम्भ किया, जिसका मक़सद था 'अशुद्धों को शुद्ध' करना, और उनके अनुयायियों ने इस कार्यक्रम को बीसवीं सदी की शुरुआत में, उत्तर भारत में बड़े पैमाने पर चलाया।

रामकृष्ण मठ के स्वामी विवेकानन्द 1893 में उस समय मशहूर हो गए जब उन्होंने साधु वेश में शिकागो में विश्व धर्म संसद को सम्बोधित किया था। उन्होंने 1899 में कहा, "हिन्दू बाड़े से बाहर निकलने वाले प्रत्येक व्यक्ति का

अर्थ केवल एक व्यक्ति कम होना नहीं, बल्कि एक शत्रु अधिक होना है।''[88] नए सुधारवादियों का एक गिरोह पंजाब में सक्रिय हो उठा, जो अछूतों का 'दिल और दिमाग़' जीतकर हिन्दू धर्म को बचाने में समर्पित था : श्रद्धानन्द दलितोद्धार सभा, अखिल भारतीय अछूतोद्धार समिति, पंजाब अछूत उद्धार मंडल[89] और जात-पात तोड़क मंडल, जो आर्य समाज का ही हिस्सा था।

सुधारवादियों का 'हिन्दू' और 'हिन्दू धर्म' शब्द का उपयोग एक नई घटना थी। अब तक, यह शब्द ब्रिटिश और मुग़ल इस्तेमाल किया करते थे, लेकिन वे लोग जिन्हें हिन्दू कहकर पुकारा जाता था, ख़ुद को इस नाम से कभी नहीं पुकारते थे। जनसांख्यिकी की खलबली मचने से पहले वे सभी अपनी जाति की पहचान को ही आगे रखकर चलते थे। ''पहली और सबसे महत्त्वपूर्ण बात यह है कि हिन्दू समाज एक मिथक है। हिन्दू नाम स्वयं ही एक विदेशी नाम है।'' आंबेडकर ने कहा :

> यह नाम मोहम्मदियों द्वारा उन मूल निवासियों को दिया गया जो सिन्धु नदी के पूरब में रहते थे, ताकि वे ख़ुद को अलग दिखा सकें। मोहम्मदियों के आक्रमण से पहले के किसी भी संस्कृत शास्त्र में हिन्दू नाम का कहीं उल्लेख नहीं है। उनको एक सर्वनाम रखने की कभी ज़रूरत ही नहीं महसूस हुई, क्योंकि उनकी कोई ऐसी धारणा थी ही नहीं कि उन्होंने एक समुदाय की रचना की है। हिन्दू समाज का कोई अस्तित्व ही नहीं है। यह अलग-अलग जातियों का एक झुंड भर है।[90]

जब सुधारकों ने स्वयं और अपने संगठनों के लिए 'हिन्दू' शब्द का प्रयोग शुरू किया, तो इसका धर्म से कुछ अधिक लेना-देना नहीं था, बल्कि यह एक प्रयास था—विभाजित लोगों को एक राजनीतिक सूत्र में पिरोने का। यही कारण था सुधारवादियों द्वारा बारम्बार 'हिन्दू राष्ट्र' और 'हिन्दू नस्ल' शब्दों के प्रयोग का।[91] इसी राजनीतिक हिन्दू धर्म को बाद में 'हिन्दुत्व' नाम से पुकारा गया।[92]

जनसांख्यिकी के मुद्दे को खुलकर और आमने-सामने से सम्बोधित किया गया। 10 जनवरी, 1921 को कानपुर के समाचार-पत्र *प्रताप* के सम्पादक ने लिखा, ''इस देश में सत्ता संख्याओं के आधार पर खड़ी है।''

> शुद्धि हिन्दुओं के लिए जीवन और मरण का प्रश्न बन गई है। मुस्लिम नकारात्मक मात्रा से बढ़कर 7 करोड़ हो चुके हैं। ईसाइयों की संख्या 40 लाख है। 22 करोड़ हिन्दुओं का 7 करोड़ मुसलमानों के कारण

> जीना मुश्किल हो गया है। यदि उनकी संख्या और बढ़ती है, तो भगवान जाने भविष्य में क्या होगा। यह सच है कि शुद्धि केवल धार्मिक उद्देश्य से होनी चाहिए, लेकिन हिन्दू कई अन्य तरीक़ों से भी अपने दूसरे भाइयों को गले लगाने के लिए बाध्य हुए हैं। यदि हिन्दू अब भी नहीं जागे, तो उनका वजूद ही ख़त्म हो जाएगा।[93]

रूढ़िवादी हिन्दू संगठनों, जैसे हिन्दू महासभा ने भाषणबाज़ी से आगे बढ़कर ज़मीनी स्तर पर काम करना शुरू किया। वे अपनी गहरी रची-बसी मान्यताओं के विरुद्ध, अस्पृश्यता के ख़िलाफ़ प्रचार के काम में ज़ोर-शोर से लग गए। अछूतों को पाला बदलने से हर हाल में रोकना था, समाहित करना था। उन्हें बड़े घर के अन्दर लाना था, लेकिन उनको रखना नौकरों के क्वार्टर में था। देखें आंबेडकर का इस विषय पर क्या कहना था :

> यह सच है कि हिन्दू धर्म कई चीज़ों को अवशोषित कर सकता है। गौ-मांस भक्षक हिन्दू धर्म (या सही तौर पर ब्राह्मणवाद, जो इसका उचित नाम है) ने बौद्ध धर्म के अहिंसा के सिद्धान्त को अवशोषित कर लिया और शाकाहार का धर्म बन गया। लेकिन एक चीज़ है जिसे हिन्दू धर्म कभी नहीं कर पाया, और वह है अछूतों को अवशोषित, समाहित करना या अस्पृश्यता की बाधा को ख़त्म कर पाना।[94]

जब हिन्दू सुधारवादी अपने काम में लगे हुए थे, तभी अछूतों की अगुआई में जाति-विरोधी आन्दोलन भी संगठित होने लगा। स्वामी अछूतानन्द हरिहर ने प्रिंस ऑफ़ वेल्स को सत्रह माँगों का एक ज्ञापन दिया, जिसमें भूमि सुधार, अछूतों के बच्चों के लिए अलग स्कूल और पृथक् निर्वाचिका आदि माँगें थीं। एक अन्य प्रसिद्ध व्यक्ति बाबू मंगू राम थे। ये क्रान्तिकारी, साम्राज्यवाद विरोधी ग़दर पार्टी के सदस्य थे जिसकी स्थापना 1913 में अधिकतर पंजाबी आप्रवासी भारतीयों द्वारा संयुक्त राज्य अमेरिका और कनाडा में हुई थी। ग़दर पंजाबी भारतीयों का एक अन्तर्राष्ट्रीय आन्दोलन था जो 1857 के विद्रोह या स्वतंत्रता के पहले युद्ध से प्रेरित था, जिसे स्वतंत्रता का पहला युद्ध भी कहा जाता है। इसका उद्देश्य अंग्रेज़ों को सशस्त्र संघर्ष के माध्यम से उखाड़ फेंकना था। (ग़दर पार्टी कई मायनों में भारत की पहली कम्यूनिस्ट पार्टी थी। कांग्रेस में, जहाँ शहरी विशेषाधिकारप्राप्त जाति के लोगों का वर्चस्व और नेतृत्व था, वहीं ग़दर पार्टी पंजाब के किसानों से जुड़ी पार्टी थी। हालाँकि अब इसका अस्तित्व समाप्त हो चुका है, लेकिन आज भी पंजाब के कई वामपंथी क्रान्तिकारी दलों

के लिए यह एक एकत्रीकरण बिन्दु है)। बाबू मंगू राम एक दशक तक संयुक्त राज्य अमेरिका में रहने के पश्चात जब भारत लौटे, तो उन्होंने पाया कि जाति-व्यवस्था उनकी प्रतीक्षा में है, उन्होंने एक बार फिर से ख़ुद को अछूत पाया।[95] 1926 में उन्होंने आद धर्म आन्दोलन की स्थापना की—रविदास भक्ति संत जिसके आध्यात्मिक नायक थे। आद धर्मियों ने ऐलान कर दिया कि वे न तो सिख हैं और न ही हिन्दू। बहुत से अछूतों ने आर्य समाज को त्यागकर आद धर्म आन्दोलन में प्रवेश कर लिया।[96] बाबू मंगू राम आगे चलकर आंबेडकर के साथी बन गए।

जनसांख्यिकी की चिन्ता ने राजनीति में उथल-पुथल मचा रखी थी। उधर दूसरे घातक खेल भी चल रहे थे। ब्रिटिश सरकार ने ख़ुद को शाही फ़रमान द्वारा भारत पर शासन करने का अधिकार दे दिया था, इसके साथ ही, उन्होंने भारतीय अभिजात वर्ग के साथ नज़दीकियाँ बनाकर अपनी शक्ति को और भी अधिक सुदृढ़ कर लिया था। इस बात का विशेष ध्यान रखा गया कि यथास्थिति बनी रहे, उस पर तनिक भी आँच न आए।[97] उसने एक समय के धनवान उपमहाद्वीप की धन-सम्पदा को निचोड़कर रख दिया या यह कहा जाए कि इस उपमहाद्वीप के धनवान अभिजात वर्ग की धन-सम्पदा को निचोड़कर पी गए। अंग्रेज़ों की वजह से अकाल फैला, जिसमें भूख से लाखों की जानें चली गईं, जबकि दूसरी तरफ़ भारत से खाद्यान्न का इंग्लैंड को लगातार निर्यात बेरोक-टोक चलता रहा।[98] इन सबके बावजूद भी वे धूर्तता से बाज़ नहीं आए और जातीय व साम्प्रदायिक तनाव पैदा करने की मक्कार चालें चलते रहे। 1905 में उन्होंने बंगाल को साम्प्रदायिकता के आधार पर विभाजित कर दिया। 1909 में उन्होंने मोर्ले-मिंटो सुधारों को पारित कर दिया, जिससे मुसलमानों को केन्द्रीय और प्रान्तीय विधान परिषदों में पृथक् निर्वाचिका (Separate Electorate) की व्यवस्था प्रदान कर दी गई। उनका जो कोई भी विरोध करता, उसकी नैतिक और राजनीतिक वैधता पर उन्होंने सवाल उठाना शुरू कर दिया : वे लोग जो अस्पृश्यता जैसी आदिम प्रथा चलाते हों, किस मुँह से स्वराज की बात कर सकते हैं? कांग्रेस पार्टी जो कुलीन, विशेषाधिकारप्राप्त जातियों द्वारा संचालित है, कैसे मुसलमानों के प्रतिनिधित्व का दावा कर सकती है? या अछूतों के प्रतिनिधित्व का दावा? ब्रिटिश सरकार द्वारा इस प्रकार के प्रश्न रखना, दुष्टता ही थी। लेकिन दुष्ट प्रश्नों के भी जवाब देने पड़ते हैं।

लगातार चौड़ी होती ऐसी दरार के बीच जिस व्यक्ति ने क़दम रखा, वह आधुनिक विश्व का अब तक का ज्ञात सबसे तेज़-तर्रार राजनीतिज्ञ था—

मोहनदास करमचन्द गांधी। यदि ब्रिटिश के पास तुरुप का पत्ता उनके शाही फ़रमान थे, तो गांधी के पास उनका महात्मापन था।

***

गांधी दक्षिण अफ़्रीका में 20 वर्ष की राजनीतिक गतिविधियों के बाद 1915 में भारत लौटे, और सीधा राष्ट्रीय आन्दोलन में कूद पड़े। किसी भी राजनेता के रूप में उनकी पहली चिन्ता थी, उन सभी राजनीतिक समूहों को जोड़ना जिनसे भारतीय राष्ट्रीय कांग्रेस को यह दावा करने की इजाज़त मिले कि वही उभरते हुए देश की वैध और एकमात्र प्रतिनिधि है। यह एक कठिन कार्य था। हर किसी का प्रतिनिधित्व करने के प्रयास में प्रलोभन और विरोधाभास थे—हिन्दू, मुस्लिम, ईसाई, सिख, विशेषाधिकारप्राप्त जातियाँ, अधीनस्थ जातियाँ, किसान, खेतिहर मज़दूर, ज़मींदार, कामगार और उद्योगपति—लेकिन सभी को गांधी के अलौकिक महात्मापन में अवशोषित कर लिया गया।

पौराणिक कथाओं के शिव की तरह, जिसने समुद्र मंथन की कथा में, संसार की रक्षा के लिए विषपान किया—विष, जो क्षीरसागर के मथने से निकला था—गांधी अपने साथियों और सह-मथनेवालों में सबसे आगे खड़े थे। उन्होंने उठकर विषपान का प्रयास किया, उस विष का जो नए राष्ट्र के अस्तित्व को लाने के लिए किए गए मंथन से, उसकी गहराइयों से उभर रहा था। दुर्भाग्य से गांधी शिव नहीं थे, और अन्ततः विष उन पर हावी हो गया। कांग्रेस पार्टी की वर्चस्व की इच्छा जितनी बढ़ती गई, उतनी ही अधिक उसकी प्रतिक्रिया हिंसक होती चली गई।

तीन राजनीतिक समूह कांग्रेस को जिनका दिलो-दिमाग़ जीतना था, वो थे—रूढ़िवादी-विशेषाधिकारप्राप्त हिन्दू, अछूत और मुस्लिम।

रूढ़िवादी हिन्दू समाज के लिए, जो कांग्रेस पार्टी का स्वाभाविक राजनीतिक क्षेत्र था, गांधी ने रामराज्य के आदर्शलोक का स्वप्न दिया। *भगवद्गीता* को उन्होंने अपने 'आध्यात्मिक शब्दकोष' की संज्ञा दी। (यही वह पुस्तक है, जो गांधी की ज़्यादातर मूर्तियों में उनके हाथ में होती है।) उन्होंने स्वयं को 'सनातनी हिन्दू' कहा। सनातन धर्म, 'शाश्वत सिद्धान्त' के दम पर, ऐसा दावा करता है कि वह सभी चीज़ों का उद्गम है, और सभी का संगम भी। आध्यात्मिक रूप से यह बहुत ही उदार और सुन्दर विचार है, एकदम सहिष्णुता और अनेकतावाद का प्रतीक लगता है। राजनीतिक रूप से इसका उपयोग बिलकुल उलटे तरीक़े से होता है, एक बहुत ही संकीर्ण उद्देश्य, समावेश और प्रभुत्व के लिए। यह

एक बड़ी होल्डिंग कम्पनी है, सभी धर्मों—इस्लाम, बौद्ध, जैन, सिख, ईसाई—को अवशोषित करने के लिए। उम्मीद की जाती है कि ये छोटी कम्पनियाँ, एक बड़ी होल्डिंग कम्पनी की छत्रच्छाया में कार्य करें।

दूसरे बड़े राजनीतिक समूह, अछूतों का दिल जीतने के लिए, भारतीय राष्ट्रीय कांग्रेस ने 1917 में अस्पृश्यता निवारण का एक प्रस्ताव पारित किया। थियोसोफ़िकल सोसाइटी की एनी बेसेंट ने, जो कांग्रेस की संस्थापक सदस्य भी थीं, इस बैठक की अध्यक्षता की। आंबेडकर ने इसे 'एक अजीबोग़रीब घटना' कहा।[99] उन्होंने बेसेंट के एक निबन्ध को पुनः प्रकाशित किया जो 1909 में *इंडियन रिव्यू* में प्रकाशित हुआ था, इस निबन्ध में बेसेंट ने वकालत की थी कि स्कूलों में अछूत बच्चों को शुद्धतर जातियों के बच्चों से अलग रखा जाए :

> वर्तमान में उनके शरीर बदबूदार और गन्दे बन गए हैं, पीढ़ी-दर-पीढ़ी शराब और तीखी-गन्ध वाले भोजन खाने से; कुछ पीढ़ियों तक यदि वे शुद्ध भोजन और जीवन जिएँगे, तब जाकर उनके शरीर इस लायक़ हो पाएँगे कि वे क्लास में दूसरे बच्चों के साथ बैठ पाएँ, उन बच्चों के साथ जो उत्तम निजी स्वच्छता की आदतों में प्रशिक्षित हैं और शुद्ध खाद्य-पदार्थों पर जिनका पोषण हुआ है। हमें दमित वर्ग को ऊपर उठाकर समान स्तर की शुद्धता पर लाना होगा, न कि स्वच्छ को घसीटकर गन्दे के स्तर पर लाना। जब तक ऐसा नहीं होता तब तक साथ-साथ बिठाना ठीक नहीं होगा।[100]

तीसरा बड़ा राजनीतिक समूह जिसे कांग्रेस को साधना था, वे मुस्लिम थे। (उच्च जाति के हिन्दू, शुद्धता-प्रदूषण के पैमाने पर मुस्लिमों को म्लेच्छ—अर्थात अशुद्ध मानते थे, जिनके साथ बैठकर भोजन करना और पानी पीना निषेध था) 1920 में कांग्रेस ने रूढ़िवादी भारतीय मुस्लिमों के साथ गठबन्धन करने का निर्णय लिया, जो अन्तर्राष्ट्रीय इस्लामी आन्दोलन का नेतृत्व कर रहे थे। यह आन्दोलन प्रथम विश्वयुद्ध के पश्चात मित्र-राष्ट्रों द्वारा तुर्की के उस्मानिया साम्राज्य के बँटवारे के ख़िलाफ़ था। पराजित तुर्की का सुल्तान, ख़लीफ़ा था यानी सुन्नी मुस्लिमों का आध्यात्मिक मुखिया या धर्म-गुरु। सुन्नी मुसलमानों ने उस्मानिया साम्राज्य के बँटवारे को इस्लामी ख़लीफ़ा पर ख़तरे के समान माना। गांधी के नेतृत्व में कांग्रेस पार्टी इस आन्दोलन में कूद पड़ी और ख़िलाफ़त आन्दोलन को अपने पहले राष्ट्रीय सत्याग्रह में शामिल कर लिया। सत्याग्रह की योजना, रौलेट एक्ट का विरोध करने के लिए बनी थी। रौलेट एक्ट जो 1919

में पारित हुआ था, उसमें ब्रिटिश सरकार ने अपनी युद्धकालीन आपात शक्तियों को और आगे तक के लिए बढ़ा दिया था।

गांधी का ख़िलाफ़त आन्दोलन को समर्थन देना क्या सिर्फ़ एक साधारण राजनीतिक अवसरवाद था या नहीं, इस पर निरन्तर बहसें होती रही हैं। इतिहासकार फ़ैसल देवजी का तर्क विश्वसनीय है, कि उस समय गांधी एक अन्तर्राष्ट्रीयता की दिशा में काम कर रहे थे, अर्थात वे ख़ुद को साम्राज्य की प्रजा का एक जिम्मेदार नागरिक मानते थे, (जिस प्रकार उन्होंने ख़ुद को, दक्षिण अफ़्रीका में बिताए वर्षों में भी देखा था); वह साम्राज्य का नैतिक परिवर्तन करके, उसे अपनी प्रजा के प्रति जवाबदेह बनाने की कोशिश में थे।[101] गांधी ने ख़िलाफ़त को एक 'आदर्श' कहा और कहा कि "असहयोग आन्दोलन के संघर्ष को अधर्म के विरुद्ध धर्म की लड़ाई माना जाए।"[102] ऐसा कहने से उनका मतलब था कि हिन्दू धर्म और इस्लाम को मिलकर ईसाईयत को परिवर्तित करना है, वह ईसाईयत जो गांधी की नज़रों में अपना नैतिक मर्म खो रही थी। यह पहले असहयोग आन्दोलन के दौरान हुआ कि गांधी ने धर्म और धर्म के प्रतीकों को अपनी राजनीति का केन्द्र-बिन्दु बनाया। शायद वे यह सोच रहे थे कि वे तीर्थयात्रियों के हाथ तापने के लिए सड़क के किनारे अलाव सुलगा रहे हैं। लेकिन यह आग ऐसी लपटों में बदल गई जो आज तक बुझ नहीं पाई है।

पैन इस्लामी आन्दोलन के साथ एकजुटता का इज़हार करते हुए, गांधी एक बड़े मैदान में बड़ा खेल खेलने की तैयारी कर रहे थे। हालाँकि अपने हिन्दूपन को साबित करने के लिए उन्होंने बहुत कुछ कर रखा था, लेकिन अब गांधी केवल हिन्दुओं के ही नहीं, और केवल भारतीयों के ही नहीं, बल्कि ब्रिटिश साम्राज्य की पूरी प्रजा के नेता बनने के आकांक्षी थे। लेकिन ख़िलाफ़त को अपना समर्थन देकर गांधी, सीधे हिन्दू अतिवादियों के हाथों में खेल गए, जिन्होंने अब तक कहना शुरू कर दिया था कि मुसलमान 'सच्चे' भारतीय नहीं हैं, क्योंकि उनकी वफ़ादारी का केन्द्र भारत के बाहर स्थित है। रूढ़िवादी-मुसलमानों के साथ कांग्रेस पार्टी के गठबन्धन से रूढ़िवादी हिन्दू तो क्रोधित थे ही, साथ में नरमपंथी मुस्लिम भी ग़ुस्से में थे।

1922 में जब असहयोग आन्दोलन अपने चरम पर था तो स्थितियाँ नियंत्रण से बाहर हो गईं। भीड़ ने यूनाइटेड प्रोविंस (अब के उत्तर प्रदेश) के चौरी-चौरा में बाईस पुलिसकर्मियों की हत्या कर दी और एक पुलिस थाने को आग लगा दी। गांधी ने इस हिंसा को ऐसे संकेत के रूप में लिया कि लोग अभी सच्चे सत्याग्रही के रूप में पूर्ण विकसित नहीं हुए हैं, और अभी अहिंसा और

असहयोग के लिए तैयार नहीं हैं। बिना किसी अन्य नेता की राय लिए, गांधी ने सत्याग्रह समाप्त करने का ऐलान कर दिया। चूँकि असहयोग आन्दोलन और ख़िलाफ़त आन्दोलन संयुक्त थे, एक-दूसरे से जुड़े हुए थे, इसलिए इस ऐलान का अर्थ ख़िलाफ़त आन्दोलन का भी समापन था। गांधी की इस मनमानी से क्रोधित होकर ख़िलाफ़त आन्दोलन के नेताओं ने कांग्रेस से किनारा कर लिया। अब चीज़ें उधड़ने लगी थीं।

1925 आते-आते, डॉ. केशव हेडगेवार ने एक हिन्दू राष्ट्रवादी संगठन, राष्ट्रीय स्वयंसेवक संघ की स्थापना कर दी थी। बालकृष्ण शिवराम मुंजे जिन्हें बी. एस. मुंजे के नाम से जाना जाता है, राष्ट्रीय स्वयंसेवक संघ के शुरुआती सिद्धान्तकार थे। मुंजे 1931 में इटली गए और मुसोलिनी से मिले। यूरोपीय फ़ासीवाद से प्रभावित होकर आरएसएस ने 'स्टॉर्म ट्रुपर्स' के अपने दस्ते बनाने शुरू किए। (आज इनकी संख्या दसियों लाख में है। आरएसएस के सदस्यों में पूर्व प्रधानमंत्री अटल बिहारी वाजपेयी, पूर्व गृहमंत्री लालकृष्ण आडवाणी, और गुजरात के चार बार के मुख्यमंत्री नरेन्द्र मोदी शामिल हैं।) द्वितीय विश्वयुद्ध जब शुरू हुआ उस समय हिटलर और मुसोलिनी आरएसएस के आध्यात्मिक एवं राजनीतिक गुरु थे (और आज भी हैं)। आरएसएस ने बाद में ऐलान किया कि भारत एक हिन्दू राष्ट्र है, और भारत में मुसलमान, जर्मनी के यहूदियों के तुल्य हैं। 1939 में माधव सदाशिव गोलवलकर ने, जो हेडगेवार के बाद आरएसएस प्रमुख बने, अपनी पुस्तक *वी, ऑवर नेशनहुड डिफ़ाइंड* अर्थात 'हम, और हमारा परिभाषित राष्ट्रवाद', जिसे आरएसएस की बाइबिल कहा जाता है, में लिखा :

> अपनी जाति और संस्कृति की पवित्रता को बनाए रखने के लिए, जर्मनी ने, सामी नस्ल के यहूदियों को हटाकर, अपने देश का शुद्धिकरण करके, पूरी दुनिया को चौंका दिया है। नस्ल का गर्व अपने उच्चतम स्तर पर प्रकट हुआ है...यह एक अच्छा सबक़ है हम हिन्दुस्तान में रहने वालों के लिए, हमें इससे सीखना और लाभ उठाना चाहिए।[103]

1940 आते-आते मुहम्मद अली जिन्ना के नेतृत्व में मुस्लिम लीग ने पाकिस्तान का प्रस्ताव पारित कर दिया।

ब्रिटिश सरकार ने 1947 में एक ऐसा काम किया, जिसकी गिनती यक़ीनन इतिहास के सबसे क्रूरतम, अन्यायपूर्ण कृत्यों में होगी। उन्होंने बहुत ही जल्दबाज़ी में और बहुत ही लापरवाही से, सरहद की एक ऐसी लकीर खींच दी, जो

समुदायों और लोगों, गाँव और घरों को बीचोबीच काटती हुई गुज़रती थी। क़साई तक भी, बकरे की टाँग का गोश्त काटते वक़्त इससे ज़्यादा संवेदनशील होता होगा।

गांधी, शान्ति और अहिंसा के देवदूत, ने अपने जीते-जी देख लिया कि वह आन्दोलन, जिसका वे सोचते थे कि वे नेतृत्व कर रहे हैं, नरसंहार की हिंसा के आवेग में डूब रहा है, जिसमें पाँच लाख लोगों (स्टैनले वुल्पेर्ट की पुस्तक *अ न्यू हिस्ट्री ऑफ़ इंडिया* के अनुसार लगभग दस लाख लोग) ने अपनी जान गँवा दी और लगभग एक करोड़ बीस लाख लोगों ने अपना घर-बार, अपना अतीत और वह सब कुछ जिसे उन्होंने कभी जाना था, जिसको तिनका-तिनका जोड़ा था, वह सब खो दिया। विभाजन के डरावने मंज़र के दौरान, गांधी ने वो सब कुछ किया, जो उनके बस में था। वे हिंसा के बीचोबीच पहुँचे। वहशीपन और ख़ूनी-प्यास थामने के लिए उन्होंने प्रार्थनाएँ कीं, हाथ जोड़े, उपवास किए, लेकिन हिंसा का ख़ूनी पिशाच बन्धन तोड़ उन्मुक्त हो चुका था, उसे वापस बाँधना सम्भव ही नहीं था। घृणा की आग चारों ओर फ़ैल गई और इसके रास्ते में जो कुछ भी आया, उसे निगलती चली गई। आज भी इसकी नई-नई शाखाएँ उत्पन्न हो रही हैं, ज़मीन के भीतर भी और ज़मीन के बाहर भी। इसने उपमहाद्वीप को, एक बहुत ही गहरा घायल मानस वसीयत में बख़्शा है।

दोनों ओर से उन्मादी हत्याओं, धार्मिक नरसंहार और सीना ठोंकने वाले धार्मिक कट्टरवाद के बीच, पाकिस्तान सरकार का एक बात को लेकर दिमाग़ बिलकुल साफ़ था : उसने ऐलान कर दिया कि नगर निगम के अछूत सफ़ाई-कर्मचारी, देश की 'आवश्यक सेवाओं' का हिस्सा हैं, और उनको ज़ब्त कर लिया गया, उन्हें भारत जाने की अनुमति देने से इनकार कर दिया गया। (आख़िर कौन, पाक (पवित्र) लोगों के स्थान में लोगों का मल साफ़ करेगा) आंबेडकर ने दिसम्बर 1947 में, प्रधानमंत्री जवाहरलाल नेहरू को एक पत्र लिखकर यह मामला उठाया।[104] आंबेडकर 'आवश्यक सेवाओं' के एक छोटे से हिस्से को भारत लाने में बमुश्किल सफल हुए। आज भी पाकिस्तान में, जहाँ विभिन्न इस्लामी समुदाय एक-दूसरे का इस बात को लेकर क़त्लेआम करते हैं कि कौन बेहतर, ज़्यादा सही और ज़्यादा वफ़ादार मुसलमान है, इस बात को लेकर किसी के दिल में दर्द नज़र नहीं आता कि वे एक बहुत ही ग़ैर-इस्लामी प्रथा-अस्पृश्यता को, आज भी क़ायम रखे हुए हैं।

विभाजन के पाँच महीने बाद ही जनवरी 1948 में, बिड़ला हाउस के प्रांगण में एक प्रार्थना सभा के दौरान गोली मारकर गांधी की हत्या कर दी गई। गांधी

जब भी दिल्ली में होते थे तो अमूमन यहीं रहते थे। उनका हत्यारा नाथूराम गोडसे एक ब्राह्मण था। वह हिन्दू महासभा तथा आरएसएस का पूर्व कार्यकर्ता था। गोडसे, यदि ऐसा होना सम्भव है तो, एक अति आदर भाव रखने वाला हत्यारा था। हत्या से पहले उसने गांधी को अभिवादन किया, गांधी द्वारा किए गए जन 'जागरण' के प्रति सम्मान के लिए, और फिर गोली दाग़ दी। पिस्तौल का घोड़ा दाबने के बाद भी, गोडसे अपने स्थान से टस से मस नहीं हुआ। उसने न तो भागने की चेष्टा की और न ही ख़ुदकुशी का कोई प्रयास किया। अपनी पुस्तक *मैंने महात्मा गांधी की हत्या क्यों की* में उसने कहा :

> [लेकिन] भारत में साम्प्रदायिक मताधिकार, पृथक् निर्वाचिका और इसी प्रकार की नीतियों ने देश की एकजुटता को पहले ही बहुत कमज़ोर कर दिया था, ऐसी और भी घटनाएँ अतिशीघ्र होने वाली थीं। अंग्रेज़ों द्वारा साम्प्रदायिक तरफ़दारी की मनहूस नीतियाँ, दृढ़तापूर्वक और निस्संकोच अपनाई जा रही थीं। गांधी जी को इन्हीं कारणों से हिन्दुओं और मुसलमानों के निर्विवाद नेता बनने में बहुत मुश्किल आ रही थी, जैसे कि वे दक्षिणी अफ़्रीका में थे। मगर गांधी जी तमाम भारतीयों के नेता बनने के आदी हो चुके थे। और साफ़ बात यह है कि उनको विभाजित देश का नेतृत्व करने की समझ ही नहीं थी। यह उनके ईमानदार दिमाग़ के लिए सोचना ही बेतुका था कि वे एक ऐसी सेना की कमान सँभालें, जो ख़ुद के ही ख़िलाफ़ बँटी हुई हो।[105]

गांधी के हत्यारे को लग रहा था कि वह महात्मा को ख़ुद अपने स्वयं से बचा रहा है। गोडसे और उसका सहयोगी नारायण आप्टे, जब फाँसी के तख़्ते पर चढ़े तो उनके हाथ में भगवा ध्वज, अविभाजित भारत का मानचित्र, और इसे विडम्बना ही कहेंगे, *भगवद्गीता* की एक प्रति थी, उसी *गीता* की जिसे गांधी अपना 'आध्यात्मिक शब्दकोष' कहा करते थे।

गीता मूलतः महाभारत के युद्ध (जिसमें भाइयों का युद्ध भाइयों से हुआ) के दौरान, कृष्ण का अर्जुन को उपदेश है, यह युद्ध के मैदान में कर्तव्य के प्रति समर्पण और नैतिक व्यवहार का दार्शनिक एवं धार्मिक ग्रन्थ है। आंबेडकर का *भगवद्गीता* के प्रति कोई मोह नहीं था। उनका विचार था कि गीता में "हत्या के पक्ष का ऐसा बचाव किया गया है जो कभी देखा न सुना।" उन्होंने कहा कि "*गीता* मनुष्यों के जन्मजात क़ुदरती गुणों को चतुर्वर्ण के सिद्धान्त से जोड़ती है, और इस तरह से चतुर्वर्ण के सिद्धान्त को एक दार्शनिक आधार प्रदान करती है।"[106]

मौत के वक़्त महात्मा गांधी एक दुखी, उदास, पराजित व्यक्ति थे। आंबेडकर स्तब्ध और परेशान थे। वे अपने विरोधी का भांडा फोड़ना चाहते थे, उसकी मृत्यु नहीं चाहते थे। देश गहरे सदमे में था।

लेकिन यह सब बहुत आगे चलकर होगा। हम अपनी कहानी में आगे की घटनाओं को पहले ही बयान कर रहे हैं।

***

इससे पहले पैंतीस वर्षों से ज़्यादा समय तक गांधी के महात्मापन की ओढ़नी राष्ट्रीय आन्दोलन पर ऐसे छाई रही जैसे किसी कश्ती का बादबान। वे पूरी दुनिया के दिलो-दिमाग़ पर हावी थे। उन्होंने हज़ारों लोगों को जागृत करके सीधे राजनीतिक सक्रियता के मैदान में उतार दिया। वे सबकी आँखों का ध्रुव-तारा थे, राष्ट्र की आवाज़ थे। 1931 में लन्दन में आयोजित दूसरे गोलमेज़ सम्मेलन में, गांधी ने पूरे एतमाद से दावा किया कि वह पूरे भारत का प्रतिनिधित्व करते हैं। आंबेडकर से अपना पहला सार्वजनिक टकराव होने पर (आंबेडकर के अछूतों के पृथक् निर्वाचिका के प्रस्ताव के बारे में) गांधी में यह कहने का आत्मविश्वास था, "मैं दावा करता हूँ कि मुझमें ही अछूतों के विशाल जन-समुदाय का प्रतिनिधित्व है।"[107]

एक विशेषाधिकारप्राप्त सवर्ण बनिया यह कैसे दावा कर सकता था कि वह ही साढ़े चार करोड़ भारतीय अछूतों का असली प्रतिनिधि है, अगर उसे यह यक़ीन न हो कि वह वास्तव में ही महात्मा है? महात्मापन ने गांधी को वह आयाम प्रदान किया जो साधारण मनुष्यों को उपलब्ध नहीं था। इसने उन्हें 'अन्तरात्मा की आवाज़' का भावात्मक, प्रभावी उपयोग करने की छूट दी। इसी ने गांधी को अपनी स्वच्छता की स्थिति, अपने आहार, अपने मल-त्याग, अपने एनीमाओं और यौन-जीवन के दैनिक प्रसारण की स्वीकृति दी। जनता को अपने अन्तरंगता के जाल में खींचने की, ताकि बाद में उसका उपयोग और जोड़-तोड़ का लाभ वे ले सकें, जब वे अपने उपवास और आत्म-दंड देने के काम करें। इसने इन्हें छूट दी, ख़ुद का बार-बार खंडन करने की, और फिर कहा : "मेरा उद्देश्य यह नहीं है कि मेरा हर बयान, मेरे पिछले बयान की कसौटी पर खरा उतरे, लेकिन मेरा हर बयान सत्य की कसौटी पर खरा होना चाहिए, जिस भी रूप में सत्य उस पल मेरे सामने प्रस्तुत हो। इसका परिणाम यह हुआ है कि मैं एक सत्य से दूसरे सत्य तक पहुँचता रहा हूँ।"[108]

आम राजनीतिज्ञ एक राजनीतिक मुनाफ़े से दूसरे राजनीतिक मुनाफ़े के बीच झूलता रहता है। सिर्फ़ एक महात्मा है जो एक सत्य से दूसरे सत्य तक पहुँचता है।

फिर ऐसा कैसे हुआ कि गांधी को महात्मा कहा जाने लगा? क्या प्रारम्भ से ही उनके पास एक संत की करुणा और समतावादी सहज ज्ञान था? या फिर ये सब उन्हें ज़िन्दगी की रहगुज़र पर मिले?

अभी हाल ही में प्रकाशित गांधी की जीवनी में इतिहासकार रामचन्द्र गुहा का तर्क है कि गांधी ने दक्षिणी अफ़्रीका में दो दशक तक जो कार्य किया, उसी ने उन्हें महात्मा बनाया।[109] उनकी संत घोषणा—जब सार्वजनिक रूप से उन्हें महात्मा कहकर पुकारा गया—1915 में हुई, उनके दक्षिणी अफ़्रीका से लौटने के तुरन्त बाद जब उन्होंने भारत में काम शुरू किया, उनके वतन पोरबन्दर, गुजरात के पास वाले एक शहर गोंडल में।[110] उस समय भारत में बहुत कम लोग जानते थे उन संघर्षों के बारे में जो गांधी ने दक्षिणी अफ़्रीका में किए थे। ज़्यादातर के पास अधूरी या त्रुटिपूर्ण जानकारी ही थी। गांधी के दक्षिणी अफ़्रीका में बिताए गए वर्षों का विस्तार से विश्लेषण होना चाहिए, क्योंकि उन संघर्षों ने गांधी को महात्मा बनाया हो या नहीं, लेकिन निश्चित रूप से उन वर्षों ने जाति, नस्ल और साम्राज्यवाद के विषय में गांधी के विचारों को आकार देने का और परिभाषित करने का काम किया। नस्ल के विषय में उनके विचारों से, जाति के प्रति उनके विचारों का पूर्वाभास मिलता है। दक्षिणी अफ़्रीका में जो कुछ भी हुआ, उसके गम्भीर दूरगामी निहितार्थ हैं, जो आज भी वहाँ के भारतीय समुदाय के लिए गहरे मायने रखते हैं। सौभाग्य से हमारे पास गांधी के अपने शब्द हैं, (और विसंगतियाँ) जो उन वर्षों का सविस्तार वर्णन करते हैं और मूलपाठ का चरित्र बताते हैं।[111] उस पीढ़ी का व्यक्ति, जो गांधी की संत-जीवनी की ख़ुराक पर पला-बढ़ा है (मेरे समेत), यह जानकर कि दक्षिण अफ़्रीका में क्या हुआ, न सिर्फ़ परेशान होगा, बल्कि हक्का-बक्का रह जाएगा।

झिलमिल पथ

चौबीस वर्षीय गांधी, जो लन्दन के इनर टेम्पल में वकील के रूप में प्रशिक्षित हुए थे, मई 1893 में दक्षिण अफ़्रीका पहुँचे। एक धनाढ्य गुजराती मुस्लिम सौदागर ने उन्हें क़ानूनी सलाहकार की नौकरी पर रखा था। ब्रिटिश राज उस वक़्त अफ़्रीकी महाद्वीप पर पकड़ मज़बूत कर रहा था। यहाँ आने के चन्द माह पश्चात ही, गांधी को एक ऐसा झटका लगा जिसने उन्हें राजनीतिक तौर पर

जागृत कर दिया। उनकी आधी कहानी दंतकथा है : गांधी को एक रेलगाड़ी के प्रथम श्रेणी के कोच से जो 'श्वेतों के लिए आरक्षित था' पीटर मेरिट्सबर्ग में धक्के मारकर बाहर फेंक दिया गया। कहानी का दूसरा आधा भाग कम लोग जानते हैं, गांधी इस बात पर कुपित नहीं थे कि वहाँ नस्ली अलगाव था। उनके नाराज़ होने का कारण था कि 'पैसेंजर इंडियंस'—भारतीय व्यापारी-वर्ग जिनमें अधिकतर मुस्लिम थे, लेकिन कुछ विशेषाधिकारप्राप्त जातियों के हिन्दू भी थे—और जो दक्षिणी अफ़्रीका में कारोबार के सिलसिले में रहते थे, उनके साथ भी मूल निवासी काले अफ़्रीकियों के समान व्यवहार किया जा रहा था। गांधी का तर्क यह था कि 'यात्री-भारतीय' नटाल डिस्ट्रिक्ट में ब्रिटिश प्रजा के रूप में आए थे और उनका बराबरी के बर्ताव का हक़ बनता है, क्योंकि रानी विक्टोरिया ने 1858 में एक उद्घोषणा की थी जिसमें ज़ोर देकर कहा गया था कि ब्रिटिश राज की प्रजा एक समान है।

1894 में वे, नटाल भारतीय कांग्रेस (एनआईसी) के सचिव बन गए, जिसकी स्थापना और फ़ंडिंग धनवान भारतीय सौदागर और व्यापारियों द्वारा की गई थी। इसका सदस्यता शुल्क तीन पौंड था, जो कि एक बड़ी धनराशि थी, इसका उद्देश्य यही था कि नटाल भारतीय कांग्रेस एक अभिजात वर्ग का क्लब बना रहे। (तीन पौंड राशि का मूल्यांकन करने के लिए यह बताना ज़रूरी है कि बारह वर्ष पश्चात अफ़्रीकी ज़ुलू लोगों ने बग़ावत कर दी थी क्योंकि ब्रिटिश राज ने उनके ऊपर एक पौंड का अनिवार्य टैक्स लगा दिया था जिसे देना उनके बूते के बाहर था।)

शुरुआती एनआईसी की राजनीतिक कामयाबियों में से एक 1895 में मिली, जिसमें डरबन डाकघर की समस्या का 'समाधान' था। डाकघर में केवल दो प्रवेश-द्वार थे : कालों के लिए एक और गोरों के लिए एक। गांधी ने अधिकारियों को याचिका दी थी कि एक तीसरा प्रवेश-द्वार खोला जाए ताकि भारतीयों को वही प्रवेश-द्वार न इस्तेमाल करना पड़े जो 'काफ़िर' (काले अफ़्रीकी मूलनिवासियों के लिए प्रयुक्त अपशब्द) इस्तेमाल करते थे।[112] नटाल विधान सभा को दिनांक 19 दिसम्बर, 1894 को लिखे एक पत्र में उन्होंने लिखा कि अंग्रेज़ और भारतीय दोनों ही 'इंडो-आर्यन साझा प्रजाति से उत्पन्न हैं' और अपना तर्क पुष्ट करने के लिए मैक्समूलर, आर्थर शोपनहावर और विलियम जोन्स का उन्होंने हवाला दिया। वे शिकायत करते हैं कि "भारतीयों को घसीटकर असभ्य काफ़िरों के साथ जोड़ा जा रहा है।"[113] भारतीय समुदाय के प्रवक्ता के रूप में गांधी ने इस बात में हमेशा सावधानी बरती और ख़याल

रखा कि वे 'पैसेंजर इंडियंस' की भारतीय 'इंडेंचर्ड' (जो भारतीय बँधुआ मज़दूर के रूप में दक्षिणी अफ़्रीका लाए गए थे) से दूरी बनाए रखें। भारतीय 'इंडेंचर्ड' मज़दूरों के बारे में उनके उद्‌गार की एक झाँकी देखिए :

> चाहे वे हिन्दू हों या मुसलमान, उनके पास बिलकुल भी, नाम मात्र की भी नैतिक या धार्मिक शिक्षा नहीं है। उन्होंने बिना बाहरी मदद के ख़ुद को शिक्षित करना नहीं सीखा है। ऐसा होने की वजह से वे थोड़े से भी प्रलोभन पर झट झूठ बोलने को तैयार रहते हैं। कुछ समय बाद, झूठ बोलना उनकी आदत और उनका रोग बन जाता है। वे बिना कारण झूठ बोलेंगे, बिना किसी भौतिक लाभ की सम्भावना के बावजूद झूठ बोलेंगे, यहाँ तक कि उनको मालूम ही नहीं कि वे क्या कर रहे हैं। वे जीवन के उस पड़ाव पर पहुँच गए हैं जहाँ उनकी नैतिक शक्तियाँ, लापरवाही के कारण पूरी तरह से ध्वस्त हो चुकी हैं।[114]

भारतीय इंडेंचर्ड मज़दूर जिनकी 'नैतिक शक्तियाँ' इतनी ज़्यादा गिरी हुई थीं, वे अधिकतर अधीनस्थ जाति (तथाकथित छोटी जाति) के थे, और लगभग ग़ुलामी की स्थिति में रहते थे, उनको गन्ने के खेतों पर क़ैद करके रखा जाता था। उनको कोड़ों से पीटा जाता था, भूखा रखा जाता था, जब मर्ज़ी क़ैद कर लिया जाता था और बड़ी ही बेहयाई से उनका यौन शोषण किया जाता था। बहुत भारी संख्या में वे मौत का शिकार होते थे।[115]

जल्द ही गांधी 'पैसेंजर इंडियंस' के हित में बोलने वाले सबसे प्रमुख वक्ता बन गए। 1896 में उन्होंने भारत की यात्रा की, और यहाँ उन्होंने, दक्षिण अफ़्रीका में नस्लवाद का शिकार बन रहे भारतीयों के विषय पर, एक ठसाठस भरी—और तेज़ी से रुष्ट होती—बैठक को सम्बोधित किया। उस समय श्वेत शासन तेज़ी से बढ़ रही भारतीय जनसंख्या के प्रति चिन्तित हो रहा था। उनके लिए गांधी 'कुलियों' का नेता था, 'कुली' शब्द वो सभी भारतीयों के लिए साझा तौर पर इस्तेमाल करते थे, चाहे वो पैसेंजर इंडियंस हो या भारतीय इंडेंचर्ड मज़दूर।[116]—एक विकृत अर्थ में, अंग्रेज़ों का नस्लवाद सभी भारतीयों को एक ही लाठी से हाँकता था। अर्थात 'पैसेंजर इंडियंस' और 'इंडेंचर्ड भारतीय' के बीच भेद सिद्ध करने का जो अथक प्रयास गांधी ने किया, उसको श्वेत शासन ने स्वीकार नहीं किया।

जनवरी 1897 में जब गांधी दक्षिण अफ़्रीका के डरबन शहर वापस पहुँचे तो उनके अभियान की ख़बर डरबन में पहले ही पहुँच चुकी थी। उनके जहाज़

का सामना हज़ारों श्वेत प्रदर्शनकारियों से हुआ जिन्होंने जहाज़ को गोदी किनारे नहीं लगने दिया। कई दिनों चली सौदेबाज़ी के बाद गांधी को जहाज़ से उतरने की अनुमति मिली। 12 जनवरी, 1897 को, घर वापस लौटते हुए, उन पर हमला हुआ और पीटा गया। उन्होंने धैर्य और गरिमा के साथ हमले को झेला।[117] दो दिन बाद *नटाल एडवरटाइज़र* को दिए एक साक्षात्कार में गांधी ने एक बार फिर 'क़ुलियों' से दूरी बनाई :

> मैंने पर्चों में और अन्य जगहों पर भी पुरज़ोर तरीक़े से कहा है कि 'भारतीय बँधुआ मज़दूरों' के साथ जो व्यवहार नटाल में हो रहा है, वह दुनिया में अन्य स्थानों पर हो रहे व्यवहार से न तो बेहतर है और न ही उससे बुरा है। मैंने ऐसा दिखाने का कभी प्रयास नहीं किया कि बँधुवा भारतीय मज़दूरों के साथ क्रूर व्यवहार किया जा रहा है।[118]

1899 में अंग्रेज़ों ने डच नागरिकों के विरुद्ध, जिन्होंने दक्षिण अफ़्रीका में अपनी बस्तियाँ बसा रखी थीं, युद्ध छेड़ दिया। यह युद्ध दक्षिणी अफ़्रीका का माल लूटने के लिए था। 1870 में किम्बर्ले में हीरों की खान का पता चला, 1886 में विटवाटर्सरैंड में स्वर्ण की खोज हो गई। जिसे आज 'दक्षिणी अफ़्रीका युद्ध' या 'गोरों का युद्ध' बोलते हैं उसे तब 'एंग्लो-बोअर युद्ध' कहा गया था। हज़ारों काले अफ़्रीकियों और भारतीय बँधुआ मज़दूरों को दोनों ओर से इस युद्ध में ज़बरदस्ती धकेल दिया गया। भारतीयों को शस्त्र नहीं दिए गए, उन्हें नौकर, मज़दूर और स्ट्रेचर उठाने वालों के तौर पर प्रयोग किया गया। गांधी और पैसेंजर इंडियंस की एक टोली, जिन्हें ऐसा महसूस हुआ कि ब्रिटिश प्रजा होने की वजह से यह उनका कर्तव्य है, उन्होंने स्वेच्छा से अपनी सेवाएँ देने का प्रस्ताव ब्रिटिश राज को दिया। गांधी को एम्बुलेंस दस्ते में शामिल कर लिया गया।

यह एक क्रूर युद्ध था जिसमें ब्रिटिश सैनिक बोअर गुरिल्लाओं से लड़ रहे थे। ब्रिटिश फ़ौज के सिपाहियों ने मैदाने-जंग में आगे बढ़ते हुए हज़ारों बोअर खेतों को जला डाला, इनसानों और पशुओं को काट डाला। दसियों हज़ार बोअर नागरिकों को, जिनमें अधिकतर महिलाएँ और बच्चे थे, यातना-शिविरों (कॉन्सन्ट्रेशन कैम्पों) में क़ैद कर लिया। इन यातना-शिविरों में लगभग तीस हज़ार लोगों की मौत हो गई। बहुत से सिर्फ़ भूख से काल का ग्रास बन गए।[119] ये यातना-शिविर अपनी तरह के पहले थे, इससे पहले दुनिया में इस तरह के यातना-शिविरों का प्रयोग कभी नहीं हुआ था। हिटलर ने जो कान्सन्ट्रेशन कैम्प यहूदियों के लिए बनाए, उनके जनक यही यातना-शिविर थे। कई वर्षों बाद,

जब गांधी भारत लौट आए थे, तब उन्होंने दक्षिणी अफ़्रीका युद्ध के विषय में अपने संस्मरण लिखे थे। उनका कहना था कि इन यातना-शिविरों के क़ैदी एक क़िस्म के सत्याग्रह का अभ्यास कर रहे थे। (इसी प्रकार का व्यवहार उन्होंने जर्मनी के यहूदियों को भी सुझाया था)[120] :

> बोअर महिलाओं को समझ थी कि उनका धर्म उन्हें दुख झेलने की शिक्षा देता है ताकि वे अपनी स्वतंत्रता बनाए रखें और इसीलिए बहुत धैर्य और खुशदिली से उन्होंने सभी तकलीफ़ें बर्दाश्त कीं...उन्होंने भूख सही, उन्होंने कड़कड़ाती ठंड को झेला और जला देने वाली गर्मी को झेला। कभी-कभी शराब के नशे में चूर, हवस में मदमस्त कोई सिपाही इन असुरक्षित महिलाओं पर टूट पड़ता था। फिर भी ये बहादुर महिलाएँ ज़रा भी विचलित नहीं हुईं।[121]

युद्ध के पश्चात अंग्रेज़ों ने घोषणा की कि उनके सैनिकों को, उनकी बहादुरी के लिए हर एक को, पुरस्कार के रूप में 'महारानी की ओर से चॉकलेट' दी जाएगी।

गांधी ने औपनिवेशिक सचिव को एक पत्र लिखकर माँग की कि उपहार वितरण में एम्बुलेंस कोर के नेताओं को भी शामिल कर लिया जाना चाहिए। जिन्होंने स्वेच्छा से अवैतनिक कार्य किया था : "इसकी वे बहुत सराहना करेंगे, और एक ख़ज़ाने के रूप में सहेज के रखेंगे, यदि महारानी की दी हुई चॉकलेट भारतीय नेताओं में भी वितरित की जाएगी।"[122] औपनिवेशिक सचिव ने रूखा-सा जवाब दिया कि चॉकलेट केवल नॉन-कमीशंड अधिकारियों के लिए है।

1901 में जब बोअर युद्ध पीछे छूट चुका था, गांधी ने इस पर बात की कि कैसे नटाल इंडियन कांग्रेस का मक़सद अंग्रेज़ों और भारतीयों के बीच एक बेहतर समझ पैदा करना था। उन्होंने कहा कि वो चाहते हैं कि "ब्रिटिश राज के अधीन सभी लोगों में भाईचारे की भावना पैदा हो, यह लक्ष्य उन सब लोगों को प्राप्त करने की कोशिश करनी चाहिए जो ख़ुद को साम्राज्य का मित्र समझते हैं।"[123]

मगर यह होना नहीं था। बोअर पैंतरेबाज़ी में तेज़ निकले और गांधी के 'साम्राजी भाईचारे' के मनसूबे धरे के धरे रह गए। 1902 में बोअर ने ब्रिटिश के साथ एक सन्धि पर हस्ताक्षर किए, 'वेरीनिजींग की संधि'। सन्धि के अनुसार बोअर के गणतंत्र, ट्रांसवाल और ऑरेंज फ़्री स्टेट, ब्रिटिश ताज की सम्प्रभुता में, ब्रिटिश साम्राज्य के उपनिवेश बन गए। बदले में, ब्रिटिश सरकार इन उपनिवेशों

को स्वशासन का अधिकार देने के लिए राज़ी हो गई। बोअर ब्रिटिश सरकार के क्रूर प्रतिनिधि बन गए। जॉन स्मट्स, एक समय के भयानक बोअर 'आतंकवादी', ने पाला बदला और आगे चलकर प्रथम विश्वयुद्ध में उसने दक्षिणी अफ़्रीका की ब्रिटिश सेना का नेतृत्व किया। गोरे लोगों ने आपस में दोस्ती कर ली। उन्होंने हीरा, सोना और ज़मीन आपस में बाँट ली। काले अफ़्रीकी, भारतीय और कलर्ड (अन्य अश्वेत) लोगों को दूध में से मक्खी की तरह बाहर फेंक दिया गया।

गांधी डटे रहे। दक्षिणी अफ़्रीका युद्ध के कुछ वर्ष पश्चात ही, उन्होंने एक बार फिर से सक्रिय सेवा के लिए अपनी इच्छा व्यक्त की।

1906 में ज़ुलू प्रमुख बम्बाथा कामंचिन्ज़ा ने ब्रिटिश सरकार द्वारा नए लगाए गए 'एक पौंड अनिवार्य टैक्स' के विरोध में, अपने लोगों के विद्रोह का नेतृत्व किया। ज़ुलू लोग और ब्रिटिश पुराने शत्रु थे और पहले भी आपस में भिड़ चुके थे। 1879 में जब ब्रिटिश सेना ने ज़ुलू राज्य पर हमला किया, तब ज़ुलू ने ब्रिटिश सेना को बुरी तरह से पराजित किया था, और इस विजय के कारण ज़ुलू विश्व मानचित्र पर दर्ज भी हो गए थे। आख़िरकार, कई वर्षों पश्चात ज़ुलू लोग पराजित हो गए क्योंकि वे ब्रिटिश सैनिकों की गोली-बारी की ताक़त का मुक़ाबला नहीं कर सके, और उन्हें उनकी ज़मीन से खदेड़कर भगा दिया गया। हारने के बावजूद, उन्होंने गोरे लोगों के खेतों में काम करने से मना कर दिया। इसी कारण बँधुआ-इंडेंचर्ड मज़दूरों को भारत से जहाज़ी बेड़ों में बिठा के लाया गया। ज़ुलू लोग बार-बार विद्रोह करते रहते थे। बम्बाथा विद्रोह के दौरान, विद्रोहियों ने, जो सिर्फ़ भाले और गोचर्म की ढाल से लैस थे, बहुत बहादुरी से उन ब्रिटिश सैनिकों का मुक़ाबला किया था जो आधुनिक बन्दूकों और तोपों के दम पर लड़ रहे थे।

जैसे ही विद्रोह की ख़बर आई, गांधी ने लगातार पत्र प्रकाशित कराने शुरू किए, *इंडियन ओपिनियन* नाम के एक गुजराती-अंग्रेज़ी समाचार-पत्र में, जो उन्होंने 1903 में शुरू किया था। (इस समाचार-पत्र के प्रमुख स्पॉन्सर्स में से एक सर रतन जी जमशेद जी टाटा थे, टाटा औद्योगिक साम्राज्य वाले) दिनांक 18 नवम्बर, 1905 को लिखे एक पत्र में गांधी ने कहा :

> यह याद रखना चाहिए कि बोअर युद्ध के समय में, भारतीयों ने स्वेच्छा से वो सभी काम करने की पेशकश की थी, जो उन्हें सौंपे जाएँ, और बहुत मुश्किल से एम्बुलेंस का काम उन्हें दिया गया था। जनरल बटलर ने प्रमाणित कर दिया है कि किस तरह का काम

> नटाल इंडियन स्वयंसेवक कोर ने किया। अगर सरकार को सिर्फ़ अहसास भर हो जाए कि किस प्रकार के रिज़र्व फ़ोर्स को वे यूँ ही व्यर्थ में ज़ाया कर रहे हैं, तो फिर वे इसका उपयोग करेंगे और भारतीयों को वास्तविक युद्ध का सम्पूर्ण प्रशिक्षण देंगे।[124]

14 अप्रैल, 1906 को गांधी ने *इंडियन ओपिनियन* में फिर लिखा (गुजराती से अनुवादित) :

> उपनिवेश में इस विपत्ति की घड़ी में हमारा क्या कर्तव्य है? यह कहना हमारा काम नहीं है कि काफ़िरों [ज़ुलू लोगों] का विद्रोह न्यायसंगत है या नहीं। हम लोग नटाल में ब्रिटिश सत्ता के दम पर हैं। हमारा सम्पूर्ण अस्तित्व इसी पर निर्भर करता है। इसीलिए यह हमारा कर्तव्य बनता है कि हमसे जो कुछ भी सहायता बन पड़े, उसे हम अर्पित कर दें। प्रेस में यह चर्चा हुई कि भारतीय समुदाय वास्तविक युद्ध में क्या भूमिका अदा करेगा। हमने इस पत्र के अंग्रेज़ी के कॉलम में पहले ही घोषित कर दिया था कि भारतीय समुदाय अपनी भूमिका अदा करने के लिए पूरी तरह से तैयार है; हमारा विश्वास है कि हमने जो काम बोअर युद्ध में किया, वही हमें अब फिर से करना चाहिए।[125]

विद्रोह पर अन्ततः क़ाबू पा लिया गया। सरदार बम्बाथा को बन्दी बना लिया गया और उसका सर काटकर, धड़ से अलग कर दिया गया। चार हज़ार ज़ुलू लोगों की हत्याएँ हुईं, हज़ारों ज़ुलुओं की पीठ कोड़े मार-मार उधेड़ दी गई और उन्हें क़ैद कर लिया गया। यहाँ तक कि विंस्टन चर्चिल, युद्ध के दूत, जो उस समय के अंडर सेक्रेटरी ऑफ़ स्टेट थे, इस भीषण हिंसा से अति क्षुब्ध थे। वो बोले : यह मेरा कर्तव्य है कि मैं राज्य सचिव को यह चेतावनी दूँ कि इन घृणित नृशंस हत्याओं से संसद में नाराज़गी पैदा होगी और इसकी बहुत ही कड़े शब्दों में निन्दा की जाएगी...काले और गोरे लोगों का स्कोर इस समय 3500 के मुक़ाबले 8 है।[126]

गांधी ने अपनी ओर से गोरों के युद्ध में और बम्बाथा विद्रोह में अपनी निभाई हुई भूमिका पर कभी अफ़सोस ज़ाहिर नहीं किया। उन्होंने सिर्फ़ इसकी पुनर्कल्पना कर ली। वर्षों बाद 1928 में *दक्षिणी अफ़्रीका में सत्याग्रह* के नाम[127] से उन्होंने जो संस्मरण येरावडा सेंट्रल जेल में लिखे, उनमें दोनों ही कथाएँ, अगर कहें तो 'विकसित' हो गई थीं। उस समय तक शतरंज के मोहरों ने बिसात पर अपना-अपना स्थान बदल लिया था। अपने नए अवतार में, गांधी

ब्रिटिश विरोधी बन चुके थे। अपने नए विवरण में, एम्बुलेंस कोर का 'सत्य' पल-बढ़ कर विकसित हो एक नए 'सत्य' में परिवर्तित हो चुका था :

> जब ट्रांसवाल के भारतीयों पर पाबन्दियाँ बढ़ाने की नई कोशिशें हो रही थीं, तभी ज़ुलू विद्रोह फूट पड़ा...इसलिए मैंने एक प्रस्ताव सरकार को दिया, सैनिकों के साथ सेवा के लिए स्ट्रेचर उठाने वाला एक दस्ता बनाने का...यह दस्ता एक महीने तक सक्रिय सेवा में रहा... हमें अनेकों ऐसे ज़ुलू लोगों के घावों को साफ़ करना था जिनके घावों की पाँच या छह दिनों से कोई देखभाल नहीं हुई थी, और इसलिए वो भीषण दुर्गन्ध से सड़ांध मार रहे थे। हमें अपना काम पसन्द था। ज़ुलू लोग हमसे बात नहीं कर सकते थे, लेकिन उनकी भाव-भंगिमा और उनकी आँखों की अभिव्यक्ति से ज़ाहिर था कि उन्हें ऐसा लगता था कि परमेश्वर ने उन्हें हमारे द्वारा राहत पहुँचाई है।[128]

अतीत को पुनः देखते हुए निर्मित की गई यह छवि, कोड़ों की मार खाए हुए एक पराजित ज़ुलू की—एक गूँगा पशु, परमेश्वर द्वारा भेजे गए शान्ति-दूतों के प्रति अपनी कृतज्ञता प्रकट करता हुआ—उस छवि से बिलकुल भिन्न है, जो उन वर्षों के दौरान ज़ुलू के बारे में समाचार-पत्रों के पन्नों में प्रकाशित हुए, गांधी के विचारों से उभरती है। गांधी की पुनर्कल्पित बम्बाथा विद्रोह की कहानी में क्षत-विक्षत ज़ुलू प्रेरणास्त्रोत बन जाता है, उनके एक अन्य जीवन-उद्‌देश्य का : ब्रह्मचर्य।

> जब मैं एम्बुलेंस दस्ते के साथ कार्य कर रहा था, तो दो विचार, जो काफ़ी दिनों से मेरे मन में तैर रहे थे, मज़बूती से दृढ़ हो गए। पहला, सेवा के प्रति समर्पित जीवन जीने की आकांक्षा रखने वाले व्यक्ति को, ब्रह्मचर्य का सख़्ती से पालन करते हुए जीवन व्यतीत करना चाहिए। दूसरा, उसको ग़रीबी को एक निरन्तर साथी के रूप में स्वीकार करना चाहिए। उसे कोई ऐसा व्यवसाय नहीं अपनाना चाहिए जो उसे रोके या उसमें हिचकिचाहट पैदा करे, छोटे से छोटा काम करने की या बड़े से बड़ा जोखिम उठाने की।[129]

गांधी के ग़रीबी और ब्रह्मचर्य के प्रयोग फ़ीनिक्स सैटिलमेंट में शुरू हुए, जो 1904 में गांधी द्वारा स्थापित एक कम्यून था। यह नटाल के बीचोबीच सौ एकड़ के एक भूखंड पर बना था, और चारों ओर से गन्ने के खेतों से

घिरा था, जहाँ भारतीय बँधुआ इंडेंचर्ड मज़दूर काम करते थे। कम्यून के सदस्यों में कुछ लोग यूरोपीय और बाक़ी विशेषाधिकार जातियों के 'पैसेंजर इंडियंस' थे। इन सदस्यों में भारतीय बँधुआ इंडेंचर्ड मज़दूर या अफ़्रीकी काला एक भी नहीं था।

सितम्बर 1906 में, बम्बाथा विद्रोह के चन्द ही महीनों बाद, दोस्ती के प्रस्तावों और वफ़ादारी के प्रदर्शनों के बावजूद, गांधी को फिर से मझधार में छोड़ दिया गया। ब्रिटिश सरकार ने ट्रांसवाल एशियाटिक क़ानून संशोधन अधिनियम (Transvaal Asiatic Law Amendment Act) पास कर दिया। इसका उद्‌देश्य ट्रांसवाल में भारतीय सौदागरों के प्रवेश को नियंत्रित करना था। (भारतीय सौदागर गोरे व्यापारियों के प्रतिद्वन्द्वी माने जाते थे।)[130] प्रत्येक एशियाई पुरुष को ख़ुद को पंजीकृत कराना था और माँगने पर अपनी पहचान का अँगूठे की छाप वाला प्रमाण पत्र दिखाना होता था। गैर-पंजीकृत व्यक्तियों को देश से ज़बरदस्ती निकाला जा सकता था। अपील का तो कोई अधिकार ही नहीं था। जिस समुदाय का नेता 'साम्राजी भाईचारे' के हसीन ख़्वाब देख रहा था, अचानक ही एक बार फिर से, उसकी हैसियत घटाकर ''दक्षिणी अफ़्रीका के मूल निवासियों और अन्य अश्वेत लोगों के स्तर से भी कम कर दी गई थी।''[131]

गांधी ने बहादुरी से पैसेंजर इंडियंस के संघर्ष का नेतृत्व सबसे आगे होकर किया। दो हज़ार लोगों ने अपने पहचान पत्र एक सार्वजनिक अलाव में जला दिए; गांधी की बेरहमी से पिटाई की गई, उन्हें गिरफ़्तार और क़ैद कर लिया गया। और फिर उनका सबसे डरावना ख़्वाब एक हक़ीक़त बन गया। वह व्यक्ति जिसको 'काफ़िरों' (अफ़्रीका के काले मूल निवासी) के साथ, डाक-घर का साझा प्रवेश-द्वार भी बर्दाश्त नहीं था, अब उसे जेल की काल कोठरी में उन्हीं 'काफ़िरों' के साथ रहना पड़ा :

> हम तमाम तरह की मुश्किलें झेलने के लिए तैयार थे, लेकिन इस प्रकार के अनुभव के लिए क़तई तैयार नहीं थे। हम समझ सकते थे कि हमारा गोरों के बराबर वर्गीकरण नहीं हो सकता, लेकिन मूल निवासियों के स्तर पर रखना, यह तो कुछ ज़्यादा ही था। तब मुझे महसूस हुआ कि भारतीयों ने अपना शान्त प्रतिरोध बिलकुल ठीक समय पर शुरू किया है। यह एक और सबूत है कि घिनौने क़ानून का असली मक़सद भारतीयों को नपुंसक बनाना था...चाहे इसे मानभंग कहा जाए या नहीं, लेकिन इसे ख़तरनाक अवश्य कहूँगा। यह तो तय

> है कि 'काफ़िर' लोग असभ्य होते हैं—खासतौर पर वे जो अपराधी हैं। वे लोग झगड़ा-फ़साद करते हैं, बहुत ही गन्दे होते हैं और बिलकुल जानवरों की तरह रहते हैं।[132]

एक वर्ष पश्चात, उन बीस वर्षों के सोलहवें वर्ष में जो उन्होंने दक्षिणी अफ़्रीका में बिताए, गांधी ने *इंडियन ओपिनियन* (16 जनवरी, 1909) में लिखा—"जेल में मेरा दूसरा अनुभव" :

> मुझे ऐसे जेल की कोठरी में बिस्तर दिया गया जहाँ ज़्यादातर 'काफ़िर' क़ैदी बीमार पड़े थे। मैंने बड़े दुख और डर में रात बिताई... *भगवद्गीता* का पाठ किया जो मैं अपने साथ ले गया था। मैंने वे श्लोक पढ़े जिनका मेरी स्थिति से सम्बन्ध था और ध्यान लगाया। आख़िरकार मैं ख़ुद को शान्त करने में कामयाब रहा। मेरे असहज होने का कारण, 'काफ़िर' और चीनी क़ैदी थे, जो जंगली थे, हिंसक थे और अश्लीलता में डूबे हुए थे...वह (चीनी) सबसे ख़राब लगता था। वह मेरे पलंग के नज़दीक आया और उसने मुझे बड़े ग़ौर से देखा। मैं बिना हिले-डुले चुपचाप पड़ा रहा। फिर वह एक काफ़िर की ओर चला गया, जो बिस्तर में लेटा पड़ा था। दोनों ने अश्लील चुटकुलों का आदान-प्रदान किया, एक-दूसरे के गुप्तांगों को उघाड़ते हुए...मैं अपने मन में दृढ़-संकल्प ले चुका था, एक आन्दोलन करने का, यह सुनिश्चित करने के लिए की भारतीय क़ैदियों को 'काफ़िर' या अन्य क़ैदियों के साथ न रखा जाए। हम इस तथ्य को अनदेखा नहीं कर सकते कि उनके और हमारे बीच में कोई भी समान आधार नहीं है। इसके अलावा जो लोग एक ही कमरे में सोने की इच्छा रखते हैं जैसे वे, उन सभी की मंशा बुरी है।[133]

जेल के अन्दर से ही गांधी ने भारतीयों के लिए जेल में पृथक् वार्ड के लिए याचिका दायर करनी शुरू कर दी। अलग वार्ड के साथ-साथ कई मुद्दे भी जोड़ दिए : वह अलग कम्बल चाहते थे क्योंकि उनकी चिन्ता थी कि "एक कम्बल जिसे किसी बहुत गन्दे काफ़िर ने इस्तेमाल किया हो, वही कम्बल घूम-फिर कर किसी भारतीय के पास भी आ सकता है।"[134] वे चाहते थे कि जेल का भोजन भारतीयों के अनुकूल बने—चावलों को घी के साथ परोसा जाए।[135] और उन्होंने 'मिलो-पेप' (मक्का के आटे से बना दक्षिणी अफ़्रीकी नाश्ता) खाने से बिलकुल इनकार कर दिया, जिसे 'काफ़िर' लोग

शौक़ से खाते थे। भारतीय क़ैदियों के लिए अलग शौचालय के लिए भी उन्होंने लड़ाई लड़ी।[136]

20 वर्ष पश्चात 1928 में इन सभी विषयों में 'सत्य' विचित्र रूप से एकदम नई कहानी में बदल चुका था। दक्षिणी अफ़्रीका में भारतीयों और अफ़्रीकियों के लिए अलग-अलग शिक्षा के प्रस्ताव पर प्रतिक्रिया देते हुए गांधी ने लिखा :

> भारतीयों की अफ़्रीकियों के साथ इतनी अधिक समानता है कि वे उनसे अलग होने की सोच भी नहीं सकते। अफ़्रीकियों की सक्रिय सहानुभूति और दोस्ती के बिना वे ज़्यादा समय नहीं रह सकते। मुझे नहीं मालूम कि कभी भारतीयों ने अफ़्रीकी बँधुओं के प्रति श्रेष्ठता का रवैया अपनाया हो। यह एक त्रासदी होगी, यदि ऐसा कोई आन्दोलन वहाँ बसे भारतीयों के बीच पनपे।[137]

फिर, 1939 में, जवाहरलाल नेहरू के साथ असहमति जताते हुए, जो यह मानते थे कि काले अफ़्रीकियों और भारतीयों को दक्षिण अफ़्रीका में श्वेत शासन के ख़िलाफ़ एक साथ खड़ा होना चाहिए, गांधी ने एक बार फिर अपना ही खंडन किया : "हालाँकि बाँटूज़ (अफ़्रीका के बँटू भाषा बोलने वाले अश्वेत) के साथ सहानुभूति रखी जा सकती है, लेकिन भारतीय उनके साथ मिलकर एक उद्देश्य नहीं बना सकते।"[138]

गांधी शिक्षित व्यक्ति थे जिन्होंने ख़ूब भ्रमण किया था। उनको ज़रूर जानकारी रही होगी कि बाक़ी दुनिया में हवाएँ किस तरफ़ बह रही हैं। अफ़्रीकियों के बारे में बोले गए शर्मनाक शब्द लगभग उसी समय बोले गए जब डब्लू.इ.बी.डू. बाइ ने द *सोल्स ऑफ़ ब्लैक फ़ोक* (काले लोगों की आत्माएँ) लिखा था : "वह हर पल दोहरापन महसूस करता है—एक अमेरिकी, एक नीग्रो; दो आत्माएँ, दो सोच, दो परस्पर-विरोधी संघर्ष; दो युद्धरत आदर्श—एक काले बदन में, जिसकी हठीली ताक़त ही उसको टुकड़े-टुकड़े होने से रोकती है।"[139]

गांधी के औपनिवेशिक शासन के साथ सहयोग करने के प्रयास उसी समय किए जा रहे थे, जब अराजकतावादी एम्मा गोल्डमन कह रही थीं :

> शक्ति के केन्द्रीयकरण ने जुल्मों से पीड़ित देशों के बीच एकजुटता का एक अन्तर्राष्ट्रीय अहसास पैदा कर दिया है; एक ऐसी एकजुटता जिसमें अमेरिकी कामकाजी व्यक्ति और उसके विदेशी बन्धु के हितों में बेहतर सामंजस्य है, बजाय अमेरिकी खान मज़दूर और

उसके शोषक अमेरिकी मालिक के बीच सामंजस्य होने के; एक ऐसी एकजुटता जो विदेशी आक्रमण से नहीं डरती, क्योंकि यह सभी मेहनतकशों को उस मुक़ाम तक ला रही है, जहाँ वे अपने आक़ाओं से कह देंगे 'भाड़ में जाओ और अपना कठोर क़त्लेआम ख़ुद करो। हमने बहुत समय तक तुम्हारे लिए यह काम कर लिया।'[140]

पंडिता रमाबाई (1858-1922), भारत से थीं और गांधी की समकालीन थीं, उनका सहज ज्ञान गांधी जैसा दुर्भाग्यपूर्ण नहीं था। हालाँकि उन्होंने ब्राह्मण कुल में जन्म लिया, लेकिन हिन्दू धर्म त्याग दिया था, इसकी पितृसत्ता और जातीय व्यवस्था के कारण। वे ईसाई बन गईं लेकिन अंग्रेज़ी एंग्लिकन चर्च से भी भिड़ गईं, और भारत की जाति-विरोधी परम्परा में एक गर्वपूर्ण उच्च स्थान अर्जित किया। 1886 में वे अमेरिका-यात्रा पर गईं जहाँ वे हेरिएट टबमन से मिलीं जो कभी एक ग़ुलाम थीं। पंडिता रमाबाई उनको इतना मानती थीं कि इतना सम्मान उन्होंने अपने मिलने वालों में कभी किसी का नहीं किया था। गांधी से उलट पंडिता रमाबाई का अफ़्रीकी लोगों के प्रति रवैया देखिए, वो कैसे हेरिएट टबमन के साथ अपनी मुलाक़ात का वर्णन कर रही हैं :

हेरिएट अभी भी काम करती हैं। उनका एक छोटा-सा अपना घर है, जहाँ वे और उनके पति रहते और काम करते हैं, अपने लोगों के लिए...हेरिएट बहुत ही भीमकाय और शक्तिशाली हैं। उन्होंने मुझे एक भालू की तरह गले लगाया और मेरा हाथ ज़ोर से पकड़कर तब तक हिलाया, जब तक कि वह बेचारा दर्द न करने लगा।[141]

1873 में, जोतिबा फुले ने अपनी पुस्तक *गुलामगिरी* यूँ समर्पित की :

संयुक्त राज्य अमेरिका के अच्छे लोगों के लिए, प्रशंसा की निशानी के रूप में, उनके उदात्त नि:स्वार्थ और आत्मबलिदानी भक्तिभाव के लिए, जो उन्होंने नीग्रो ग़ुलामी के विरुद्ध दिखाया है; और इस प्रबल इच्छा के साथ कि मेरे देशवासी भी इस महान उदाहरण से मार्गदर्शन लेते हुए, अपने शूद्र बन्धुओं की, ब्राह्मण दासता से मुक्ति की सभी रुकावटें दूर करेंगे।[142]

फुले ने—जिन्होंने और चीज़ों के अलावा विधवा विवाह और बलिकाओं की शिक्षा के लिए अभियान चलाया और अछूतों के लिए एक स्कूल शुरू किया—वर्णन किया कि कैसे "ग़ुलामों का मालिक, ग़ुलामों के साथ बोझा ढोने वाले पशुओं के समान व्यवहार करता है, अक्सर उन्हें लात-घूँसे मारता है

और भूखों रखता है,'' और किस प्रकार से वह, ''बैलों के रूप में ग़ुलामों का शोषण करता है तथा उन्हें चिलचिलाती धूप में खेत में हल जोतने के लिए मजबूर करता है।'' फुले का विश्वास था कि 'शूद्र' और 'अतिशूद्र' ग़ुलामी को बेहतर समझेंगे क्योंकि उन्हें प्रत्यक्ष अनुभव है, उन लोगों की तुलना में, जिन्होंने ग़ुलामी कभी झेली न हो; ब्राह्मणों ने शूद्रों को पराजित किया और उन्हें अपना ग़ुलाम बनाया।[143]

नस्लवाद और जातिवाद के बीच का सम्बन्ध, 2001 के डरबन सम्मेलन से एक सदी पहले ही साबित हो चुका था। सह-अनुभूति कई बार वह सब कुछ हासिल कर लेती है जो पंडिताई नहीं कर पाती।

***

दक्षिण अफ़्रीका के अप्रथक जेलों में तमाम कष्ट झेलने के बावजूद, गांधी का 'पहचान पत्र क़ानून' का सत्याग्रह आन्दोलन, ज़्यादा गति नहीं पकड़ पाया। पंजीकरण और अँगूठा-अँगुलियों की छाप के ख़िलाफ़ अनेक विरोध-प्रदर्शनों का नेतृत्व करने के बाद गांधी ने अकस्मात् घोषणा कर दी कि भारतीय अँगुलियों की छाप के लिए राज़ी हो जाएँगे यदि इसे स्वैच्छिक बना दिया जाए। यह एकमात्र सौदा नहीं था जो बाद में उन उद्देश्यों के बिलकुल उलट किया गया जिनको लेकर संघर्ष शुरू किया गया था।

इसी समय के आसपास, गांधी के एक धनी वास्तुकार दोस्त हर्मन कैलनबेक ने उन्हें 1100 एकड़ का एक फ़ार्म उपहार में दिया, जो जोहान्सबर्ग शहर से बिलकुल सटा हुआ था। यहाँ गांधी ने अपने दूसरे कम्यून 'टॉलस्टॉय फ़ार्म' की स्थापना की, जिसमें एक हज़ार फलदार वृक्ष लगे थे। टॉलस्टॉय फ़ार्म में उन्होंने अपने पवित्रता और आध्यात्मिकता के प्रयोग शुरू किए, सत्याग्रह की आचार-संहिता का घरेलू नुस्खा विकसित करने के लिए।

दक्षिणी अफ़्रीका के औपनिवेशीकरण में अंग्रेज़ों के भागीदार बनने का गांधी का प्रस्ताव—और ब्रिटिश सरकार द्वारा उस प्रस्ताव को स्वीकार करने में हिचकिचाहट—ऐसे में सत्याग्रह अपने विरोधी से अपील करने का, एकदम उपयुक्त राजनीतिक औज़ार था, सत्य और प्रेम की शक्ति के दम पर। गांधी किसी सत्ता पर क़ाबिज़ ढाँचे को अभिभूत या नष्ट करने का प्रयास नहीं कर रहे थे; वे बस उसके दोस्त-भर बनना चाहते थे। 'गँवार काफ़िर' के प्रति उनकी घिन की तीव्रता जितनी अधिक थी, उतनी ही अधिक उनकी स्नेह और प्रशंसा की तीव्रता अंग्रेज़ों के प्रति थी। सत्याग्रह, ऐसा लगता है ब्रिटिश सरकार को

आश्वस्त करने की एक राह थी, यह कहने का तरीक़ा था : ''आप हम पर भरोसा कर सकते हैं। हमारी ओर देखो। हम ख़ुद को नुक़सान पहुँचा देंगे, लेकिन आपका नुक़सान नहीं होने देंगे।'' (इसका अर्थ यह कदापि नहीं है कि सत्याग्रह, विशेष परिस्थितियों में राजनीतिक प्रतिरोध का एक प्रभावी अस्त्र नहीं है और न ही हो सकता है। मैं केवल उन परिस्थितियों का वर्णन कर रही हूँ, जिनमें गांधी ने अपने सत्याग्रह के प्रयोग आरम्भ किए।)

मूलतः, उनके सत्याग्रह के विचार, त्याग और शुद्धि के आहार-विधान के इर्द-गिर्द घूमते थे। त्याग स्वाभाविक रूप से राजनीति में मिशनरी दृष्टिकोण में रूपान्तरित हो जाता है। पवित्रता और शुद्धि पर ज़ोर, ज़ाहिर है जाति-व्यवस्था से उधार लिया गया है, हालाँकि गांधी ने बाद में जब अछूतों की सेवा की राजनीति शुरू की तो इसे अपनी ही आत्म-शुद्धि की एक प्रक्रिया का नाम दिया। कुल मिलाकर यह आत्म-यातना वाली ईसाईयत, और गांधी का अपनी ही क़िस्म का विचित्र हिन्दू धर्म तथा शाकाहार का एक अजीब-सा मिला-जुला ब्रांड था। (इसने दलितों, मुसलमानों और मेरे जैसे बाक़ी मांसाहारियों अर्थात भारतवर्ष की बहुसंख्यक आबादी की 'अशुद्धि' को रेखांकित कर दिया)। एक अन्य आकर्षण था ब्रह्मचर्य। रति-साधना और पूर्ण यौन संयम का अभ्यास एक 'शुद्ध' सत्याग्रही के लिए न्यूनतम योग्यता बन गया। शरीर को कष्ट देना, सुख-आनन्द और इच्छाओं का परित्याग—और आख़िरकार सभी सामान्य मानवीय सहजवृत्तियों को नकारना—मुख्य विषयवस्तु हो गया। यहाँ तक कि भोजन-ग्रहण पर भी लाठी पड़ी : ''भोजन-ग्रहण भी एक ऐसी ही गन्दी प्रक्रिया है, जैसी मल-त्याग है।''[144]

क्या वह व्यक्ति जो भूख से बिलबिला रहा हो, भोजन-ग्रहण को अपने सपने में भी कभी 'गन्दी प्रक्रिया' मान सकता है?

गांधी का हमेशा कहना था कि वह ग़रीबों में भी सबसे ग़रीब की तरह जीवन जीना चाहते थे। सवाल यह है कि जो ग़रीब नहीं है क्या वह सचमुच ग़रीब का रूप ले सकता है? ग़रीबी, आख़िरकार केवल धन-सम्पत्ति के न होने का ही प्रश्न नहीं है। ग़रीबी का वास्तविक अर्थ है, निर्बल और शक्तिहीन होना। लेकिन एक राजनीतिज्ञ के रूप में, यह गांधी का कर्तव्य था कि वह शक्ति को प्राप्त करें, और यह कर्म उन्होंने प्रभावशाली ढंग से किया भी। सत्याग्रह कभी सफल नहीं हो सकता था, उतना भी नहीं जितना यह हुआ, यदि गांधी में स्टार-पावर नहीं होती। यदि आप शक्तिशाली हैं, तो आप सादा जीवन तो जी सकते हैं, लेकिन आप ग़रीब नहीं हो सकते। दक्षिणी अफ़्रीका में गांधी की ग़रीबी

क़ायम रखने के लिए, हज़ारों एकड़ ज़मीन और फलों से लदे हज़ारों वृक्ष मौजूद थे।

दरिद्र और निर्बल की जंग, उन चीज़ों को वापस पाने की जंग है जो उनसे छीन ली गई है। त्यागने की जंग नहीं है। लेकिन गांधी कामयाब धार्मिक बाबाओं की तरह एक चतुर राजनीतिज्ञ थे। वे इस बात को बखूबी समझते थे—कि किसी के द्वारा त्याग का कृत्य, जिसके पास त्याग करने को बहुत कुछ हो, आम आदमी के दिलो-दिमाग़ को हमेशा ख़ूब भाता है, उसे प्रभावित करता है, और त्याग करने वाला, आम आदमी की नज़रों में चढ़ जाता है। (गांधी आगे चल-कर अपना पाश्चात्य कोट-पैंट सूट भी त्याग देंगे और धोती पहन लेंगे ताकि वो ग़रीबों में भी सबसे ग़रीब की तरह नज़र आ सकें। दूसरी ओर, आंबेडकर ने एक अछूत के रूप में, दरिद्रता में जन्म लिया और उस प्रकार की पोशाक पहनने के अधिकार से वंचित रहे, जो विशेषाधिकारप्राप्त जाति के लोग पहनते हैं, वे अपना प्रतिरोध थ्री-पीस सूट पहनकर प्रकट करेंगे।)

जब गांधी टॉलस्टॉय फ़ार्म में ग़रीबी के क्रिया-कलापों की अदाकारी कर रहे थे, इसे विडम्बना ही कहेंगे कि तब वो चन्द हाथों में धन-पूँजी के एकत्रीकरण के ख़िलाफ़ या धन-सम्पत्ति के असमान बँटवारे के ऊपर प्रश्न नहीं खड़ा कर रहे थे। भारतीय इंडेंचर्ड बँधुआ मज़दूरों को बेहतर काम-काज की सुविधाएँ मिलें, और उन लोगों को उनकी ज़मीन वापस मिले, जिनसे जबरन छीन ली गई थी। ऐसे ज्वलन्त प्रश्नों पर भी वे कुछ नहीं कर रहे थे, न कोई सवाल खड़ा कर रहे थे। अलबत्ता, वे भारतीय व्यापारियों के हक़ की लड़ाई ज़रूर लड़ रहे थे कि कैसे वे अपने कारोबार का विस्तार ट्रांसवाल में कर सकें और ब्रिटिश व्यापारियों का मुक़ाबला कर सकें।

गांधी से हज़ारों वर्ष पहले से लेकर आज तक, हिन्दू ऋषियों-योगियों ने गांधी से कहीं ज़्यादा कठिन त्याग के करतबों का अभ्यास किया है। परन्तु उन्होंने यह कठोर तप आमतौर पर दुनिया की नज़रों से दूर, बियाबान पर्वतों की बर्फ़ीली चोटियों पर किए, खड़ी चट्टान वाले पहाड़ों की गगन-छूती गुफाओं-कंदराओं में किए, जहाँ जिस्म की हड्डियों को चटका देने वाली सर्द आँधियाँ हर पल धड़धड़ाती हैं। गांधी की निपुणता इस बात में थी कि उन्होंने इस मोक्ष की पारलौकिक खोज को सांसारिक, सियासी मक़सद से जोड़ दिया और दोनों के सम्मिश्रण को एक फ्यूज़न नृत्य की तरह—दर्शकों के सामने जीवन—नाट्यशाला में पेश कर दिया। बीतते वर्षों में उन्होंने अपने विस्तारित होते प्रयोगों में अपनी पत्नी तथा अन्य लोगों को भी शामिल कर लिया, उनमें से

कुछ तो इतनी कम आयु के थे कि शायद उन्हें इस बात की समझ भी नहीं रही होगी कि आख़िर उनके साथ क्या किया जा रहा है। अपने जीवन के अन्तिम दौर में, जब गांधी सत्तर वर्ष से अधिक आयु के बूढ़े थे, उन्होंने दो कम उम्र युवतियों के साथ सोना शुरू कर दिया, मनु, सत्रह वर्षीय पौत्री और आभा (ये दोनों युवतियाँ गांधी की 'बैसाखी' भी कहलाती थीं)।[145] गांधी का कहना यह था कि वे ऐसा इसलिए करते हैं ताकि वे अपनी काम-इच्छाओं को पराजित करने में किस हद तक सफल या असफल रहे हैं, इसका सही आकलन कर सकें। सहमति और औचित्य के अति विवादास्पद और चिन्तित करने वाले मुद्दों को यदि छोड़ भी दिया जाए, बालिकाओं के मन-मस्तिष्क पर उसका क्या प्रभाव पड़ा होगा, यदि इसे भी छोड़ दिया जाए तो भी—प्रयोग एक और भयानक व चिन्ताजनक प्रश्न खड़ा करते हैं। गांधी का दो (या तीन या चार) स्त्रियों के साथ एक ही बिस्तर पर सोना और उन प्रयोगों के निष्कर्षों के आधार पर मूल्यांकन करके इस परिणाम पर पहुँचना कि गांधी ने अपनी विषम-लिंग काम-इच्छाओं पर काबू पा लिया है या नहीं, इससे यह साफ़ ज़ाहिर होता है कि वे महिलाओं को एक विशिष्ट व्यक्ति के रूप में नहीं, बल्कि एक श्रेणी या वर्ग के रूप में देखते थे। इसीलिए उनके लिए ये दो-तीन-चार जिस्मानी नमूने, जिनमें उनकी अपनी पौत्री भी शामिल थी, एक पूरी महिला प्रजाति का प्रतिनिधित्व करते थे।

गांधी ने टॉलस्टॉय फ़ार्म में किए गए प्रयोगों के विषय में विस्तार से लिखा था। एक अवसर का उन्होंने वर्णन किया है कि एक बार वे किस प्रकार चारों ओर से लड़के-लड़कियों से घिरकर सोये। "इस बात का ख़ास ख़याल रखते हुए कि बिस्तरों को बिछाने की व्यवस्था ठीक प्रकार से हो," लेकिन भलीभाँति जानते हुए कि "इस प्रकार की कोई भी सावधानी किसी दुष्ट मानसिकता वाले के लिए व्यर्थ ही साबित होगी।" और फिर एक बार :

> मैंने उन लड़कों को जो शरारती माने जाते थे और मासूम युवतियों को, स्नान करने के लिए एक ही समय पर, एक ही स्थान पर भेज दिया। मैंने उन बच्चों को आत्म-संयम के कर्तव्य के विषय में पूरी तरह से समझा दिया था, वे सभी सत्याग्रह के सिद्धान्तों से पहले से ही परिचित थे। मैं जानता था और बच्चे भी जानते थे कि मैं उन्हें एक माँ की तरह प्यार करता हूँ...क्या यह एक मूर्खता थी, बच्चों को इस तरह स्नान के लिए मिलने देना और फिर भी उनसे उम्मीद करना कि वे अपनी मासूमियत बरक़रार रखेंगे?

गड़बड़ी, जिसकी गांधी उम्मीद कर रहे थे—असल में जिसके लिए उत्सुक थे—एक माँ का पूर्वाभास जो उन्हें था—आख़िर, हो ही गई :

> एक दिन, युवाओं में से एक ने दो लड़कियों का मज़ाक़ उड़ाया, और लड़कियों ने स्वयं या किसी बच्चे ने मुझ तक यह जानकारी पहुँचा दी। ख़बर ने मुझे झकझोर दिया। मैंने पूछताछ की और पाया की रिपोर्ट सही थी। मैंने युवाओं को समझाया-बुझाया, लेकिन यह तो नाकाफ़ी था। मैंने सोचा कि दोनों लड़कियों पर कुछ ऐसा निशान या चिह्न होना चाहिए, प्रत्येक नौजवान के लिए एक चेतावनी के रूप में, ताकि उनके ऊपर कोई बुरी नज़र डाल ही न सके, और हर लड़की के लिए यह सबक़ हो कि उनकी पवित्रता पर हमला करने का कोई भी साहस नहीं कर सकता। कामुक रावण, सीता को बुरी नीयत से छू भी नहीं पाया था, जबकि राम हज़ारों मील दूर थे। लड़कियों पर ऐसा कौन-सा निशान हो ताकि उनको सुरक्षा का अहसास हो, तथा साथ-साथ पापी की नज़रें भी निर्मल हो जाएँ। इस प्रश्न ने मुझे सारी रात बेचैनी से जगाए रखा।

सुबह तक, गांधी अपना फ़ैसला ले चुके थे। उन्होंने ''बहुत ही शालीनता से लड़कियों को सुझाया कि वे उनको अपने लम्बे रेशमी बाल काटने दें। शुरू में लड़कियों ने हिचकिचाहट दिखाई। गांधी ने दबाव बनाए रखा और फ़ार्म की बुजुर्ग महिलाओं को अपने साथ जोड़ने में कामयाब हो गए। आख़िरकार लड़कियाँ मान ही गईं, ''और तत्काल इन्हीं हाथों ने जो इस घटना का वर्णन कर रहे हैं, लड़कियों के बाल काट दिए। और बाद में अपनी कक्षा में, उत्कृष्ट परिणामों सहित, इसका विश्लेषण किया और इसकी प्रक्रिया को समझाया। इसके बाद मैंने कभी नहीं सुना कि किसी लड़के ने किसी लड़की का मज़ाक़ उड़ाया हो।''[146]

इस बात का कहीं कोई ज़िक्र नहीं मिलता कि जिस बुद्धि ने लड़कियों के बाल काट देने का विचार उत्पन्न किया, उसी बुद्धि ने लड़कों को क्या दंड दिया।

इसमें कोई शक नहीं कि गांधी ने राष्ट्रीय आन्दोलन में महिलाओं के लिए जगह बनाई। लेकिन उन महिलाओं का सदाचारी होना नितान्त आवश्यक था; उनको ख़ुद पर, यदि ऐसा कहा जाए तो, 'निशान' लगाना था जो 'पापी की नज़रों को निर्मल' कर दे। उन महिलाओं का ऐसी आज्ञाकारी भी होना ज़रूरी था जो पितृसत्ता की पारम्परिक संरचनाओं को कभी चुनौती न दें।

गांधी ने शायद अपने 'प्रयोगों' में ख़ूब आनन्द उठाया हो और बहुत कुछ सीखा हो। लेकिन आज वे नहीं हैं, और अपने अनुयायियों के लिए एक ऐसी विरासत छोड़ गए हैं, जो आनन्द-रहित है, जिसमें कोई हँसी-ठिठोली नहीं है, कोई ख़्वाहिश नहीं, कोई आरज़ू नहीं, कोई सेक्स नहीं—सेक्स, जिसे उन्होंने एक ऐसा ज़हर बताया, जो साँप के काटे से भी ज़्यादा बुरा था[147]—कोई खान-पान नहीं, कोई मनकों वाली माला नहीं, कोई मोहक वस्त्र नहीं, कोई नाचना-गाना नहीं, कोई कविता नहीं। और बहुत थोड़ा-सा संगीत है। यह सच है कि गांधी करोड़ों लोगों के दिलो-दिमाग़ पर छाए रहे, लेकिन यह भी सत्य है कि उन्होंने करोड़ों लोगों की राजनीतिक कल्पनाशक्ति को कमज़ोर कर दिया, अपने असम्भव 'शुद्धता' और सदाचार के मानकों को, राजनीति से जुड़ने की न्यूनतम योग्यता बनाकर :

> ब्रह्मचर्य सबसे महान अनुशासनों में से एक है, जिसके बिना मन में आवश्यक दृढ़ता प्राप्त नहीं हो सकती। एक व्यक्ति जो अपना दमख़म खो देता है, नपुंसक और कायर हो जाता है...कई सवाल उठते हैं : तब अपनी पत्नी के साथ कैसे रहना है? फिर भी, जो लोग महान कार्यों में भाग लेना चाहते हैं, उन्हें इन पहेलियों का हल ढूँढ़ना ही होगा।[148]

ऐसा कोई सवाल पत्नी के लिए नहीं उठा कि उसे अपने पति के साथ कैसे रहना है। न ही कोई विचार इस पर आया कि सत्याग्रह कैसे प्रभावी होगा, उदाहरण के लिए वैवाहिक बलात्कार की पुरातन परम्परा के ख़िलाफ़।

***

1909 में गांधी ने अपनी पहली और सबसे प्रसिद्ध राजनीतिक विचार की पुस्तिका *हिन्द स्वराज* प्रकाशित की। यह गुजराती में लिखी गई थी और इसका अंग्रेज़ी अनुवाद स्वयं गांधी ने किया था। इसे वास्तविक मौलिक सोच का लेखन माना जाता है, एक उत्कृष्ट और कालजयी ग्रन्थ। गांधी, अपने जीवन के आख़िरी दिनों तक भी, ख़ुद इससे बहुत सन्तुष्ट और प्रसन्न थे। *हिन्द स्वराज* गांधी को उसी प्रकार परिभाषित करती है, जिस प्रकार *जाति का विनाश* आंबेडकर को परिभाषित करती है। जैसे ही यह पुस्तिका प्रकाशित हुई, बॉम्बे में इसकी प्रतिलिपियों को ज़ब्त कर लिया गया, और इसे राजद्रोह के आरोप में प्रतिबन्धित कर दिया गया। यह प्रतिबन्ध 1938 में जाकर उठा।[149]

गांधी की लन्दन में भारतीय समाजवादियों, बेसब्र युवा विध्वंसवादियों और राष्ट्रवादियों से भेंट हुई थी और विचारों का आदान-प्रदान हुआ था। इस

पुस्तिका को उन सभी को दिए गए, एक प्रतिक्रियात्मक जवाब के रूप में माना जाता है। *भगवद्गीता* (और जोतिबा फुले की *ग़ुलामगीरी*) की तरह, *हिन्द स्वराज* दो लोगों के बीच बातचीत के रूप में लिखी गई है। इसके सर्वोत्तम और ज़मीनी हक़ीक़त से जुड़े लेखांश वे हैं, जिनमें उन्होंने लिखा है कि कैसे हिन्दुओं और मुसलमानों को स्वराज के बाद एक-दूसरे को स्वीकार और समायोजित करना सीखना होगा। हिन्दुओं और मुसलमानों के बीच सहिष्णुता और समावेषण का यह सन्देश, आज भी, भारत की परिकल्पना के लिए, गांधी का वास्तविक, स्थायी और सबसे महत्त्वपूर्ण योगदान है।

फिर भी, *हिन्द स्वराज* में गांधी[150] हिन्दू धर्म के आध्यात्मिक मानचित्र—पवित्र स्थानों के मानचित्र को—भारत के भूभागीय मानचित्र पर अध्यारोपित करते हैं और भारत की सीमाओं को परिभाषित करते हैं। जैसा कि भविष्य में कई दक्षिणपंथी राष्ट्रवादी भी करेंगे, ऐसा करके, जाने-अनजाने में गांधी स्वदेश को सुस्पष्ट हिन्दू के रूप में प्रस्तुत करते हैं। एक अच्छे मेज़बान के रूप में वे इसी कड़ी को आगे बढ़ाते हुए कहते हैं, ''एक देश के पास आत्मसात् करने की योग्यता होना ज़रूरी है'' और यह कि ''हिन्दू, मुसलमान पारसी और ईसाई, जिन सबने भारत को अपना देश माना है, वे सभी सह-देशवासी हैं।''[151] जो वक़्त गांधी ने दक्षिण अफ़्रीका में गुज़ारा, और बाद में जो उनका राजनीतिक कार्यक्षेत्र बना, वहाँ उनके अधिकांश मुवक्किल, अमीर मुस्लिम व्यापारी ज़्यादा थे। ऐसा लगता है कि यह एक मुख्य कारण रहा होगा जो मुस्लिम प्रश्न पर गांधी ने इतनी ज़्यादा तवज्जो दी, अन्यथा शायद न भी दी होती। इसी सुस्पष्ट, न माफ़ करने के क़ाबिल पेचीदगी, अर्थात तवज्जो के पाप की क़ीमत गांधी ने अपनी जान देकर क़ीमत चुकाई।

बाक़ी का *हिन्द स्वराज* एक चुटीली (कुछ का कहना है, शायराना) तीखी भर्त्सना है, आधुनिकता की। लडाइट (1811-16 में यूरोप का आधुनिकता विरोधी, मशीन-तोड़ो आन्दोलन) की तरह, लेकिन मशीन-तोड़ो आह्वान रहित, इस पुस्तिका में औद्योगिक क्रान्ति और आधुनिक मशीनरी को दोषी ठहराया गया है। इसमें ब्रिटिश संसद को 'एक बाँझ औरत' तथा एक 'वेश्या' कहा गया है। इस पुस्तिका में डॉक्टरों, वकीलों और रेलवे की निन्दा की गई है, और पश्चिमी सभ्यता को 'शैतानी' कहकर ख़ारिज किया गया है। यह भी एक कड़वा सच है कि करोड़ों मासूम इनसानों का नरसंहार हुआ था, अमेरिका में, ऑस्ट्रेलिया में, कांगो में और पश्चिमी अफ़्रीका में, पश्चिमी देशों द्वारा अपनी कॉलोनियाँ स्थापित करने में, जो कि औपनिवेशिक परियोजना का एक अनन्य

हिस्सा था। यदि इस नज़रिए से देखा जाए तो इस पुस्तिका की भाषा को अशिष्ट या अत्यधिक विशेषणों से युक्त नहीं कहा जा सकता। लेकिन गांधी के 'साम्राजी भाईचारे' के प्रस्तावों को देखते हुए, इस प्रकार की भाषा का उपयोग थोड़ा अटपटा लगता है। ये और भी अटपटा लगने लगता है, उनकी अंग्रेज़ों के प्रति श्रद्धा-सम्मान, और असभ्य 'गँवार काफ़िरों' के प्रति घिन को देखते हुए।

'फिर सभ्यता क्या है?' 'पाठक' अन्ततः 'सम्पादक' से पूछता है। सम्पादक शुरू हो जाता है, एक शर्मनाक पौराणिक भारत की राष्ट्रश्रद्धा और श्रेष्ठता के गुणगान के साथ : "जिस सभ्यता के रूप में भारत विकसित हुआ है, उसे पूरे संसार में कोई नहीं पछाड़ सकता।"[152] मन तो करता है कि पूरे अध्याय को ही यहाँ छाप दिया जाए, लेकिन चूँकि यह सम्भव नहीं, इसलिए कुछ प्रमुख अंश प्रस्तुत हैं :

> एक इनसान, यह ज़रूरी नहीं कि इसीलिए ख़ुश हो जाए कि क्योंकि वह धनवान है, या इसलिए दुखी हो कि वह ग़रीब है। अमीर लोग अक्सर नाख़ुश देखे जाते हैं, और ग़रीब ख़ुश। करोड़ों लोग हमेशा ग़रीब ही रहेंगे...इन सब बातों को बहुत ध्यान से देखने-परखने के बाद, हमारे पूर्वजों ने हमें विलासिता और सुख के प्रति हतोत्साहित किया। आज भी हम उसी प्रकार के हल से खेत जोत रहे हैं जो हज़ारों वर्षों से चला आ रहा है। हमने उसी प्रकार की झोंपड़ी-कुटिया को क़ायम रखा है जो अतीत काल में थी और हमारी देशी शिक्षा भी पहले तरह की ही है। हमारे यहाँ जीवन की विनाशक प्रतिस्पर्धा की व्यवस्था नहीं है। हर किसी ने अपने व्यवसाय या व्यापार का अनुसरण किया, और नियंत्रित वेतन वसूल किया। ऐसा भी नहीं था कि हम मशीन का आविष्कार करना नहीं जानते थे, लेकिन हमारे पूर्वजों को ज्ञान था कि यदि हम अपना दिल ऐसी चीज़ों के पीछे लगा देंगे तो हम ग़ुलाम बन जाएँगे और अपने नैतिक मूल्यों को खो देंगे...एक राष्ट्र जिसकी बनावट-संरचना-गठन इस प्रकार से हुआ हो, वह औरों को सिखाने के क़ाबिल है, न कि उसे औरों से सीखने की ज़रूरत है। इस देश में अदालतें थीं, वकील थे और डॉक्टर भी, लेकिन वह सभी मर्यादा से बँधे हुए थे...न्याय-व्यवस्था ठीक-ठाक थी।[153]

गांधी ने पौराणिक मिथकीय गाँव का महिमामंडन अपने जीवन के जिस काल में किया, उस वक़्त तक ऐसा नहीं लगता कि गांधी ने कभी अपने जीवन में किसी भारतीय गाँव का दौरा भी किया होगा।[154] लेकिन फिर भी उस मिथकीय गाँव में उनकी पूरी आस्था थी जिसमें कोई सन्देह नहीं किया जा सकता।

> आम लोग स्वतंत्र रहते थे, और खेती-बाड़ी का व्यवसाय करते थे। वे सच्चे स्वराज का आनन्द लेते थे। और जहाँ तक आज भी आधुनिक सभ्यता का श्राप नहीं पहुँचा है, भारत आज भी वहाँ पहले की तरह ही है...मैं आप और आप जैसे उन सब लोगों को जो मातृभूमि से प्रेम करते हैं, अवश्य एक सलाह दूँगा कि आप देश के उन भीतरी इलाक़ों में जाएँ, जो इलाक़े अभी तक रेलवे द्वारा प्रदूषित नहीं हुए हैं, और वहाँ कम से कम छह महीने व्यतीत करें; आप देशभक्त हो जाएँगे और स्वराज की बात करने लगेंगे। अब आप देखेंगे कि मैं किसे असल सभ्यता मानता हूँ। जो लोग उन परिस्थितियों को बदलना चाहते हैं जिनका मैंने वर्णन किया है, वे न केवल देश के दुश्मन हैं, बल्कि पापी भी हैं।[155]

अस्पष्ट उल्लेख वाले इस विचार के सिवा कि लोग अपने पूर्वजों के व्यवसाय या व्यापार करते थे और उन्हें 'नियंत्रित वेतन' चुकाया जाता था, जाति का ज़िक्र गांधी के मिथकीय गाँव के गुणगान में से बिलकुल नदारद है। हालाँकि बाद में वे ज़ोर देकर कहते हैं कि जब वे छोटे बालक थे तभी से अस्पृश्यता को लेकर बहुत परेशान रहा करते थे,[156] लेकिन *हिन्द स्वराज* में वे इसका बिलकुल भी ज़िक्र नहीं करते।

लगभग उसी समय में जब *हिन्द स्वराज* प्रकाशित हुई, गांधी की शुरुआती जीवनियाँ भी प्रकाशित हुईं : 1909 में *एम के गांधी : दक्षिण अफ़्रीका में एक भारतीय देशभक्त* लेखक रेवरेंड जोसफ़ डोक (जोहान्सबर्ग बैप्टिस्ट चर्च के मिनिस्टर।) और 1910 में *एम के गांधी : जीवन और कार्यों का एक रेखाचित्र* लेखक हेनरी एस एल पोलक, गांधी के अभिन्न मित्रों में से एक और उनके अनुयायियों में सबसे बड़े प्रशंसक। इन जीवनियों में गांधी के आने वाले महात्मापन के साफ़ संकेत दिख रहे थे।

1910 में अलग-अलग ब्रिटिश कॉलोनियाँ-नटाल, केप, ट्रांसवाल और ऑरेंज फ्री स्टेट—एकजुट हो गईं और दक्षिणी अफ़्रीका संघ बना लिया, जो कि एक स्वशासित अधिराज्य था, ब्रिटिश क्राउन के तहत। लुई बोथा इसका पहला

प्रधानमंत्री बना। विभिन्न नस्लों के बीच का क़ानूनी पृथक्करण सख़्त होना शुरू हो गया।

इसी के आसपास, दक्षिणी अफ़्रीका छोड़ने से लगभग तीन वर्ष पहले, गांधी ने कृपा दिखाते हुए यह स्वीकार करना शुरू कर दिया कि अफ़्रीकी ही इस भूमि के मूल निवासी हैं :

> नीग्रो (अफ़्रीकी काले मूल निवासी) ही केवल इस भूमि के अकेले मूल निवासी हैं। हमने उनकी ज़मीन पर जबरन क़ब्ज़ा नहीं किया है, हम यहाँ उनके सद्भाव की वजह से रहते हैं। गोरों ने दूसरी ओर ज़ोर-ज़बरदस्ती करके क़ब्ज़ा किया है।[157]

अब तक ऐसा लगता है कि गांधी भूल गए थे कि उन्होंने गोरों के साथ, उनके जबरन क़ब्ज़ा करने के युद्धों में सक्रियता से सहयोग दिया था, ज़मीन पर कब्ज़े और अफ़्रीकियों को ग़ुलाम बनाने में भी। गांधी ने अपने इर्द-गिर्द हो रही क्रूरता के बड़े पैमाने और जुल्म की सभी हदों को पार कर देने की घटनाओं को नज़रअन्दाज़ कर देना ही उचित समझा था। क्या वह सच में विश्वास करते थे कि अपने नस्लवादी क़ानूनों के साथ यह ब्रिटिश उपनिवेशवाद नहीं बल्कि 'नीग्रो लोगों की सद्भावना' थी जिसने भारतीय सौदागरों को अपना व्यापार करने दिया? 1906 में, ज़ुलू विद्रोह के दौरान वह 'सद्भावना' जैसी चीज़ों के प्रति, कम भ्रमित और अस्पष्ट थे, जब उन्होंने कहा था, "हम नटाल में ब्रिटिश सत्ता के दम पर हैं। हमारा अस्तित्व मात्र इसी पर निर्भर है।"

1911 के आते-आते, साउथ अफ़्रीका में बढ़ती हुई भारतीय आबादी को लेकर गोरे लोगों की बेचैनी ने एक ऐसे नए क़ानून की ज़मीन तैयार की, जिससे भारत से मज़दूरों के आयात पर पाबन्दी लग गई।[158] फिर आया 1913—वह वर्ष जब मार्सेल प्रूस्त के उपन्यास 'इन सर्च ऑफ़ लॉस्ट टाइम' का पहला खंड पहली बार प्रकाशित हुआ, वह वर्ष जब रवीन्द्रनाथ टैगोर ने साहित्य के लिए नोबेल पुरस्कार जीता—दक्षिणी अफ़्रीका का ख़ूनी वर्ष। यह वह वर्ष था जब अपारथाईड की बुनियाद रखी गई, भूमि अधिनियम का वर्ष, एक ऐसा क़ानून जिसने दक्षिण अफ़्रीका में रहने वाले बहुसंख्यकों को भूमि के मालिकाना अधिकार से वंचित कर दिया। यह वह वर्ष था, जब अफ़्रीकी महिलाओं ने जुलूस-मोर्चा निकाला, पास-क़ानून के ख़िलाफ़, जो उन्हें भेड़-बकरियों के झुंड की तरह क़स्बों में महदूद कर देता था, और उनके एक प्रान्त से दूसरे प्रान्त में आने-जाने पर पाबन्दी लगाता था। वह वर्ष जब गोरे खदान श्रमिक और

रेलवे कर्मचारी, और फिर अफ़्रीकी खदान श्रमिक, हड़ताल पर चले गए। यह वह वर्ष था जब भारतीय कामगारों ने विद्रोह किया—एक नए तीन-पौंड टैक्स और नए विवाह-क़ानून के विरुद्ध—जिसने उनके वर्तमान विवाहों को ग़ैर-क़ानूनी और उनके बच्चों को अवैध सन्तान बना दिया था। वह वर्ष जब तीन-पौंड टैक्स उन पर लगा दिया जो अपना बँधुआ इंडेंचर्ड मज़दूरी का कार्यकाल पूरा कर चुके थे, और दक्षिणी अफ़्रीका में एक आज़ाद नागरिक की तरह रहना चाहते थे। यह तीन-पौंड टैक्स भरना उनकी औक़ात के बाहर था, नतीजतन यह टैक्स उन मज़दूरों को मजबूर करता था कि वे फिर से बँधुआ मज़दूरी स्वीकार कर लें और दासता के कुचक्र में हमेशा के लिए तालाबन्द हो जाएँ।

बीस वर्ष में पहली बार गांधी ने ख़ुद को उन लोगों के साथ राजनीतिक रूप से जोड़ा, जिनसे वे हमेशा जानबूझकर दूरी बनाए रखते थे। उन्होंने 'नेतृत्व' करने के लिए भारतीय मज़दूरों की हड़ताल में क़दम रखा। दरअसल इन मज़दूरों को किसी 'नेता' की ज़रूरत नहीं थी। गांधी से बरसों पहले, गांधी के दौरान और गांधी के बरसों बाद भी—उन्होंने बहुत ही शौर्यपूर्ण प्रतिरोध दर्ज कराए थे। यह तर्क भी दिया जा सकता है कि भारतीय लोग असल में सौभाग्यशाली थे कि वे गांधी की नज़रों से बचे रहे, क्योंकि न केवल उन लोगों ने अपने दम पर प्रतिरोध किया, बल्कि जाति को भी तहस-नहस कर दिया—इस वाहिद तरीक़े से—जिससे जाति को तोड़ा जा सकता था—वे जाति की दीवारों को तोड़कर लाँघ गए—एक-दूसरे से विवाह किए, आपस में प्रेम किया और बच्चे पैदा किए।

गांधी ने एक क़स्बे से दूसरे क़स्बे में यात्राएँ कीं, कोयला खनिकों और बागान श्रमिकों की सभाओं को सम्बोधित किया। हड़ताल कोयला खानों से गन्ने के बागानों तक फैल गई। अहिंसात्मक सत्याग्रह विफल हो गया। वहाँ दंगा, आगज़नी और रक्तपात हुआ। हज़ारों लोगों को गिरफ़्तार कर लिया गया क्योंकि उन्होंने नए इमीग्रेशन बिल की अवहेलना की थी, और सीमाएँ पार करके ट्रांसवाल में चले गए थे। गांधी को भी गिरफ़्तार कर लिया गया। उन्होंने हड़ताल पर से नियंत्रण खो दिया। अन्ततः उन्होंने जॉन स्मट्स के साथ एक समझौते पर हस्ताक्षर किए। समझौते ने भारतीय समुदाय के बहुत सारे लोगों को क्षुब्ध कर दिया, क्योंकि उन्हें यह विनाशकारी विजय लगी। सबसे विवादास्पद धाराओं में से एक यह थी कि सरकार यह ज़िम्मेवारी लेती है कि जो भी भारतीय स्थायी तौर पर हमेशा के लिए भारत लौटना चाहेगा, उसे सरकार निःशुल्क भेज देगी। इस धारा ने इस विचार को पुष्ट और आधिकारिक विधि-अनुकूल कर दिया,

कि भारतीय अल्पकालीन प्रवासी हैं और उनका प्रत्यावर्तन अर्थात उन्हें वापस भेजना क़ानूनी है, अर्थात वापस उनके देश भेजा जा सकता है। (पृथकतावादी नेशनल पार्टी ने अपने 1948 के घोषणा-पत्र में आह्वान किया था कि सभी भारतीयों का प्रत्यावर्तन कर दिया जाए। 1960 में जब दक्षिणी अफ़्रीका एक गणराज्य बना तभी जाकर भारतीय लोग नागरिक बन सके।)

गांधी के एक पुराने विरोधी पी एस अय्यर ने आरोप लगाया कि गांधी का सरोकार मुख्यत : 'पैसेंजर इंडियंस' के अधिकारों को लेकर ही था। (आवर्जन विधेयक 1911 के मसौदे के पहले प्रस्ताव के विरुद्ध संघर्ष के दौरान जहाँ अय्यर सहित कुछ भारतीय आन्दोलनरत थे कि सभी भारतीयों को, सभी प्रान्तों में बेरोक-टोक आवाजाही की पूरी इजाज़त हो, वहीं गांधी और हेनरी पोलक याचना कर रहे थे कि प्रति वर्ष छह नए आगन्तुकों को ट्रांसवाल आने की अनुमति दी जाए।)[159] अय्यर *अफ़्रीकन क्रॉनिकल* के सम्पादक थे, जो ऐसा समाचार-पत्र था जिसके ज़्यादातर पाठक तमिल थे, यह समाचार-पत्र उन भीषण परिस्थितियों पर रिपोर्टें छापता था, जिनमें इंडेंचर्ड बँधुआ मज़दूर रहते और काम करते थे। गांधी-स्मट्स समझौते के बारे में अय्यर ने कहा कि गांधी की "भारत में अल्पकालिक प्रसिद्धि और लोकप्रियता देशवासियों के लिए उनकी किसी गौरवशाली उपलब्धि पर नहीं टिकी है, बल्कि विफलताओं की एक शृंखला पर आधारित है, जिसके परिणाम में मिले हैं कभी न ख़त्म होने वाले दुख, धन की हानि और मौजूदा अधिकारों से वंचित होना।" अय्यर आगे कहते हैं कि गांधी के नेतृत्व से पिछले दो दशकों में "किसी को कोई ठोस उपलब्धि नहीं हुई।" बल्कि इससे उलट गांधी और उसके सत्याग्रही साथियों की टोली ने ख़ुद को "दक्षिण अफ़्रीका के सभी वर्गों में, एक उपहास और घृणा की वस्तु बना दिया है।"[160] (एक चुटकुला जो अश्वेतों और भारतीयों में आम था, वह कुछ इस प्रकार है : 1893 में परिस्थितियाँ फिर भी अच्छी थीं। जब गांधी को ट्रेन से फेंका गया, वे गाड़ी के अन्दर थे। 1920 तक ये परिस्थितियाँ ऐसी हो गईं कि हम किसी रेलगाड़ी में चढ़ तक नहीं सकते।)[161]

हालाँकि यह कहीं लिखा नहीं गया लेकिन ऐसा प्रतीत होता है कि गांधी-स्मट्स समझौते का एक भाग यह भी था कि गांधी को दक्षिणी अफ़्रीका छोड़ना पड़ेगा।[162]

दक्षिणी अफ़्रीका में बिताए अपने तमाम वर्षों में, गांधी इस बात पर डटे रहे कि अफ़्रीकियों की तुलना में, पैसेंजर इंडियंस के साथ बेहतर बर्ताव होना चाहिए। इतिहास अभी तक फ़ैसला नहीं कर पाया है कि दीर्घकालीन दृष्टि से,

गांधी की राजनीतिक गतिविधियों ने, भारतीय समुदाय का भला किया या बुरा। लेकिन गांधी की ब्रिटिश सरकार के साथ सहयोग करने की बार-बार की कोशिशों ने, अफ़्रीकी राष्ट्रवाद के उभरने के दौरान, भारतीय समुदाय को निश्चित रूप से ख़तरे में डाल दिया था। 1950 के दशक में भारतीय राजनीतिक कार्यकर्ता, अफ़्रीकियों की क़यादत और रहनुमाई में, दक्षिणी अफ़्रीकी आज़ादी की मुहिम में शामिल हो गए। उनका मानना था कि उनकी मुक्ति, अफ़्रीकी लोगों की मुक्ति के संग जुड़ी है। इस विचार में विश्वास करके वे ख़ुद को गांधी की राजनीति से अलग कर रहे थे, और उनकी विरासत को तिलांजलि दे रहे थे। 1970 में जब भारतीय मूल के लोग 'काला चेतना आन्दोलन' में शामिल हुए, सभी काले लोगों (अफ़्रीकी, भारतीय) की एक व्यापक पहचान बनाने के लिए, तब भी वे गांधीवादी राजनीति को पलट रहे थे। यही वे लोग थे, जिनमें से कई ने रोबिन आईलैंड (भारतीय काला-पानी जेल के समान) पर नेल्सन मंडेला और अन्य अफ़्रीकी साथियों के साथ जेलें काटीं। इन्हीं भारतीय राजनीतिक कार्यकर्ताओं ने असल में भारतीय समुदाय की रक्षा की, वरना भारतीय समुदाय की छवि एक शत्रु-सहयोगी नस्ल के रूप में बन जाती, भारतीय समुदाय अलग-थलग पड़ जाता और शायद भारतीय लोगों को दक्षिण अफ़्रीका से निष्कासित भी कर दिया जाता, जैसे कि 1972 में युगांडा से किया गया था।

दक्षिण अफ़्रीका में गांधी को एक हीरो माना जाता है, यह जितना निर्विवादित सत्य है उतना ही चौंकाता भी है। एक सम्भावित व्याख्या यह हो सकती है, कि दक्षिण अफ़्रीका छोड़ने के पश्चात, गांधी का दक्षिण अफ़्रीका में पुनः आयात किया गया, इस बार भारतीय स्वतंत्रता आन्दोलन के एक चमकते सितारे के रूप में। गांधी के जाने के बाद, दक्षिण अफ़्रीका का भारतीय समुदाय, अपनी जड़ों से कटा, इधर-उधर लटकता-भटकता और अधिक अलग-थलग पड़ गया था। अपारथाईड शासन ने उसके साथ पाशविक क्रूरता से लबरेज़, अमानुषी बर्ताव किया था। भारत में गांधी का पंथ-नायक का रुतबा और उसका दक्षिणी अफ़्रीका से पुराना सम्बन्ध—दक्षिणी अफ़्रीकी भारतीयों के लिए एक कड़ी का काम करता था—कड़ी, जो उनको उनके इतिहास और उनकी मातृभूमि से जोड़ती थी।

गांधी को दक्षिण अफ़्रीका का हीरो बनाने के लिए यह आवश्यक था कि उन्हें उनके अतीत से बचाया जाए और उनके अतीत का पुनर्लेखन किया जाए। गांधी ने स्वयं उस परियोजना को आरम्भ किया। इतिहास के कुछ लेखकों ने इस काम को सम्पूर्ण किया। दक्षिण अफ़्रीका में गांधी के प्रवास के अन्तिम

काल में, उनकी शुरुआती जीवनियों ने इस तरह की ख़बरें फैला दी थीं, और उन्हें मसीहा बनाने की परियोजना रफ़्तार पकड़ रही थी। युवा रेवरेंड चार्ल्स फ़्रीयर एंड्रयूस ने दक्षिण अफ़्रीका की यात्रा की और जब डरबन गोदी में उसकी मुलाक़ात गांधी से हुई, तो वह उनके सामने अपने घुटनों के बल गिर पड़ा।[163] एंड्रयूस ने, जो गांधी का आजीवन भक्त रहा, यह प्रस्तावित किया कि गांधी जो कि 'दीन-हीन, निम्नतम और गुमनामी के अँधेरों में डूबे' लोगों के रहनुमा हैं, असल में ईसा मसीह की रूह के जीते-जागते अवतार हैं। गांधी को सम्मानित करने के लिए, यूरोपीय और अमेरिकी लोगों में आपस में होड़ सी लग गई।

1915 में गांधी लन्दन होते हुए भारत लौट आए, जहाँ उन्हें महारानी की चॉकलेट से कहीं बेहतर पुरस्कार मिला। ब्रिटिश साम्राज्य को दी गई अपनी सार्वजनिक सेवाओं के लिए कैसरे-हिन्द स्वर्णपदक से गांधी को नवाज़ा गया। यह स्वर्णपदक उन्हें लार्ड हार्डिग ऑफ़ पेन्सहर्ट्स द्वारा प्रदान किया गया। (गांधी ने यह स्वर्णपदक 1920 के असहयोग आन्दोलन से पहले लौटा दिया।) इस प्रकार से सम्मानित होकर वे भारत पहुँचे—एक महात्मा के रूप में—महान आत्मा—जो नस्लवाद और साम्राज्यवाद से लड़े थे, जो दक्षिण अफ़्रीका में भारतीय कामगारों के अधिकारों के लिए सीना तानकर खड़े रहे। उस समय गांधी की आयु छियालीस वर्ष थी।

हीरो की घर वापसी पर उसे सम्मानित करने के लिए जी.डी. बिड़ला ने, जो भारत का एक बड़ा उद्योगपति था, (और बनिया भाई भी) कलकत्ता में एक भव्य समारोह आयोजित किया। बिड़लाओं का आयात-निर्यात का व्यापार था, जो कलकत्ता और बॉम्बे में आधारित था। वे कपास, गेहूँ और चाँदी का व्यापार करते थे। जी.डी. बिड़ला एक धनवान आदमी था जो थोड़ा चिढ़ा बैठा था, क्योंकि उसे कई बार ब्रिटिशों द्वारा नस्लवादी व्यवहार झेलना पड़ा था। उसकी औपनिवेशिक सरकार के साथ कई झड़पें भी हो चुकी थीं। बिड़ला, गांधी का मुख्य संरक्षक और प्रायोजक बन गया। हर महीने, वह गांधी को उनकी राजनीतिक गतिविधियों, आश्रम और कांग्रेस पार्टी के ख़र्चे चलाने के लिए दिल खोलकर आवश्यक धनराशि दिया करता था। इनके अलावा और भी प्रायोजक थे, लेकिन जी.डी. बिड़ला के साथ गांधी की व्यवस्था जीवन के आख़िरी दिन तक चली।[164] कई मिलों, अन्य व्यवसायों के अलावा जी.डी. बिड़ला एक समाचार-पत्र *हिन्दुस्तान टाइम्स* का भी स्वामी था। इसी समाचार-पत्र में आगे चलकर गांधी के पुत्र देवदास ने प्रबन्ध सम्पादक के रूप में कार्य किया।

तो महात्मा, जो घर की बुनी खादी और लकड़ी के चर्खे की बड़ी-बड़ी बातें किया करते थे, एक मिल-स्वामी द्वारा प्रायोजित थे। वह इनसान जो मशीनों के ख़िलाफ़ आग उगलता था, उद्योगपतियों द्वारा पोषित था। यह व्यवस्था वर्तमान के कॉर्पोरेट-प्रायोजित स्वयंसेवा-संगठनों की अग्रदूत थी।

जैसे ही ख़र्चे के रुपए-पैसे का जुगाड़ सही बैठ गया, आश्रम बन गए और चालू हो गए, गांधी ब्रिटिश सरकार के ख़िलाफ़ लोगों को एकजुट करने के अपने मिशन पर लग गए। इस बात की सावधानी बरती गई कि पुरानी दक़ियानूसी ऊँच-नीच की सामाजिक व्यवस्था, जिसमें वो (और उसके प्रायोजक) सहज भाव से यक़ीन करते थे, उस पर कोई आँच न आने पाए। गांधी ने देश की चारों दिशाओं में, कोने-कोने की यात्रा की, देश को गहराई से समझने के लिए। उनका पहला सत्याग्रह, चम्पारण बिहार में हुआ। गांधी के आगमन से तीन वर्ष पहले से वहाँ भूख-अकाल के कगार पर जीने वाले किसान, जो ब्रिटिश-स्वामित्व वाले नील बागानों में मज़दूरी करते थे, अंग्रेज़ों की नई कर-व्यवस्था के विरुद्ध विद्रोह कर रहे थे। गांधी ने चम्पारण की यात्रा की, और वहीं एक आश्रम स्थापित करके किसानों के संघर्ष को अपना समर्थन देना शुरू कर दिया। वहाँ के स्थानीय लोगों की समझ में नहीं आ रहा था कि आख़िर यह है कौन? जितने मुँह, उतनी बातें। जैक पुश्पदा जिसने चम्पारण सत्याग्रह का अध्ययन किया, लिखता है : "अफ़वाहों का बाज़ार गर्म था...एक अफ़वाह यह भी थी कि गांधी को वायसराय ने या बल्कि ब्रिटेन के राजा ने चम्पारण भेजा है, रैयतों (भूमिहीन किसान) की सभी शिकायतों का निपटारा करने के लिए; और गांधी का आदेश सर्वोच्च है जो सभी स्थानीय अधिकारियों और अदालतों को रद्द कर सकता है।"[165] गांधी चम्पारण में एक वर्ष तक रहे और फिर लौट गए। पुश्पदा कहता है, "यह एक तथ्य है कि 1918 के बाद से, जब गांधी चम्पारण से लौट गए और ब्रिटिश बागान मालिकों का प्रभाव फीका पड़ना शुरू हो गया तो ग्रामीण कुलीन-तंत्र की पकड़ पहले से ज़्यादा मज़बूत हो गई।"

अन्याय के ख़िलाफ़ लोगों को जगाना और अपने नियंत्रण में रखना, इसके साथ-साथ उन्हें अन्याय की *अपनी परिभाषा* पर राज़ी करना, इन सबके लिए गांधी को कुछ जटिल युक्तियों का सहारा लेना पड़ा। 1921 में जब मज़दूर-किसानों ने भारतीय ज़मींदारों के ख़िलाफ़ विद्रोह कर दिया—संयुक्त प्रान्त—आज के उत्तर प्रदेश में, तब गांधी ने उन्हें यह सन्देश भेजा :

> जब उपयुक्त समय आएगा, तो हम किसानों को यह सलाह देने में ज़रा भी न हिचकेंगे कि किसान सरकारों को, भूमि-करों का भुगतान

> करना बन्द कर दें, लेकिन इस पर ग़ौर नहीं किया गया है कि असहयोग आन्दोलन के किसी भी चरण में, ज़मींदारों को उनके किराए से वंचित किया जाए। किसान आन्दोलन को हर हालत में, केवल किसानों की स्थिति में सुधार, और ज़मींदारों व किसानों के बीच सम्बन्धों की बेहतरी तक ही सीमित रखा जाएगा। किसानों को यह सलाह देना परम आवश्यक है कि वे ज़मींदारों के साथ किए गए समझौतों की शर्तों का पूरी ईमानदारी से पालन करें, चाहे वह समझौता लिखित में हो या रीति-रिवाजों से निकला हो।[166]

रीति-रिवाज से निकला हो! अनुमान लगाने की आवश्यकता नहीं कि इसका अर्थ क्या है। यानी सब कुछ! जातिवाद की पूरी परम्परा सहित।

हालाँकि गांधी असमानता और ग़रीबी पर बोले, कभी-कभार तो बिलकुल एक समाजवादी के अन्दाज़ में, लेकिन अपने राजनीतिक जीवन के किसी भी मोड़ पर उन्होंने किसी भी भारतीय उद्योगपति या अभिजात वर्ग के जागीरदार की, गम्भीरता से कभी कोई आलोचना या विरोध नहीं किया। यह धनवानों, उद्योगपतियों के लिए गांधी के वैसे ही ट्रस्टीशिप अर्थात अमानतदारी के सिद्धान्त का हिस्सा था जिसे आज कॉर्पोरेट सामाजिक उत्तरदायित्व कहा जाता है। इसी सिद्धान्त का विस्तार से वर्णन करते हुए, अपने एक निबन्ध 'समान वितरण' में गांधी ने कहा : ''धनवान व्यक्ति का धन उसी के पास छोड़ दिया जाएगा, उसमें से वह उतना ही धन व्यय करेगा, जितना उसकी व्यक्तिगत आवश्यकता पूर्ति के लिए अनिवार्य है। बचे हुए बाक़ी के धन का वह अमानतदार बनेगा, इस धन का समाज के लिए सदुपयोग होगा। इस तर्क के अनुसार यह मान लिया गया है कि ट्रस्टी ईमानदार है।''[167] धनवान 'ग़रीबों के अभिभावक' बनें, इस विचार का औचित्य साबित करने के लिए, गांधी का तर्क था, ''समाज के ग़रीबों के सहयोग के बिना, अमीर धन एकत्रित नहीं कर सकते।''[168] और फिर अमीर अभिभावकों के नादान ग़रीब बच्चों के सशक्तिकरण के लिए : ''यदि इस जानकारी को ग़रीबों में गहराई से अन्दर तक फैला दिया जाए तो ग़रीब शक्तिशाली हो जाएँगे और सीख जाएँगे कि ख़ुद को कैसे अहिंसा के साधन से, कुचलती-विषमता से मुक्त करें, उस विषमता से जो उन्हें भुखमरी के कगार तक ले आई है।''[169] गांधी के ट्रस्टीशिप विचार अक्षरश: अनुगूँज हैं उन विचारों की, जो अमेरिकी पूँजीपति—लुटेरे धन्नासेठ—जे.डी. रॉकफ़ेलर और एंड्रयूस कार्नेगी जैसे पूँजीपति उसी समय-काल में कह रहे थे। कार्नेगी अपनी पुस्तक द *गोस्पेल ऑफ़ वेल्थ* अर्थात *दौलत का ईश्वरीय सिद्धान्त* (1889) में लिखता है :

> तो फिर एक दौलतमन्द इनसान का कर्तव्य है : पहला, एक विनम्र, आडम्बररहित जीवन तथा फ़िज़ूलख़र्ची व दौलत के भोंडे प्रदर्शन से बचना; उन लोगों की जायज़ ज़रूरतों को पूरा करना जो उसके ऊपर आश्रित हैं, और यह सब करने के पश्चात शेष बचे हुए राजस्व को ट्रस्ट फंड अर्थात न्यास निधि मानकर चलना, इस न्यास निधि को उसे समाज के लाभ के लिए प्रशासित करना है—इस प्रकार दौलतमन्द आदमी एक कार्यवाहक भर है, और एक ट्रस्टी है, अपने ग़रीब भाइयों का अमानतदार, उनकी सेवा के लिए वह अपनी बेहतर प्रज्ञा, अनुभव और प्रशासनिक क्षमताओं का उपयोग करता है, उनके लिए उससे बेहतर करता है जो वे ख़ुद अपने लिए करेंगे या कर सकते हैं।[170]

विरोधाभासों का कोई अर्थ नहीं बचा था, क्योंकि उस समय तक, गांधी इन सबसे ऊपर जा चुके थे। वे एक सनातनी हिन्दू थे (जैसा कि उन्होंने स्वयं वर्णन किया), और ईसा मसीह का अवतार भी (जैसा उन्होंने लोगों को ख़ुद को वर्णित करने की अनुमति दी)। जिन रेलगाड़ियों में वे यात्रा करते थे, वे उन भक्तों की भीड़ द्वारा घेर ली जाती थीं, जो उनका 'दर्शन' करना चाहते थे। डी. जी. तेंदुलकर ने, जिसने गांधी की जीवन-कथा लिखी और गांधी के साथ यात्राएँ की, इन घटनाओं का वर्णन *जनसमूहों का एक नए धर्म में परिवर्तन* के रूप में किया।

> गांधी भारत में जहाँ-जहाँ भी जाते, लाखों लोगों की भीड़ उन्हें घेर लेती। अपनी आस्था-विश्वास के चलते लोगों की भावनाओं का ज्वार-भाटा फूट पड़ता और 'महात्मा गांधी की जय' के ज़ोरदार उद्घोष से उनका अभिवादन किया जाता। बारीसाल की वेश्याएँ, कोलकाता के मारवाड़ी व्यापारी सेठ, उड़िया क़ुली, रेलवे के हड़ताली कर्मचारी, खादी की चादर उपहार में देने को आतुर संथाल, सभी उनका ध्यान खींचने के प्रयास में...जहाँ-जहाँ भी वे जाते—उन्हें प्यार का 'अत्याचार' झेलना ही पड़ता था।[171]

इतिहासकार शाहिद अमीन ने अपने उत्कृष्ट निबन्ध 'गांधी एज़ महात्मा' अर्थात 'गांधी, महात्मा के रूप में' में वर्णन किया है कि कैसे स्थानीय कांग्रेसी नेताओं द्वारा चतुराई से फैलाई गई अफ़वाहें, ख़ुशामदी और कभी-कभार अख़बारों की भ्रामक रिपोर्टिंग, भोले-भाले लोग और गांधी के जादुई आकर्षण के घाल-मेल ने एक जन-उन्माद पैदा किया, जिसकी पराकाष्ठा गांधी के दैवीकरण अर्थात

महात्मा गांधी के रूप में हुई। लेकिन, उस समय भी हर कोई आश्वस्त नहीं था। द *पायनियर* अख़बार ने अपने 23 अप्रैल, 1921 के सम्पादकीय में लिखा है, "संयुक्त प्रान्त (आज का उत्तर प्रदेश) के पूर्व और दक्षिण में सीधे-सादे लोग एक ऐसी उपजाऊ ज़मीन प्रदान करते हैं जहाँ 'महात्मा जी', जो उन सीधे-सादे लोगों के लिए एक शक्ति का ही अन्य नाम है, की शक्तियों में उनका विश्वास फल-फूल सकता है।" यह सम्पादकीय एक लेख की आलोचना कर रहा था, जो गोरखपुर के एक समाचार-पत्र *स्वदेश* में छपा था। इस पत्र ने कुछ अफ़वाहों को प्रकाशित किया था जो गांधी के तथाकथित चमत्कारों से जुड़ी थीं। जैसे : गांधी ने एक सुगन्धित धुआँ एक कुएँ से उड़ाकर हवा में चारों ओर बिखेर दिया; पवित्र क़ुरान की एक प्रतिलिपि एक तालाबंद कमरे में अपने आप प्रकट हो गई; एक अहीर ने एक साधू को धन देने से मना कर दिया, साधू गांधी के नाम पर भीख माँग रहा था, उस अहीर की भैंस ख़ुद-ब-ख़ुद लगी आग में जलकर भस्म हो गई, और एक ब्राह्मण जिसने गांधी की हैसियत को चुनौती दी थी, पागल हो गया।[172]

गांधी के महात्मापन की मूसला-जड़ ने एक ऐसे उपजाऊ झरने तक अपना रास्ता ढूँढ़ लिया था जहाँ सामन्तवाद ने भविष्य से आलिंगन किया; जहाँ चमत्कार का आधुनिकता से मिलन हुआ। वहीं से इस महात्मापन का सम्पोषण हुआ और वह फला-फूला।

ऐसे संशयवादी जिन्हें गांधी की शक्तियों पर शक था, बहुत कम थे और वो कोई मायने नहीं रखते थे। गांधी अब दो-दो लाख लोगों की सभाएँ कर रहे थे। उन्माद विदेशों तक फैल चुका था। 1921 में, न्यूयॉर्क में कम्युनिटी चर्च के युनिटेरियन मिनिस्टर जॉन हेंस होम्स ने एक प्रवचन में प्रश्न किया "दुनिया में सबसे महान व्यक्ति कौन है?" और फिर अपने धार्मिक जनसमूह को गांधी का परिचय दिया, "यातना-पीड़ा भोगते हुए बीसवीं सदी के ईसा" के रूप में।[173] बरसों बाद, 1958 में, मार्टिन लूथर किंग, जूनियर ने भी कुछ ऐसा ही कहा, "ईसा ने हमें जोश और प्रेरणा से सुसज्जित किया, जबकि गांधी ने कार्य-विधि उपलब्ध कराई।"[174] उन्होंने गांधी का एकदम नए प्रभाव-क्षेत्र से परिचय करा दिया : उस गांधी का, जो अफ़्रीकी लोगों से भय खाते थे, उन्हें तुच्छ, हेय मानते थे—यह उलटबाँसी कितना विरोधाभासी तोहफ़ा था!

पश्चिमी ईसाई दुनिया रूसी क्रान्ति के बढ़ते हुए प्रभाव से आशंकित, और प्रथम विश्वयुद्ध के आतंक से ख़ौफ़जदा थी, शायद इसीलिए, यूरोपियों और अमेरिकियों के बीच ईसा के जीवित अवतार को सम्मानित करने की होड़-सी लग गई। इससे किसी को मतलब नहीं था कि जहाँ गांधी एक खाते-पीते समृद्ध

परिवार से थे (उनके पिता पोरबन्दर रियासत के प्रधानमंत्री थे), वहीं यीशु, यरुशलम की मलिन बस्तियों के एक बढ़ई थे, जो रोमन साम्राज्य के ख़िलाफ़ अकेले उठ खड़े हुए, यीशु ने रोमन साम्राज्य के साथ दोस्ती करने की कभी भी कोशिशें नहीं की, और यीशु बड़े-बड़े व्यापारियों द्वारा प्रायोजित भी नहीं थे।

गांधी के सबसे प्रभावशाली प्रशंसकों में से एक फ़्रांस के नाटककार रोमां रोलां थे, जिन्होंने 1915 में साहित्य का नोबेल पुरस्कार जीता था। 1924 में उन्होंने *महात्मा गांधी : वह इनसान जो सार्वभौमिक अस्तित्व में विलीन हो गया* के नाम से अपनी पुस्तक प्रकाशित की। उनकी तब तक गांधी से मुलाक़ात नहीं हुई थी। इस पुस्तक की एक लाख से ज़्यादा प्रतियाँ बिकीं और यह कई यूरोपीय भाषाओं में अनुवादित हुई।[175] इसका प्रारम्भ उपनिषद् से लिये गए टैगोर के एक मंगलाचरण से होता है :

> वह एक चमकता, सभी का निर्माता है, महात्मा,
> हमेशा लोगों के दिलों में समाया,
> प्रेम, अन्तर्ज्ञान और विचार के माध्यम से प्रकट होता हुआ,
> जो कोई उसे पहचानता है, अमर हो जाता है

गांधी ने कहा कि उन्हें इस किताब से 'सत्य की वास्तविक दृष्टि मिली'। उन्होंने रोलां को यूरोप में अपना 'स्वयं चुना हुआ विज्ञापनकर्ता' की संज्ञा दी।[176] 1924 में, गांधी के अपने संगठन 'ऑल इंडिया स्पिनर्स एसोसिएशन' की कार्यकारिणी के सदस्यों की सूची में गांधी का नाम 'महात्मा गांधी' के रूप में लिखा आया।[177] यह दुख का विषय है कि गांधी ने आंबेडकर के 'जाति का विनाश' पर अपनी प्रतिक्रिया के पहले ही पैरा में लिखा : ''जो भी लेबल वह भविष्य में ख़ुद पर चस्पां करे, डॉक्टर आंबेडकर ऐसा व्यक्ति नहीं जो ख़ुद को भूलने दे।'' मानो कि जाति-व्यवस्था की गहन भयावहता की ओर इशारा करना, आंबेडकर के लिए मात्र एक आत्म-प्रचार का ज़रिया हो। यही है वह आदमी, या, यदि आपको अच्छा लगे तो आप उसे 'संत', महात्मा भी कह सकते हैं, जिससे एक अछूत महार परिवार में 1891 में जन्मे डॉक्टर भीमराव रामजी आंबेडकर ने तर्क-वितर्क करने की परिकल्पना की।

काँटों-भरी राह

आंबेडकर के पिता रामजी सकपाल और उनके दादा और नाना ब्रिटिश सेना में सैनिक थे। वे कोंकण के महार थे। कोंकण बॉम्बे प्रेसिडेंसी का एक हिस्सा था।

बॉम्बे प्रेसिडेंसी उन दिनों राष्ट्रवादी राजनीति का एक बड़ा अड्डा था। दो प्रसिद्ध कांग्रेसजन, 'गरम दल' के बाल गंगाधर तिलक और गांधी के गुरु गोपाल कृष्ण गोखले, जो 'नरम दल' से थे, दोनों ही कोंकण के चितपावन ब्राह्मण थे। (तिलक का प्रसिद्ध कथन था, "स्वराज मेरा जन्मसिद्ध अधिकार है और मैं इसे लेकर रहूँगा।")

कोंकण तट जोतिबा फुले का भी गृहस्थान था, जो आंबेडकर के राजनीतिक पूर्वज थे और स्वयं को जोतिबा माली कहते थे। फुले सतारा शहर से थे—जहाँ आंबेडकर ने अपना शुरू का बचपन बिताया। महार अछूत माने जाते थे और हालाँकि वे भूमिहीन खेतिहर मज़दूर थे, फिर भी अन्य अछूतों की तुलना में बेहतर स्थिति में थे। सत्रहवीं शताब्दी में वे पश्चिमी भारत के मराठा राजा शिवाजी की सेना में सैनिक रहे थे। शिवाजी की मृत्यु के पश्चात महार पेशवाओं के लिए काम करने लगे। पेशवा राज एक क्रूर अत्याचारी, दमनकारी, ब्राह्मणवादी शासन था, जिसने महारों के साथ बर्बर बीभत्सतापूर्ण बर्ताव किया। (यह पेशवा राज में ही हुआ था कि महारों को मजबूर किया कि वे अपनी गर्दन में मटकी लटकाएँ और कमर में झाड़ू बाँधकर चलें।) तो यह था 'अमानतदारी' की व्यवस्था का एक उदाहरण, जिससे बग़ावत करते हुए महारों ने अपनी वफ़ादारी ब्रिटिश से जोड़ दी। 1818 में, कोरेगाँव के युद्ध में महार सैनिकों की एक छोटी सी ब्रिटिश रेजिमेंट ने अन्तिम पेशवा शासक बाज़ीराव द्वितीय की विशाल सेना को तहस-नहस कर दिया।[178] अंग्रेज़ों ने महारों के अनुपम शौर्य और पराक्रम से प्रभावित होकर एक महार रेजिमेंट की स्थापना कर दी, जो आज भी भारतीय सशस्त्र सेना में अपनी गौरवशाली परम्परा क़ायम रखे हुए है।

समय के साथ महार आबादी का एक तबक़ा अपने गाँवों को छोड़कर शहरों में आ गया। वे बॉम्बे मिलों में और शहरों में, असंगठित दिहाड़ी मज़दूरों के रूप में काम करने लग गए। शहरीकरण ने उनके देखने के नज़रिये को, उनकी दृष्टि को और अधिक विस्तृत कर दिया। शायद यही कारण है कि अन्य क्षेत्रीय अछूत समुदायों की तुलना में महारों का राजनीतिकरण जल्दी हुआ।

आंबेडकर का जन्म 14 अप्रैल, 1891 को मध्य भारत के छावनी क़स्बे महू में हुआ, जो इन्दौर शहर के निकट है। वह रामजी सकपाल और भीमाबाई मुरबडकर सकपाल की चौदहवीं और अन्तिम सन्तान थे। जब वह दो वर्ष के थे तब उनकी माँ का देहान्त हो गया, और उसी वर्ष उनके पिता सेना से सेवानिवृत्त हो गए। परिवार में कबीर और तुकाराम की भक्ति की परम्परा थी, लेकिन रामजी सकपाल ने बच्चों को हिन्दू महाकाव्यों में भी शिक्षित किया।

युवा लड़के के रूप में आंबेडकर को रामायण और महाभारत के विषय में कुछ शंकाएँ थीं। तथाकथित 'नीच-कुल में जन्मे' कर्ण की मृत्यु को लेकर वह ख़ासतौर पर व्यथित थे। (कर्ण का जन्म सूर्य देवता और अविवाहित कुंती से हुआ था। अपनी माँ द्वारा परित्यक्त होने के पश्चात उसका लालन-पालन एक तथाकथित 'नीच' जाति के रथ-चालक द्वारा हुआ। महाभारत में कर्ण का वध, उसके सौतेले भाई अर्जुन द्वारा कृष्ण के इशारे पर उस समय किया गया जब कर्ण अपने रथ के टूटे हुए पहिये की मरम्मत कर रहा था। यह युद्ध के नैतिक नियमों में निषिद्ध था।) आंबेडकर ने अपने पिता से बहस की : "कृष्ण छल करते थे, उनका जीवन छल ही छल था। राम भी मुझे नापसन्द हैं।"[179] बाद में निबन्धों की एक शृंखला में, जो *Riddles in Hinduism*, अर्थात *हिन्दू धर्म में पहेलियाँ* नाम से उनकी मृत्यु पश्चात प्रकाशित हुई, उन्होंने इन विषयों का विस्तार से वर्णन किया है और कृष्ण और राम के गिरते हुए नैतिक मूल्यों और औरतों के विरुद्ध उनकी घृणा पर सवाल उठाए हैं।[180]

ज़िल्लत और नाइंसाफ़ी से आंबेडकर का सामना बचपन से ही शुरू हो गया था। जब गांधी दक्षिणी अफ़्रीका युद्ध में सेवारत थे, आंबेडकर दस साल के थे। अपनी चाची के साथ रहते थे और वे सतारा के एक सरकारी स्कूल में पढ़ते थे। एक नए बने ब्रिटिश क़ानून की बदौलत आंबेडकर को एक *सछूतों* के स्कूल में पढ़ने की *अनुमति* मिल गई थी।[181] परन्तु यहाँ भी उन्हें अपने सहपाठियों से अलग, बोरी के एक टुकड़े पर बैठने को मजबूर किया जाता था, ताकि वे कक्षा के फ़र्श पर बैठकर, उसे 'प्रदूषित' न कर दें। उन्हें पूरे दिन प्यासा रहना पड़ता था, क्योंकि उन्हें सछूतों की टोंटी से पानी पीने की अनुमति नहीं थी। सतारा शहर के नाई उनके बाल काटने से मना कर देते थे, वे नाई भी जो भैंस और बकरे के बाल मूँड़ते थे। आंबेडकर के साथ इस तरह की क्रूरता एक के बाद दूसरे स्कूल और फिर तीसरे स्कूल में...बदस्तूर जारी रही। उनके बड़े भाइयों को संस्कृत नहीं पढ़ने दी गई, क्योंकि यह वेदों की भाषा है, और ज्ञान का अधिग्रहण जाति-व्यवस्था का एक केन्द्रीय सिद्धान्त है। (यदि कोई शूद्र जान-बूझकर वेदों को सुनता है, तो गौतम धर्म सूत्र में कहा गया है कि उसके कानों में गरम खौलता टिन या लाख पिघलाकर भर दिया जाए।) बहुत बाद में 1920 में आंबेडकर ने संस्कृत का अध्ययन किया (और 1940 के दशक में उन्होंने पाली का भी अध्ययन किया), और ब्राह्मणों के ग्रंथों के जानकार हो गए—और फिर जब उन्होंने Annihilation of Caste अर्थात *जाति का विनाश* का लेखन किया तो अपने इस अर्जित ज्ञान का विस्फोटक सदुपयोग किया।

अन्ततः 1897 में उनका परिवार बॉम्बे की एक चाल में चला गया। 1907 में आंबेडकर ने मैट्रिक की परीक्षा पास कर ली। वह एलफ़िनस्टोन हाईस्कूल के एकमात्र अछूत विद्यार्थी थे। एक महार बालक के लिए यह एक असाधारण उपलब्धि थी। इसके तुरन्त बाद उनका नौ वर्षीय रमाबाई (पंडिता रमाबाई से इनका कोई ताल्लुक नहीं, भ्रमित न हों) के साथ विवाह हो गया। विवाह समारोह, शहर के एक नाले के ऊपर बने शेड में सम्पन्न हुआ। जब वे एलफ़िनस्टोन कॉलेज में बैचलर की डिग्री के छात्र थे, तो उनके एक शुभचिन्तक ने उन्हें बड़ौदा के प्रगतिशील महाराजा सयाजीराव गायकवाड़ से मिलवा दिया। महाराजा ने उन्हें अपनी स्नातक की पढ़ाई पूरी करने के लिए 25 रुपए महीने की छात्रवृत्ति दे दी। महाराजा उन चन्द विशेषाधिकारप्राप्त सवर्ण हिन्दू व्यक्तियों में से थे, जिन्होंने विपरीत परिस्थितियों में या राजनीतिक टकरावों के दौरान आंबेडकर की सहायता की, या साथ दिया।

समय हिचकोले खा रहा था। मोरले-मिन्टो सुधार, जो मुसलमानों के लिए पृथक् निर्वाचिका की वकालत करते थे, पारित हो गए। राष्ट्रवादी ग़ुस्से से भरे हुए थे और इन सुधारों को, बढ़ते हुए राष्ट्रवादी आन्दोलन की एकता को कमज़ोर करने की एक चाल के रूप में देख रहे थे। तिलक पर राष्ट्रद्रोह सिद्ध हो गया और उन्हें निर्वासित करके बर्मा के मांडले में भेज दिया गया। 1910 में विनायक दामोदर सावरकर को, जो तिलक के एक युवा अनुयायी थे, मोरले-मिन्टो सुधारों के ख़िलाफ़ सशस्त्र विद्रोह संगठित करने के आरोप में गिरफ़्तार कर लिया गया। (जेल में सावरकर राजनीतिक हिन्दूवाद की ओर उन्मुख हो गया और 1923 में उसने एक निबन्ध लिखा Hindutva : Who is a Hindu? अर्थात *हिन्दुत्व : हिन्दू कौन है?*)

जब आंबेडकर स्नातक हुए तो वे उन तीन छात्रों में से एक थे, जिन्हें सयाजीराव गायकवाड़ ने विदेश में जाकर अपनी पढ़ाई जारी रखने के लिए छात्रवृत्ति दी। 1913 में (जो गांधी का दक्षिण अफ़्रीका में अन्तिम वर्ष था), उस बच्चे को जो अपनी कक्षा के फ़र्श पर, एक फटी हुई बोरी के छोटे से टुकड़े पर बैठता था, न्यूयॉर्क के कोलम्बिया विश्वविद्यालय में दाख़िला मिल गया। यहाँ जॉन डेवी, एडविन सेलिग्मन, जेम्स शॉटवेल, जेम्स हार्वे रोबिन्सन और ए.ए. गोल्डन वाइसर की देखरेख में आंबेडकर ने अपना मौलिक अग्रगामी निबन्ध जाति विषय पर लिखा, "Castes in India : Their Mechanism, Genesis and Development", अर्थात *"भारत में जातियाँ : उनका तंत्र, उत्पत्ति और विकास,"*[182] इस निबन्ध में उन्होंने तर्क सिद्ध किया कि जाति

की समानता वर्ग या नस्ल के साथ नहीं की जा सकती, यह अपने आप में एक अनोखी सामाजिक श्रेणी है—एक बन्द काल-कोठरी, एक सजातीय विवाही वर्ग। जब उन्होंने यह निबन्ध लिखा तो उनकी आयु मात्र पच्चीस वर्ष थी। वह थोड़े से समय के लिए वापस भारत आए और फिर अर्थशास्त्र के अध्ययन के लिए लन्दन के लन्दन स्कूल ऑफ़ इकोनॉमिक्स में चले गए। इसी के साथ उन्होंने लन्दन के ग्रे'स इन्न से क़ानून की डिग्री प्राप्त की—यह डिग्री उन्हें आधे में छोड़नी पड़ी थी, परन्तु कुछ समय बाद, उन्होंने इसे भी पूरा किया।

आंबेडकर 1917 में बड़ौदा लौटे। अपनी छात्रवृत्ति चुकाने के लिए, उनसे अपेक्षा यह थी कि वे महाराजा के सैन्य सचिव के रूप में अपनी सेवाएँ देंगे। आंबेडकर जब वापस लौटे तो उनके स्वागत का स्वरूप, गांधी के स्वागत से एकदम भिन्न था। न कोई भव्य समारोह था, न कोई धनाढ्य प्रायोजक था। आंबेडकर अमेरिकी विश्वविद्यालय के पुस्तकालय में, दुनिया के श्रेष्ठ बुद्धिजीवियों के साथ बैठ, घंटों अनगिनत किताबें पढ़ा करते थे। संसार के बड़े-बड़े प्रोफ़ेसरों के साथ खाने की बड़ी टेबल पर नैपकिन और छुरी-काँटे से भोजन करते हुए गहन विषयों प्रर चर्चा किया करते थे। लेकिन वापस लौटने पर आंबेडकर को कँटीली जाति-व्यवस्था के अजगर ने सब तरफ़ से जकड़ लिया। ऑफ़िस के क्लर्क और चपरासी, आंबेडकर को फ़ाइलें दूर से फेंककर दिया करते थे। क्लर्क और चपरासी इस डर से काँपते रहते थे कि कहीं आंबेडकर को ग़लती से भी छू न दें। जब आंबेडकर कार्यालय के भीतर या बाहर जाते थे तो क़ालीन को लपेट लिया जाता था, कहीं ऐसा न हो कि क़ालीन आंबेडकर के स्पर्श के कारण प्रदूषित हो जाए। शहर में रहने को उन्हें कोई आवास नहीं मिला। उनके हिन्दू मित्र, मुस्लिम और ईसाई मित्र, यहाँ तक कि उन मित्रों ने भी जो कोलम्बिया विश्वविद्यालय में साथ पढ़े थे, उन्हें जानते-पहचानते थे, उनको ठुकरा दिया। अन्ततः पारसी होने का ढोंग करके उन्हें बड़ौदा की एक पारसी सराय में कमरा किराए पर मिल गया। लेकिन जैसे ही मालिकों को पता चला कि 'अरे, यह तो अछूत है!' तत्काल हथियारों से लैस मुस्टंडों ने उन्हें और उनके समान को उठाकर बाहर सड़क पर फेंक दिया। बाद में आंबेडकर ने लिखा "मैं आज भी उस घटना को, सुस्पष्ट सम्पूर्ण विवरण के साथ याद कर सकता हूँ, लेकिन जब भी वह घटना याद आती है मैं अपनी आँखों के बहते आँसुओं को कभी रोक नहीं पाता। उस दिन मुझे बोध हुआ कि जो व्यक्ति एक हिन्दू के लिए अछूत है, वह पारसी के लिए भी अछूत ही है।"[183]

बड़ौदा में आवास खोजने में नाकाम रहने के पश्चात आंबेडकर बॉम्बे (मुम्बई) आ गए। यहाँ कुछ दिनों तक निजी ट्यूशन पढ़ाने के बाद उन्हें सिडनहम कॉलेज में प्रोफ़ेसर के पद पर नौकरी मिल गई।

1917 में हिन्दू सुधारवादी हताशा के शिकार अछूतों को पटाने में लगे थे। कांग्रेस ने अस्पृश्यता के ख़िलाफ़ एक प्रस्ताव पारित किया था। गांधी और तिलक दोनों का कहना था कि अस्पृश्यता एक 'रोग' है जो हिन्दू धर्म की भावनाओं से उलट है। आंबेडकर के संरक्षक और मार्गदर्शक महाराजा सयाजीराव गायकवाड़ की अध्यक्षता में सर्वप्रथम दमित (Depressed) वर्गों का अखिल भारतीय सम्मेलन बॉम्बे (मुम्बई) में आयोजित किया गया। इस सम्मेलन में तिलक सहित उस समय की कई दिग्गज हस्तियाँ मौजूद थीं। इस सम्मेलन ने अखिल भारतीय अस्पृश्यता विरोधी घोषणा-पत्र पारित किया, जिस पर सभी ने हस्ताक्षर किए थे। (तिलक को छोड़कर, जिन्होंने बड़ी होशियारी से पतली गली से बच निकलने का रास्ता ढूँढ़ लिया था!)[184]

आंबेडकर इन बैठकों से दूर ही रहे। विशेषाधिकारप्राप्त जातियों द्वारा, अछूतों के प्रति चिन्ता व सहानुभूति का जो सार्वजनिक प्रदर्शन अपने चरित्र से हटकर हो रहा था, उसे देखकर आंबेडकर के कान खड़े हो गए, शंकाएँ बढ़ गईं। वे झट समझ गए कि बदलते वक़्त में, विशेषाधिकारप्राप्त जातियों द्वारा अछूत समुदाय पर अपनी पकड़ की मज़बूती को बनाए रखने के लिए ही ये सब कुटिल चालें चली जा रही हैं। उनके श्रोता, उनके दर्शक, उनका कार्य-समूह और उनकी प्रमुख चिन्ता का विषय अछूत समुदाय था। आंबेडकर का मानना था कि अस्पृश्यता के इर्द-गिर्द न केवल कलंक, शुद्धता-प्रदूषण का मुद्दा है, बल्कि जाति-व्यवस्था ही मुख्य समस्या है जिसका जड़-मूल से ही विनाश करना पड़ेगा। अस्पृश्यता का प्रचलन हालाँकि अपने आप में वहशियाना था—कमर में झाड़ू बाँधना, गले में मटकी लटकाना—फिर भी यह जातीय-व्यवस्था का कर्मकांडीय दिखावा भर था, जैसे हाथी के दाँत। जाति की असली प्राणघातक मारक हिंसा तो *अधिकारों से वंचित करना है* : भूमि, धन-दौलत, विद्या-ज्ञान और समान अवसरों से महरूम रखना। (जाति-व्यवस्था अमेरिकी पूँजीपति कार्नेगी और गांधी के 'अमानतदारी के' सिद्धान्त का सामन्ती रूप व संस्करण है हक़दार, अपना हक़ पूँजीपति/सवर्ण के क़ब्ज़े में छोड़ दे और उससे सदुपयोग और ईमानदारी की अपेक्षा रखे।)

घृणित सर्वव्यापी हिंसा की धमकी के बग़ैर, एक अपरिवर्तनीय ऊँच-नीच वाली व्यवस्था को कैसे क़ायम रखा जा सकता है? सामन्त ज़मींदार, मज़दूरों

को कैसे मजबूर करते हैं, पीढ़ी-दर-पीढ़ी, दिन-रात कमर-तोड़ मेहनत करने के लिए और इस सब के बदले में ज़िन्दा-भर रहने के लिए बस थोड़ा-सा वेतन देकर। क्यों एक अछूत मज़दूर, जो ख़्वाब में भी कभी ज़मीन का मालिक नहीं बन सकता, अपना पूरा जीवन ज़मींदार के हवाले कर देगा, ज़मीन जोतने के लिए, बीज बोने के लिए और फ़सल काटने के लिए यदि उसे भय-उत्पादक सज़ा की दहशत न हो, जो आज्ञा का उल्लंघन करने वाले को दी जाती है। (उद्योगपतियों के विपरीत, कृषक हड़ताल का बोझ बर्दाश्त ही नहीं कर सकता। बीज बोने का एक वक़्त मुक़र्रर है, उसे आगे-पीछे नहीं किया जा सकता, फ़सल काटने का भी समय तय है, फ़सल उसी समय काटनी पड़ेगी। कृषि मज़दूर को आतंकित करके पूर्ण समर्पित ग़ुलाम बनाना निहायत ही ज़रूरी है, ताकि वह मज़दूर दिन-रात, तीन-सौ-पैंसठ दिन, हर पल, एक आवाज़ पर, हाज़िर हो जाए।) अफ़्रीकी ग़ुलामों को अमेरिकी कपास के खेतों में मज़दूरी करने के लिए कैसे मजबूर किया जाता था? सटा-सट कोड़े मारकर और अगर यह सज़ा प्रभावकारी न हो तो बिना किसी क़ानूनी प्रक्रिया के पेड़ से लटकाकर फाँसी दे दी जाती थी, लाश को कई दिनों तक लटके रहने दिया जाता था, ताकि सभी ग़ुलाम देखें और उनके मन-मस्तिष्क में दहशत भर जाए। ऐसा क्यों है कि आज भी, न झुकने वाले दलितों की हत्या, सीधी-सादी आम हत्याओं की तरह नहीं होती, बल्कि एक आनुष्ठानिक वध होता है? ऐसा क्यों है कि उन्हें ज़िन्दा जलाया जाता है, हत्या से पहले सामूहिक बलात्कार होते हैं, अंग-भंग किया जाता है, विशेषकर जननांगों का और नंगा करके बाज़ारों में घुमाया जाता है? क्यों सुरेखा भोतमाँगे और उसके जवान बच्चों को उसी प्रकार मरना पड़ा जैसे कि वे मरे?

आंबेडकर ने ऐसे प्रश्नों का उत्तर देने की कोशिश की :

> लोगों के जनसमूह ने उन सब सामाजिक बुराइयों को, जो उन्हें झेलनी पड़ती थीं, क्यों बर्दाश्त किया? विश्व के अन्य देशों में क्रान्तियाँ हुई हैं। भारत में सामाजिक क्रान्तियाँ क्यों नहीं हुईं? यह एक प्रश्न है जिसने मुझे लगातार परेशान रखा। सिर्फ़ और सिर्फ़ एक ही जवाब है और वह यह कि इस मनहूस जाति-व्यवस्था के कारण, हिन्दुओं के निम्न वर्गों को सीधी कार्यवाही के लिए पूर्णतया अक्षम कर दिया गया है। वे शस्त्र धारण नहीं कर सकते, और शस्त्रों के बिना वे बग़ावत नहीं कर सकते। वे सभी हलवाहे थे—या बल्कि यह कहा जाए—वे सब हलवाहे मज़दूर होने को शापित थे। और उन्हें कभी

> भी अपने हल की फाल को, तलवार में तब्दील नहीं करने दिया गया। उनके पास संगीनें भी नहीं थीं, इसीलिए जिसने भी चाहा, उनके सर पर सवार हो गया। जाति-व्यवस्था के कारण वे शिक्षा ग्रहण भी नहीं कर सकते थे। अपने उद्धार का मार्ग, न वे सोच सकते थे, न ही जान सकते थे। वे नीच रहने के लिए शापित थे, बचकर भाग निकलने का रास्ता उनको मालूम नहीं था, और बच निकलने के साधन भी उनके पास नहीं थे, उन्होंने शाश्वत दासता से सामंजस्य स्थापित कर लिया, उसे अपने लिए अपरिहार्य भाग्य के रूप में स्वीकार कर लिया।[185]

ग्रामीण अंचल में, शारीरिक हिंसा का ख़ौफ़, कभी-कभी 'सामाजिक बहिष्कार' के पिशाच के सामने फीका पड़ जाता है। रूढ़िवादी हिन्दू किसी भी अछूत के ख़िलाफ़, जो व्यवस्था से बाग़ी हो, सामाजिक बहिष्कार की घोषणा अक्सर कर देते हैं। (व्यवस्था से बग़ावत के कई रूप हो सकते हैं। किसी सवर्ण हिन्दू की उपस्थिति में बीड़ी पीना भी एक बड़ी बग़ावत है, या फिर कोई ज़मीन का छोटा-सा टुकड़ा ख़रीदने का गुनाह कर दे, या फिर किसी तीज-त्योहार पर साफ़-सुथरे कपड़े पहनने की धृष्टता कर डाले, जूते पहनने का दुस्साहस, या फिर शादी की बारात में घोड़ी पर बैठने की हिमाक़त करे। सीधा तनकर चलना, तलवार-छाप नोकदार मूँछें रख लेना, या फिर ऐसी जिस्मानी मुद्रा जो ऐंठ जैसी हो, जो उसे आदर भाव से कम झुका हुआ दिखाए, जितना झुकना उसके लिए एक अछूत होने के नाते परम आवश्यक है।) यह उस बहिष्कार के विपरीत है जो कि अमेरिका में नागरिक अधिकार आन्दोलन ने आन्दोलन के औज़ार के तौर पर इस्तेमाल किया था। अमेरिकी कालों के पास कम से कम एक हल्की-फुल्की आर्थिक चपत लगाने की क़ूवत थी, उन बसों और व्यापारियों को, जो उन्हें हेयदृष्टि से देख, उनका तिरस्कार करते थे। ग्रामीण अंचल में भारत की विशेषाधिकारप्राप्त जातियों में, सामाजिक बहिष्कार का परम्परागत अर्थ होता है 'हुक्का-पानी बन्द'—न हुक्का (तम्बाकू) और न पानी, उस व्यक्ति के लिए जिसने समाज को नाराज़ किया है। हालाँकि इसे 'सामाजिक बहिष्कार' बोला जाता है, लेकिन यह *'आर्थिक'* के साथ-साथ सामाजिक बहिष्कार है। दलितों के लिए तो यह प्राणघातक है। 'पापकर्मियों' को अड़ोस-पड़ोस में रोज़गार से महरूम होना पड़ता है, भोजन और पानी से उसे वंचित किया जाता है, उसका गाँव के बनिये से किराना ख़रीदने का अधिकार भी नहीं रहता। उन्हें समाज, गाँव से बाहर खदेड़ देता है और भूखों मरने के

लिए छोड़ देता है। सामाजिक बहिष्कार आज भी भारत के गाँवों में दलितों के ख़िलाफ़ एक मारक हथियार के तौर पर इस्तेमाल किया जा रहा है। यह शक्तिशाली द्वारा शक्तिहीन के विरुद्ध 'असहयोग आन्दोलन' है—जिस असहयोग को हम जानते हैं, उसका उलट; सर के बल खड़ा असहयोग।

जाति को, राजनीतिक अर्थव्यवस्था से—दासता की उन परिस्थितियों से तोड़ने के लिए जिनमें दलित रहते और काम करते थे—और अधिकार, भूमि सुधार व धन-दौलत के पुनर्वितरण के प्रश्नों को विलुप्त करने के लिए; हिन्दू सुधारवादियों ने बहुत ही चालाकी से, जाति के प्रश्न का दायरा अस्पृश्यता के मुद्दे तक सीमित और संकुचित कर दिया। उन्होंने अस्पृश्यता को एक अनुचित, असंगत, धार्मिक और सांस्कृतिक प्रचलन कहा, जिसमें सुधार की आवश्यकता थी।

गांधी ने इसे और अधिक संकुचित कर दिया केवल 'भंगी' के मुद्दे तक सीमित करके—सफ़ाईकर्मी, मुख्यतः एक शहरी समुदाय और इसलिए काफ़ी-कुछ राजनीतिक हो चुका समुदाय। अपने बचपन से उसने ऊका की स्मृति को पुनर्जीवित किया। ऊका एक लड़का था जो गांधी परिवार के पाखाने की सफ़ाई करता था। गांधी अक्सर बातें करते थे कि वे कैसे, उनके परिवार द्वारा ऊका के साथ किए दुर्व्यवहार पर परेशान हो जाते थे।[186]

ग्रामीण अछूत—हलवाहा, कुम्हार, चमड़ा-शोधक और उनके परिवार—बिखरे हुए, छोटे समुदायों में, कच्ची झोंपड़ियों में, गाँव के किनारों पर रहते थे (उचित दूरी पर, कहीं गाँव के लोग उनसे प्रदूषित न हो जाएँ)। शहरी अछूत—भंगी, चूहड़ा और मेहतर—सारे सफ़ाईकर्मी, बड़ी संख्या में एक साथ रहते थे और असल में एक राजनीतिक समूह बन जाते थे। इस डर से कि कहीं वे ईसाई धर्म न अपना लें, लाला मुल्कराज भल्ला, एक पंजाबी खत्री हिन्दू सुधारवादी, ने उन्हें 1910 में पुनः धर्मदीक्षा दी, और वे सामूहिक तौर पर बाल्मीकि कहलाने लगे। गांधी ने बाल्मीकियों को लपक लिया और उन्हें अस्पृश्यता अभियान का शो-विंडो बना दिया। उन पर गांधी ने अपने सद्भाव और दान-पुण्य के मिशनरी कृत्यों का प्रदर्शन शुरू कर दिया। उन्होंने बाल्मीकियों को उपदेश दिया कि कैसे वे अपनी पुरखों द्वारा दी गई विरासत से प्रेम करें व उसे पकड़े रहें, और कभी भी अपने वंशानुगत व्यवसाय से प्राप्त ख़ुशियों से अधिक और अन्य किसी ख़ुशी की आकांक्षा न पालें। अपने पूरे जीवन में गांधी ने *'पाख़ाना साफ़ करना एक धार्मिक कर्तव्य है'* विषय पर काफ़ी कुछ विस्तार से लिखा। इस बात से गांधी को कभी कोई मतलब नहीं रहा कि बाक़ी दुनिया में सब लोग, अपना मल ख़ुद साफ़ करते हैं, और इस पर उन्हें आपत्ति भी नहीं होती।

8 जनवरी, 1925 को भावनगर में काठियावाड़ राजनीतिक सम्मेलन में अध्यक्षीय भाषण देते हुए गांधी ने कहा :

> यदि मुझे किसी पद की लालसा है तो उसका नाम है भंगी। गन्दगी की सफ़ाई एक पवित्र कार्य है, जिसे एक ब्राह्मण के साथ-साथ एक भंगी भी कर सकता है, ब्राह्मण इसके पवित्र होने के ज्ञानबोध के साथ करता है और भंगी बिना बोध के। मैं दोनों का ही आदर और सम्मान करता हूँ। दोनों में से किसी की भी अनुपस्थिति में, हिन्दू धर्म विलुप्त हो जाएगा। मुझे सेवा का मार्ग पसन्द है; इसलिए, मैं भंगी होना पसन्द करूँगा। मुझे व्यक्तिगत रूप से उनके साथ भोजन करने में कोई आपत्ति नहीं है। लेकिन मैं तुम्हें सहभोज या अन्तरजातीय विवाह के लिए नहीं कह रहा। तुम्हें मैं परामर्श दे भी कैसे सकता हूँ?[187]

बाल्मीकियों के प्रति गांधी की तन्मयता, उनकी बहु-प्रचारित 'भंगी कॉलोनियों' की यात्राएँ रंग लाईं, बावजूद इसके कि उनका भंगियों के प्रति तिरस्कारपूर्ण व्यवहार था। 1946 में जब वे एक ऐसी ही कॉलोनी में रुके :

> आधे से अधिक निवासियों को उनकी यात्रा शुरू होने से पहले ही बाहर निकाल दिया गया और निवासियों के झोंपड़ों को तोड़-फोड़ दिया गया और उनके स्थान पर साफ़-सुथरी सुन्दर झोंपड़ियों का निर्माण किया गया। झोंपड़ियों के प्रवेश-द्वार और खिड़कियों को खस-चटाइयों से ढाँप दिया गया, और गांधी की यात्रा के दौरान उन खस-चटाइयों के ऊपर पानी छिड़ककर, लगातार उन्हें भिगोए रखा गया ताकि ठंडक पैदा हो सके। स्थानीय मन्दिर की रँगाई-पुताई की गई और ईंटों के नवीन पथ बनाए गए। माग्रेट बौर्के-वाइट, एक फोटो-पत्रकार को 'लाइफ़' पत्रिका के लिए दिए गए एक साक्षात्कार में बिड़ला कम्पनी के दीनानाथ तियांग, ने अछूतों की कॉलोनी में किए गए सुधारों के बारे में बताया, "हमने पिछले बीस वर्षों से गांधी की सुख-सुविधाओं का विशेष ध्यान रखा है।"[188]

विद्वान विजय प्रसाद द्वारा लिखे बाल्मीकि श्रमिकों के इतिहास में उनका कहना है, जब गांधी ने मन्दिर मार्ग (पूर्व में रीडिंग रोड) स्थित बाल्मीकि कॉलोनी की 1946 में यात्रा की तो बाल्मीकि समाज के साथ भोजन करने से मना कर दिया :

'आप मुझे बकरी का दूध भेंट कर सकते हैं' उन्होंने कहा, 'लेकिन मैं उसकी क़ीमत का भुगतान ज़रूर करूँगा। यदि आप उत्सुक हैं कि मैं आपके द्वारा पकाया गया भोजन करूँ, तो आप यहाँ आ सकते हैं और मेरे लिए मेरा भोजन यहीं पका सकते हैं।'...उस समय के बाल्मीकि बड़े-बूढ़े क्षोभ से भरकर, गांधी के पाखंड के इस क़िस्म के अनेकों क़िस्से बताते हैं। जब एक दलित ने गांधी को सूखा मेवा दिया, तो गांधी ने वो मेवा अपनी बकरी को खिला दिया, यह कहते हुए कि मैं ये मेवा बाद में खा लूँगा, बकरी के दूध में। गांधी का लगभग सारा भोजन, मेवा और अन्न बिड़ला हाउस से आता था, वे दलितों से यह सब स्वीकार नहीं करते थे। इन्क़लाबी-बाल्मीकि आंबेडकरवाद की शरण में चले गए, जो गांधी से इन मुद्दों पर खुलकर टकराते थे।[189]

आंबेडकर समझ गए कि ऐसे तो जाति-समस्या और अधिक उलझ जाएगी। ऐसा न हो पाए, इसके लिए अछूतों को संगठित और लामबन्द होना ही पड़ेगा। एक राजनीतिक समूह बनाना पड़ेगा, जिसका अपना ख़ुद का कोई प्रतिनिधि हो। उनका विश्वास था कि अछूतों के लिए आरक्षित सीटें, चाहे हिन्दू बाड़े के अन्दर हों या कांग्रेस के भीतर, केवल लचीले उम्मीदवार उत्पन्न करेंगी—ऐसे सेवक जिन्हें अपने स्वामी को ख़ुश करने की कला आती हो। आंबेडकर ने अछूतों के लिए पृथक् निर्वाचिका के विचार को, विकसित करना शुरू कर दिया। 1919 में उन्होंने चुनाव सुधारों की साउथबरो समिति के समक्ष एक लिखित गवाही प्रस्तुत की। समिति को मौजूदा भूमि राजस्व ज़िलों के आधार पर, प्रादेशिक निर्वाचन क्षेत्रों की एक योजना प्रस्तावित करनी थी, और एक नए संविधान के लिए, जिसका प्रारूप स्वशासन के लिए तैयार होना था मुस्लिमों, ईसाइयों और सिखों के लिए पृथक् साम्प्रदायिक प्रतिनिधित्व का प्रस्ताव रखना था। कांग्रेस ने समिति का बहिष्कार किया। आंबेडकर ने उन आलोचकों को, जो उन्हें शत्रु-सहयोगी और गद्दार बोल रहे थे, जवाब दिया कि स्वशासन, अछूत का भी उतना ही अधिकार है, जितना ब्राह्मण का है, और यह विशेषाधिकारप्राप्त जातियों का फ़र्ज़ है कि वे सभी को एक समान रखकर चलें। आंबेडकर का तर्क था कि अछूत, सछूतों से एक पृथक् सामाजिक समूह है, उसी प्रकार जैसे मुस्लिम, ईसाई और सिख हैं :

प्रतिनिधित्व का अधिकार और सरकारी ओहदे पाने का अधिकार, नागरिकता के दो अति महत्त्वपूर्ण अधिकार हैं, लेकिन अछूतों की

> अस्पृश्यता, उनको अपने इन अधिकारों से वंचित कर देती है। कुछ स्थानों पर तो उनके पास ऐसे महत्त्वहीन अधिकार भी नहीं हैं, जैसे निजी स्वतंत्रता और निजी सुरक्षा, इसके अलावा क़ानून के सामने बराबरी भी उनके लिए हमेशा सुनिश्चित नहीं। यह अछूतों के हित के मुद्दे हैं। और जैसा कि आसानी से देखा जा सकता है कि उनका प्रतिनिधित्व सिर्फ़ और सिर्फ़ अछूत ही कर सकते हैं। वे विशिष्ट रूप से उनके अपने हित हैं तथा कोई अन्य इनको सही मायने में आवाज़ नहीं दे सकता...इसीलिए यह साफ़ है कि हमें अछूतों में से, उनके प्रतिनिधियों को ढूँढ़ना होगा जो उनकी शिकायतों को प्रस्तुत कर सकें; और दूसरे, हमें उन्हें इतनी संख्या में ढूँढ़ना होगा कि उनके पास पर्याप्त ताक़त हो जाए, अपनी शिकायतों का निवारण करने के लिए।[190]

ब्रिटिश सरकार ने उस समय आंबेडकर की लिखित गवाही पर कोई ख़ास तवज्जो तो नहीं दी, लेकिन उनकी यह प्रस्तुति, दस वर्ष पश्चात, 1930 में, उनके पहले गोलमेज़ सम्मेलन में निमंत्रण का आधार बन गई।

उसी समय के आसपास, आंबेडकर ने अपनी पहली पत्रिका, *मूक नायक* (बेजुबानों का नायक) प्रारम्भ की। तिलक के समाचार-पत्र *केसरी* ने *मूक नायक* के प्रकाशन की घोषणा का विज्ञापन, पूरी शुल्क राशि में भी, छापने से साफ़ इनकार कर दिया।[191] *मूक नायक* के सम्पादक पी.एन. भाटकर थे, जो ऐसे पहले महार थे जिन्होंने मैट्रिक पास की और कॉलेज गए।[192] शुरू के तेरह सम्पादकीय आंबेडकर ने स्वयं लिखे। सबसे पहले सम्पादकीय में उन्होंने हिन्दू समाज का वर्णन एक खौफ़नाक उपमा द्वारा किया—एक बहुमंज़िला मीनार जिसमें न कोई सीढ़ी है, न ही कोई प्रवेश-द्वार। सभी लोगों को उसी मंज़िल में जीना और मरना है जिसमें वे जन्मे हैं।

कोल्हापुर के महाराजा, छत्रपति शाहू अपने ब्राह्मणविरोधी विचारों के लिए जाने जाते थे, और उन्होंने ही 1902 में शिक्षा और नौकरियों में आरक्षण नीति लागू की थी। महाराजा द्वारा समर्थित, आंबेडकर और उनके साथियों ने मई, 1920 में नागपुर में पद-दलित वर्गों का एक अखिल भारतीय सम्मेलन आयोजित किया। इस सम्मेलन में यह सहमति बनी कि कोई अछूत प्रतिनिधि, जिसे बहुसंख्यक सवर्ण हिन्दुओं ने चुना हो, वास्तव में चतुर्वर्ण के ख़िलाफ़ कार्य नहीं कर सकता।

1920 का दशक, कुओं, स्कूलों, अदालतों, कार्यालयों और सार्वजनिक परिवहन के उपयोग के अधिकार के लिए, अछूतों द्वारा सीधी कार्यवाही के युग

की शुरुआत के रूप में जाना जाता है। 1924 में, वाइकम सत्याग्रह के नाम से जाना जाने वाला आन्दोलन हुआ। वाइकम, कोट्टयम से बीस मील की दूरी पर, त्रावणकोर (अब केरल प्रदेश) में स्थित है। वाइकम के महादेव मन्दिर के अगल-बगल से गुज़रने वाली सड़कों के सभी जातियों द्वारा सार्वजनिक उपयोग की माँग को लेकर हुए इस आन्दोलन में इज़वा समुदाय जिसे शूद्र माना जाता है, और पुलया, जो कि अछूत थे, शामिल हुए। सत्याग्रह के नेताओं में से एक जॉर्ज जोज़फ थे, जो कि एक सीरियाई ईसाई, और गांधी के प्रशंसक थे। गांधी ने, एक 'ग़ैर-हिन्दू' द्वारा, हिन्दुओं के अन्दरूनी मामलों में दख़लन्दाज़ी करने की निन्दा की।[193] (समान तर्क तीन वर्ष पहले गांधी पर लागू नहीं होता था, जब गांधी ने मुसलमानों के ख़िलाफ़त आन्दोलन का 'नेतृत्व' किया था)। गांधी को एक 'भारतीय शासित' राज्य में (त्रावणकोर ब्रिटिश साम्राज्य की एक रियासत थी, जो त्रावणकोर शाही परिवार द्वारा शासित थी) पूर्णरूपेण सत्याग्रह का समर्थन करने में भी हिचकिचाहट थी। सत्याग्रह के दौरान जॉर्ज जोज़ेफ को क़ैद कर लिया गया। गांधी का जाति के मुद्दे पर ढुल-मुल रवैया देख, जॉर्ज का गांधी से पूरी तरह मोहभंग हो गया। जैसे ही वाइकम में तनाव बढ़ा, सी. राजगोपालाचारी,[194] कांग्रेस के नेता और गांधी के ख़ास सिपहसालार, ने मामले की देखरेख के लिए वाइकम की यात्रा की। 27 मई, 1924 को उन्होंने वाइकम के चिन्तित विशेषाधिकारप्राप्त हिन्दुओं को तसल्ली देते हुए, एक सार्वजनिक भाषण में कहा :

> वाइकम और किसी अन्य स्थान के लोगों को इस डर को निकाल देना चाहिए कि महात्माजी जाति का ख़ात्मा चाहते हैं। महात्माजी जाति-व्यवस्था का ख़ात्मा नहीं चाहते बल्कि अस्पृश्यता का ख़ात्मा चाहते हैं...महात्माजी की यह इच्छा नहीं है कि आप लोग थिया या पुलया (अछूत जातियाँ) के साथ बैठकर भोजन करें। वे सिर्फ़ इतना चाहते हैं कि हमें दूसरे मनुष्यों के नज़दीक जाने और उन्हें छूने के लिए तैयार रहना चाहिए, ठीक उसी प्रकार जैसे आप एक गाय या घोड़े के नज़दीक जाकर उन्हें छूते हैं...महात्माजी आप से यही चाहते हैं कि आप तथाकथित अछूतों को उसी नज़रिये से देखें, जैसे आप गाय और कुत्ते और अन्य हानिरहित पशुओं को देखते हैं।[195]

मार्च 1925 में गांधी स्वयं बीच-बचाव करने के लिए वाइकम पहुँच गए। उन्होंने मन्दिर के पुजारियों के साथ सलाह-मशविरा किया—पुजारियों ने गांधी

को, जो कि एक ग़ैर–ब्राह्मण थे, गर्भ–गृह में प्रवेश की अनुमति नहीं दी। गांधी और त्रावणकोर की महारानी ने, सौदेबाज़ी करके एक समझौता कराया। सड़कों का नए सिरे से निर्माण कराया गया, ताकि वे मन्दिर से इतनी दूर हो जाएँ कि उनके प्रदूषण से मुक्त रहें। सड़कों के जो विवादास्पद हिस्से थे, वे ईसाई, मुसलमान और अवर्णों (अछूत) के लिए, पहले की तरह वर्जित ही रहे; और इन लोगों को, मन्दिर में प्रवेश करने का पहले भी कोई अधिकार नहीं था, और आन्दोलन के समझौते के बाद भी इन्हें ऐसा कोई अधिकार नहीं मिला। यह कहते हुए कि वे 'रूढ़िवादी मित्रों को सन्तुष्ट करने में असमर्थ' रहे हैं, गांधी ने 'सत्याग्रह वापसी' की सलाह दी[196], परन्तु स्थानीय सत्याग्रहियों ने अपना संघर्ष जारी रखा। बारह वर्ष पश्चात नवम्बर 1936 में, त्रावणकोर के महाराजा ने भारत में 'मन्दिर प्रवेश की पहली उद्घोषणा' की।[197]

***

यदि गांधी का पहला बड़ा राजनीतिक कार्य 'डरबन डाकघर की समस्या का समाधान' था, तो आंबेडकर का पहला राजनीतिक कार्य 1927 का महाद सत्याग्रह था। 1923 में बॉम्बे की विधान परिषद् (जिसके चुनावों का कांग्रेस ने बहिष्कार किया था) ने एक संकल्प पारित किया, 'बोले संकल्प', जिससे अछूतों को सार्वजनिक तालाबों, कुओं, स्कूलों, अदालतों के उपयोग करने की अनुमति मिल गई। महाद क़स्बे में, नगरपालिका ने ऐलान किया कि यदि अछूत क़स्बे के चवदार तालाब का इस्तेमाल करते हैं तो उसे कोई आपत्ति नहीं है। संकल्प पारित करना एक बात होती है, और उस संकल्प को अमल में लाना दूसरी बात होती है। चार वर्षों की लामबंदी के बाद, अछूतों ने साहस जुटाया और मार्च 1927 में महाद में एक दो–दिवसीय सम्मेलन का आयोजन किया गया। सम्मेलन के लिए धन जनता से जुटाया गया था। एक अप्रकाशित पांडुलिपि में विद्वान आनंद तेलतुम्बड़े, अनंत विनायक चित्रे को उद्धृत करते हैं, जो कि महाद सत्याग्रह के संगठनकर्ताओं में से एक थे। चित्रे कहते हैं कि चालीस गाँवों में से प्रत्येक ने तीन रुपए (3/– रुपए) प्रति गाँव का योगदान दिया, बॉम्बे में तुका राम विषय पर एक नाटक का मंचन हुआ, जिससे तेईस रुपए (23/–रुपए) अर्जित किए गए, कुल योग एक सौ तैंतालीस रुपए (143/– रुपए)। इसकी तुलना आइए गांधी की 'परेशानियों' से की जाए। महाद सत्याग्रह से चन्द महीने पूर्व 10 जनवरी, 1927 को गांधी ने अपने उद्योगपति–संरक्षक जी.डी. बिड़ला को लिखा :

धन की मेरी प्यास, कभी नहीं बुझने वाली है। मुझे कम से कम

> 2,00000/-(दो लाख) रुपए की ज़रूरत है—खादी, अस्पृश्यता और शिक्षा के लिए। डेरी के काम के लिए 50,000/- (पचास हज़ार रुपए) अलग से चाहिए। आश्रम के ख़र्चे इसके अलग से हैं। कोई भी काम धन की कमी से कभी नहीं रुकता, लेकिन परमेश्वर कड़ी परीक्षाएँ लेने के बाद ही देता है। मैं भी ऐसे ही सन्तुष्ट होता हूँ। आप जितना चाहें, जिस काम में आपकी आस्था हो, उसके अनुसार दे सकते हैं।[198]

महाद सम्मेलन में लगभग तीन हज़ार अछूतों ने भाग लिया; साथ में थोड़े बहुत विशेषाधिकारप्राप्त जातियों के प्रगतिशील सदस्य भी थे। (वी.डी. सावरकर, जो अब तक जेल से छूट चुके थे, महाद सत्याग्रह के समर्थकों में से एक थे)। आंबेडकर ने बैठक की अध्यक्षता की। दूसरे दिन की सुबह, लोगों ने चवदार तालाब की ओर कूच करने और जल-ग्रहण का निर्णय लिया। विशेषाधिकारप्राप्त जातियों के लोगों ने फिर वह डरावना मंज़र देखा, जब चार-चार की क़तार में, अछूतों का एक बड़ा जुलूस, शहर के बीचोबीच से गुज़रता हुआ, तालाब तक जा पहुँचा और तालाब से पानी पी लिया। विशेषाधिकारप्राप्त जातियों के लोग स्तब्ध रह गए, लेकिन जैसे ही वे सदमे से उबरे, जवाबी हमला करते हुए, लाठियाँ और मुदगर लेकर अछूतों पर टूट पड़े। बीस अछूत बुरी तरह घायल हो गए। आंबेडकर ने अपने लोगों से कहा कि वे डटे रहें, लेकिन जवाबी हमला न करें। जान-बूझकर एक अफ़वाह फैला दी गई कि इसके बाद अछूतों की योजना स्थानीय वीरेश्वर मन्दिर में जबरन प्रवेश की है। इस झूठी अफवाह ने हिंसा के उन्माद को और अधिक धारदार बना दिया। अछूत तितर-बितर हो चुके थे। कुछ ने मुस्लिमों के घर पनाह लेकर अपनी जान बचाई। अपनी सुरक्षा के लिए आंबेडकर ने थाने में रात बिताई। जब शान्ति लौटी तो ब्राह्मणों ने तालाब का 'शुद्धिकरण' किया। पवित्र मन्त्रों का उच्चारण किया गया, गाय के गोबर से भरे 108 मटकों को तालाब में उड़ेला गया, गाय के मूत्र, दूध, दही और घी से तालाब को फिर से पवित्र बना दिया गया।[199] अपने अधिकारों के प्रयोग की इस सांकेतिक क़वायद से महाद सत्याग्रही सन्तुष्ट नहीं हुए। जून 1927 में, पाक्षिक *बहिष्कृत भारत* में, जिसकी स्थापना आंबेडकर ने की थी, एक विज्ञापन निकला। इस विज्ञापन में पद-दलित वर्गों के उन सदस्यों को, जो आन्दोलन को और आगे ले जाना चाहते थे, कहा गया कि वे अपना नाम भर्ती की सूची में दर्ज करवाएँ। महाद के रूढ़िवादी हिन्दुओं ने क़स्बे के उप-न्यायाधीश से सम्पर्क किया और तालाब के इस्तेमाल के लिए अछूतों के ख़िलाफ़ एक अस्थायी क़ानूनी निषेधाज्ञा प्राप्त कर ली। फिर भी, अछूतों ने एक और सम्मेलन

करने का निर्णय लिया और दिसम्बर में महाद में फिर से एक बार इकट्ठा हो गए। आंबेडकर का गांधी से मोहभंग अभी कुछ दूर था। गांधी ने अछूतों की इस बात को लेकर सराहना भी की थी कि अछूतों ने उस समय पलटकर प्रति-हिंसा नहीं की थी, जब रूढ़िवादी हिन्दुओं द्वारा उन पर हमला हो रहा था। इसी कारण गांधी का चित्र भी मंच पर लगाया गया।[200]

दूसरे महाद सम्मेलन में दस हज़ार लोगों ने शिरकत की। इस अवसर पर आंबेडकर और उनके अनुयायियों ने सार्वजनिक रूप से *मनुस्मृति* की एक प्रति का दहन किया।[201]और फिर आंबेडकर ने एक झकझोर देने वाला भाषण दिया :

> सज्जनो, आप आज यहाँ सत्याग्रह समिति के आमंत्रण के जवाब में इकट्ठा हुए हैं। इस समिति के अध्यक्ष के रूप में, मैं आभार प्रकट करते हुए आप सभी का स्वागत करता हूँ। महाद की यह झील सार्वजनिक सम्पत्ति है। महाद के सवर्ण हिन्दू इतने तर्कसंगत विवेकी हैं कि वे न केवल अपने लिए इस झील का पानी लेते हैं, बल्कि अन्य धर्मों के लोगों को भी इस तालाब से पानी लेने की खुली छूट देते हैं, और इसीलिए अन्य धर्मों के लोग, जैसे मुस्लिम, इस अनुमति का पूरा लाभ उठाते हैं। और न ही सवर्ण हिन्दू, मानव की तुलना में तुच्छ माने जाने वाले जीव-जन्तुओं, पशुओं और पक्षियों को इस झील से पानी पीने से रोकते हैं। और तो और वे उन पशुओं को भी पानी पीने की पूरी-पूरी छूट देते हैं जो अछूतों द्वारा पाले जाते हैं।
>
> महाद के सवर्ण हिन्दू, अछूतों को पानी पीने से रोकते हैं, इसलिए नहीं कि अछूतों के छूने से पानी प्रदूषित हो जाएगा या इसका वाष्पीकरण हो जाएगा और झील सूख जाएगी। अछूतों को पानी पीने से रोकने का उनका कारण यह है कि वे यह अनुमति देकर यह स्वीकार नहीं करना चाहते कि वे जातियाँ, जिनको पवित्र परम्परा द्वारा नीच घोषित किया गया है, असल में उनके बराबर हैं।
>
> ऐसा नहीं है कि चवदार झील का पानी पीना हमें अमर बना देगा। सदियों से इसका पानी पिए बिना भी हमने अपना अस्तित्व बख़ूबी बनाए रखा है। हम चवदार झील पर मात्र पानी पीने नहीं जा रहे हैं, हम झील को इसलिए जा रहे हैं कि ज़ोर देकर कहें, कि हाँ, हम भी इनसान हैं, ठीक उसी प्रकार जैसे आप लोग हैं। यह बात स्पष्ट होनी चाहिए कि यह बैठक समानता के आदर्श स्थापित करने के लिए बुलाई गई है...।

बार-बार आंबेडकर समानता के विषय पर लौटे। उन्होंने कहा कि सभी मनुष्य बराबर नहीं हो सकते लेकिन समानता ही एकमात्र संभावित शासकीय सिद्धान्त है, क्योंकि मानव समाज का वर्गीकरण और श्रेणीकरण असम्भव है :

> कुल मिलाकर, अस्पृश्यता कोई साधारण मामला नहीं है, यह हमारी ग़रीबी और निम्न स्तर की जननी है, और इसी ने हमें कंगाली की दल-दल में धकेला है। अगर हमें इस दल-दल से बच निकलना है, तो हमें यह बीड़ा उठाना ही पड़ेगा। हमें किसी अन्य तरीक़े से मुक्त नहीं कराया जा सकता। यह महान कार्य केवल हमारे अपने भले के लिए नहीं है, बल्कि इससे पूरे राष्ट्र का भला होगा।
>
> इतना-भर ही काफ़ी नहीं होगा। असमानता हमारी चतुर्वर्ण व्यवस्था की रग-रग में समाई है और इसको जड़ से उखाड़ फेंकना अति-आवश्यक है। हमने अपना काम वास्तविक सामाजिक क्रान्ति लाने के लिए शुरू किया है। कोई ख़ुद को धोखा न दे यह सोचकर कि यह महज़ एक भटकाव है, मधुर शब्दों से अपने मन को शान्त करने के लिए। यह कार्य ताक़तवर भावना के दम पर ही जारी रहेगा, और यही वह शक्ति है जो आन्दोलन को गति प्रदान करती है। अब इस आन्दोलन को दुनिया की कोई ताक़त तब तक नहीं रोक सकती, जब तक यह अपनी मंज़िल तक न पहुँच जाए। मैं परमेश्वर से यही प्रार्थना करता हूँ कि जिस सामाजिक क्रान्ति का आज यहाँ आग़ाज़ हुआ है, वह अपनी मंज़िले-मक़सूद तक शान्तिपूर्ण तरीक़ों से पहुँच जाए। हम अपने विरोधियों से बड़ी विनम्रता से यही कहेंगे कि कृपा कर के हमारा विरोध न करें। रूढ़िवादी ग्रंथों को उठा फेंको। इंसाफ़ की डगर पर चलो। और हम अपनी ओर से आपको पूरा विश्वास दिलाते हैं कि हम अपने कार्यक्रम को शान्तिपूर्ण ढंग से पूरा करेंगे।[202]

सम्मेलन में भाग लेने वाले हज़ारों लोग उग्र मूड में थे, और अदालती निषेधाज्ञा का उल्लंघन कर तालाब तक मार्च करना चाहते थे। आंबेडकर ने उपस्थित जनसमूह के मूड के विपरीत निर्णय लिया, इस उम्मीद के साथ कि इस मामले की सुनवाई के बाद अदालत यह घोषणा कर देगी कि अछूतों को सार्वजनिक कुँओं के उपयोग का अधिकार है। उनका मानना था कि नगरपालिका के आदेश की तुलना में, एक न्यायिक आदेश भविष्य के लिए एक महत्त्वपूर्ण क़दम होगा। हालाँकि उच्च न्यायालय ने अन्ततः निषेधाज्ञा को हटा लिया,

लेकिन उसने एक तकनीकी रास्ता ढूँढ़ा, अछूतों के पक्ष में फ़ैसला करने के लिए।[203] (बिलकुल उसी जज की तरह, जैसे अस्सी वर्ष पश्चात खैरलांजी का फ़ैसला लिखा गया था)।

उसी महीने (दिसम्बर, 1927), गांधी ने लाहौर में अखिल भारतीय दमित वर्गों के सम्मेलन में एक भाषण दिया। अपने भाषण में गांधी ने आंबेडकर से बिलकुल ही उलट सिद्धान्त का उपदेश दे डाला। उन्होंने अछूतों से आग्रह किया कि वे अपनी लड़ाई 'मधुर अनुनय-विनय से लड़ें, सत्याग्रह कर के नहीं, क्योंकि सत्याग्रह, दुराग्रह बन जाता है जब इसके द्वारा, लोगों के गहरी जड़ों वाले पूर्वग्रहों को, एक कठोर आघात पहुँचाने की मंशा होती है।'[204] इसी भाषण में उन्होंने दुराग्रह को 'शैतानी ताक़त' शब्दों से परिभाषित किया, जो सत्याग्रह का विपरीत ध्रुव था, जिसे पहले उन्होंने ''आत्मा का बल'' के शब्दों से परिभाषित किया था।[205]

आंबेडकर, गांधी की महाद सत्याग्रह पर दी गई प्रतिक्रिया को आजीवन नहीं भूल पाए। 1945 में अपने एक लेख, *What Congress and Gandhi have done to the Untouchables— कांग्रेस और गांधी ने अछूतों के साथ क्या किया—* में उन्होंने लिखा :

> अछूतों को उम्मीद थी कि उन्हें गांधी का समर्थन मिलेगा। वास्तव में इसके कई अच्छे कारण भी थे। सत्याग्रह के हथियार के लिए— जिसका सार यह है कि स्वयं कष्ट भोगकर अपने विरोधी के हृदय को द्रवित करो—वह हथियार जिसे ख़ुद गांधी ने बनाया था, और जिसने कांग्रेस का नेतृत्व किया, उस का उपयोग ब्रिटिश सरकार के विरुद्ध स्वराज प्राप्ति के लिए किया। स्वाभाविक था कि अछूतों को गांधी के पूर्ण समर्थन की उम्मीद, हिन्दुओं के विरुद्ध अपने सत्याग्रह में थी, जिसका मक़सद सार्वजनिक कुँओं से पानी लेने और सार्वजनिक मन्दिरों में प्रवेश के अधिकार की स्थापना था। लेकिन गांधी ने सत्याग्रह को समर्थन नहीं दिया। न केवल उन्होंने अपना समर्थन नहीं दिया, बल्कि उन्होंने कड़े शब्दों में इसकी निन्दा भी कर दी।[206]

***

यदि तार्किक रूप से देखा जाए तो, जिस दिशा में आंबेडकर बढ़ रहे थे, उस कारण उन्हें भारतीय कम्यूनिस्ट पार्टी का स्वाभाविक सहयोगी बन जाना चाहिए था। भारतीय कम्यूनिस्ट पार्टी की स्थापना 1925 में हुई थी, महाद सत्याग्रह से दो वर्ष पूर्व। उस समय, बोल्शेविज़्म की बयार बह रही थी। रूसी क्रान्ति ने

दुनिया-भर के कम्यूनिस्टों को प्रेरित किया था। बॉम्बे प्रेसिडेंसी में एक ट्रेड यूनियन नेता थे एस. ए. डांगे, जो महाराष्ट्र के ब्राह्मण थे। डांगे ने बॉम्बे के कपड़ा मज़दूरों के एक बड़े भाग को—गिरणी कामगार यूनियन के झंडे तले संगठित कर लिया—यह भारत की पहली कम्यूनिस्ट ट्रेड यूनियन थी। इसका गठन एक अन्य यूनियन से टूटकर हुआ था और इसमें सत्तर हज़ार सदस्य थे। उस समय मिल मज़दूरों का एक बड़ा हिस्सा अछूतों का था, उनमें भी बहुत से महार थे, जिन्हें कम वेतन वाले कताई विभाग में रखा जाता था, क्योंकि बुनाई विभाग में मज़दूरों को धागा अपने मुँह से पकड़ना होता था, और ऐसा विश्वास था कि अछूतों की लार से उत्पाद प्रदूषित हो जाएगा। 1928 में डांगे ने गिरणी कामगार यूनियन की पहली बड़ी हड़ताल का नेतृत्व किया। आंबेडकर का सुझाव था कि एक मुद्दा यह होना चाहिए कि सभी कामगारों के वेतन और अधिकारों के *बीच* समानता हो। डांगे ने आंबेडकर के सुझाव को मानने से साफ़ इनकार कर दिया। परिणामस्वरूप दोनों में एक लम्बी, गहरी और कड़वाहट भरी दरार पड़ गई।[207]

बरसों बाद, 1949 में, डांगे ने, जो आज भी कम्यूनिस्टों के सर्वेश्वर मन्दिर के एक श्रद्धेय देव हैं, एक पुस्तक लिखी, *Marxism and Ancient Indian culture : India from Primitive communism to Slavery* अर्थात *मार्क्सवाद और प्राचीन भारत की संस्कृति : आदिम साम्यवाद से दासता तक भारत*। इस में उन्होंने तर्क दिया कि प्राचीन हिन्दू संस्कृति एक क़िस्म का आदिम कम्यूनिज़्म ही था जिसमें ब्राह्मण, आर्य लोगों का कम्यून था और यज्ञ एक उत्पादन का साधन; सामूहिक उत्पादन की विधा के साथ आदिम कम्यूनिज्म।'' डी.डी. कोशाम्बी, गणितज्ञ और मार्क्सवादी इतिहासकार ने अपनी समीक्षा में लिखा, 'यह इतना नामुमकिन है, जैसे बेतुकेपन के सागर में गोते मारना।'[208]

बॉम्बे मिलें अब बन्द हो चुकी हैं, हालाँकि गिरणी कामगार यूनियन का अस्तित्व अभी बाक़ी है। मिल मज़दूर मुआवज़े और आवास के लिए संघर्ष कर रहे हैं, और शॉपिंग मालों के निर्माण के लिए भूमि अधिग्रहण का विरोध कर रहे हैं। कम्यूनिस्ट पार्टी अपना प्रभाव खो चुकी है, और यूनियन शिव सेना के झंडे तले जा चुकी है।

जब आंबेडकर और डांगे मज़दूरों के बीच की आन्तरिक असमानताओं के बारे में असहमति जता रहे थे, गांधी उससे भी बरसों पहले एक मज़दूर संगठनकर्ता के रूप में स्थापित हो चुके थे। मज़दूरों और हड़तालों पर उनके क्या विचार थे?

गांधी जब दक्षिण अफ़्रीका से वापस लौटे, उस समय मज़दूरों में अशान्ति का दौर लगातार चल रहा था।[209] प्रथम विश्वयुद्ध के दौरान कपड़ा उद्योग का धन्धा चोखा चला था, लेकिन उद्योग की समृद्धि मज़दूरों की मज़दूरी में प्रतिबिंबित नहीं हो रही थी। फ़रवरी 1918 में अहमदाबाद के मिल मज़दूर हड़ताल पर चले गए। अम्बा लाल साराभाई ने, जो अहमदाबाद मिल मालिक एसोसिएशन के अध्यक्ष थे, विवाद की मध्यस्थता के लिए गांधी से अनुरोध किया। गांधी ने अहमदाबाद से बिलकुल सटे साबरमती में, अपना एक आश्रम स्थापित किया था। भारत में मज़दूर यूनियन संगठनकर्ता के रूप में यह उनके आजीवन करियर की शुरुआत थी। 1920 तक वे एक लेबर यूनियन—मजूर-महाजन संघ की स्थापना करने में कामयाब हो गए। अंग्रेज़ी में इसका नाम टेक्सटाइल लेबर यूनियन था अर्थात कपड़ा मज़दूर यूनियन (अंग्रेज़ी नाम में महाजन शब्द मौजूद नहीं था)। अनुसूया बेन, जो अम्बा लाल साराभाई की सगी बहन थीं—और एक मज़दूर संगठनकर्ता थीं—इस यूनियन की आजीवन अध्यक्ष बनीं (अर्थात अपने जीवन की आख़िरी साँस तक वही अध्यक्ष रहेंगी, कोई अन्य नहीं हो सकता), और गांधी सलाहकार समिति के निर्णायक सदस्य बने, वे भी आजीवन थे। यूनियन ने मज़दूरों की स्वच्छता और रहन-सहन की स्थिति को सुधारने के काम किए, लेकिन कोई मज़दूर कभी भी यूनियन के नेतृत्व के लिए नहीं चुना गया। जब प्रबन्धन और यूनियन के बीच, बन्द दरवाज़ों में मध्यस्थता होती थी, तो किसी मज़दूर को उसमें उपस्थित होने की अनुमति नहीं होती थी। यूनियन छोटे व्यवसाय आधारित यूनियनों के महासंघ में विभाजित थी, जो उत्पादन प्रक्रिया के विभिन्न चरणों में कार्य करते थे। दूसरे शब्दों में यूनियन की संरचना, जातीय विभाजन का संस्थानीकरण था। विद्वान जान ब्रेमन द्वारा लिये गए एक मज़दूर के इंटरव्यू के अनुसार अछूतों को आम कैंटीन में जाने की अनुमति नहीं थी, और उनके पृथक् आवास थे।[210]

यूनियन में, गांधी प्रमुख संगठनकर्ता, मध्यस्थताकार और निर्णयकार थे। 1921 में, जब मज़दूर तीन दिन तक काम पर नहीं आए तो गांधी क्रोधित हो उठे :

> हिन्दू और मुस्लिम मज़दूरों ने मिल से अनुपस्थित रहकर अपना अपमान और मान-मर्दन किया है। मज़दूर मुझे नज़रअन्दाज़ नहीं कर सकते। मैं भारत को बन्धनमुक्त कराने की कोशिश कर रहा हूँ और मैं मज़दूरों का ग़ुलाम होना नामंज़ूर करता हूँ।[211]

1925 में टेक्सटाइल लेबर यूनियन की एक रिपोर्ट में एक एंट्री है। हम नहीं जानते कि यह किसने लिखा है, लेकिन इसकी विचार-सामग्री और इसका साहित्यिक सुर-ताल, गांधी ने जो दक्षिण अफ़्रीका में भारतीय इंडेंचर्ड बँधुआ मज़दूरों के विषय में तीस वर्षों से भी पहले कहा था, स्पष्ट रूप से बिलकुल उसी प्रकार है :

> यह एक नियम है कि वे पर्याप्त बुद्धिमत्ता और नैतिक विकास से सुसज्जित नहीं हैं, कि इस प्रकार के शहर में, जो अपमानकारी प्रभाव उनको चारों ओर से घेरे हैं, वे उनका प्रतिरोध कर सकें। इसीलिए उनमें बहुत से, किसी न किसी प्रकार से डूब ही जाते हैं। उनमें से बड़ी संख्या में अपना नैतिक सन्तुलन खो देते हैं और शराब की आदत के ग़ुलाम बन जाते हैं, बहुत सारे शारीरिक रूप से तबाहो-बर्बाद हो जाते हैं, और तपेदिक रोग के शिकार बन दुर्बल हो जाते हैं।[212]

चूँकि गांधी का मुख्य प्रायोजक एक मिल मालिक था और उनका मुख्य कार्य-समूह, ऐसा माना जाता था, श्रमिक वर्ग था, गांधी ने पूँजीपतियों और श्रमजीवी वर्ग पर एक जटिल धारणा विकसित की :

> मिल मालिक पूर्ण रूप से ग़लत हो सकता है। पूँजी और श्रम के संघर्ष में, आम तौर पर यही कहा जाता है कि ज़्यादातर पूँजीपति ग़लत कटघरे में खड़े पाए जाते हैं। लेकिन जब श्रम को अपनी ताक़त का अहसास हो जाता है, मैं जानता हूँ, तब यह पूँजी से भी अधिक अत्याचारी हो जाता है। यदि श्रमिकों के पास भी मिल मालिकों जैसी बुद्धि हो जाए, तो मिल मालिकों को श्रमिकों द्वारा आदेशित शर्तों पर काम करना पड़ेगा। यह स्पष्ट है कि श्रमिकों में इतनी बुद्धि कभी नहीं आएगी। यह आत्मघाती होगा यदि श्रमिक अपनी संख्या बल या पाशविक शक्ति पर भरोसा करें। ऐसा करके वे देश के उद्योगों को हानि पहुँचाएँगे। दूसरी ओर यदि वे शुद्ध न्याय के आधार पर सामना करें, और उसको पाने के लिए कष्ट भोगें, तो न केवल वो हमेशा सफल होंगे बल्कि अपने आक़ाओं को भी सुधार देंगे, उद्योगों का विकास करेंगे, और दोनों ही, आक़ा और मज़दूर, एक ही परिवार के सदस्य हो जाएँगे।[213]

गांधी हड़तालों को अच्छी नज़र से नहीं देखते थे, लेकिन सफ़ाईकर्मियों की हड़ताल के बारे में, उनके विचार जो 1946 में छपे, अन्य मज़दूरों की हड़ताल से भी अधिक कठोर थे :

> कुछ मामलात ऐसे हैं जिन पर हड़ताल करना ग़लत होगा। सफ़ाईकर्मियों की शिकायतें भी उसी श्रेणी में आती हैं। सफ़ाईकर्मियों की हड़ताल के विरुद्ध मेरी राय 1897 में बनी जब मैं डरबन में था। एक आम हड़ताल करने के लिए वहाँ बहस हो रही थी और प्रश्न उठा कि क्या भंगियों को भी उस हड़ताल में शामिल होना चाहिए? मैंने इस प्रस्ताव के ख़िलाफ़ वोट किया। जैसे इनसान वायु के बिना ज़िन्दा नहीं रह सकता, उसी प्रकार वो ज़्यादा समय ज़िन्दा नहीं रह सकता यदि उसका घर और आस-पड़ोस साफ़ न हो। कोई न कोई महामारी फ़ैल कर रहेगी ख़ासतौर पर यदि आधुनिक मल-निकासी का काम रुक जाए। एक भंगी अपना काम एक दिन के लिए भी नहीं छोड़ सकता। और न्याय हासिल करने के लिए उसके पास और भी कई रास्ते खुले हैं।[214]

अब यह स्पष्ट नहीं है कि वे कौन से 'अन्य' रास्ते थे, न्याय हासिल करने के लिए! अछूतों का सत्याग्रह करना, दुराग्रह था। सफ़ाईकर्मी यदि हड़ताल पर जाएँ तो वो पाप करते हैं। 'मीठे अनुनय-विनय' के अलावा सब कुछ अस्वीकार्य था।

जबकि मज़दूर उचित वेतन के लिए हड़ताल पर नहीं जा सकते थे, गांधी के ख़ुद के लिए एकदम सही था, बड़े उद्योगपतियों द्वारा उदारतापूर्ण प्रायोजन होना। (स्वयं को अपवाद मानने की भावना से ही *जाति का विनाश* के अपने जवाब में, गांधी ने बिन्दु नम्बर एक के रूप में लिखा, 'उसने [आंबेडकर ने] इसका मूल्य 8 आना रखा है, मेरी सलाह होती 2 या अधिक से अधिक 4 आना')।

***

आंबेडकर और भारत की कम्यूनिस्ट पार्टी के बीच मतभेद सतही नहीं थे। ये आधारभूत सिद्धान्तों पर आधारित थे। कम्यूनिस्ट किताबी लोग थे, और किताब एक ऐसे जर्मन यहूदी द्वारा लिखी गई थी, जिसने ब्राह्मणवाद के बारे में सुना तो था, लेकिन ब्राह्मणवाद से उसकी कभी कोई वास्तविक मुठभेड़ नहीं हुई थी। इस वजह से भारतीय कम्यूनिस्ट जाति के मुद्दे से निपटने के लिए सैद्धान्तिक

औज़ारों से वंचित रह गए। चूँकि वे किताबी लोग थे, और चूँकि जाति-व्यवस्था ने शूद्र और अछूतों को शिक्षित होने के अवसरों से वंचित रखा था, इसलिए इन सब की अनुपस्थिति में, कम्यूनिस्ट पार्टी और उसके बाद की शाखाओं के नेताओं का सम्बन्ध विशेषाधिकारप्राप्त जातियों, मुख्यतया ब्राह्मण जाति से था (आज भी मोटे तौर पर वही स्थिति जारी है)। उनकी नीयत और इरादे सच्चे व क्रान्तिकारी हो सकते थे, लेकिन उनमें केवल सैद्धान्तिक औज़ारों का ही अभाव नहीं था, बल्कि ज़मीनी समझ और आम जनता से, जो अधीनस्थ जातियों से थी और है, समान-अनुभूति का भी अभाव था। जहाँ आंबेडकर इस बात को मानते थे कि वर्ग एक महत्त्वपूर्ण—और प्राथमिक—चश्मा है, समाज को देखने और समझने का, वे यह नहीं मानते थे कि यही एकमात्र चश्मा है, जिससे समाज को देखा और समझा जाए। आंबेडकर का मानना था कि भारत के कामगार वर्ग के दो शत्रु हैं, पूँजीवाद और ब्राह्मणवाद। शायद 1928 की कपड़ा मज़दूर हड़ताल पर चिन्तन करते हुए, अपनी भाषण-पुस्तक 'जाति का विनाश' में आंबेडकर पूछते हैं :

> सत्ता पर क़ब्ज़ा सर्वहारा वर्ग द्वारा ही किया जाना चाहिए। मेरा पहला प्रश्न है : क्या भारत का सर्वहारा, आपस में एकता स्थापित करेगा, इस क्रान्ति को लाने के लिए?...क्या यह कहा जा सकता है कि भारत का सर्वहारा, ग़रीब होने के बावजूद, ग़रीब और अमीर के अलावा और कोई फ़र्क़ नहीं मानता? क्या यह कहा जा सकता है कि भारत का ग़रीब किसी जाति या सम्प्रदाय, ऊँच या नीच के भेद को नहीं मानता?[215]

भारतीय कम्यूनिस्टों के लिए, जिन्होंने जाति को एक ऐसी 'बोली' की तरह समझा, जो वर्ग-विश्लेषण की 'शास्त्रीय भाषा' से निकली हो, बजाय एक अनोखी, अपने आप में पूर्णतया विकसित भाषा के, आंबेडकर ने कहा, "जाति-व्यवस्था सिर्फ़ श्रम का विभाजन-भर नहीं है, बल्कि *श्रमिकों का भी विभाजन है।*"[216]

कम्यूनिस्टों के साथ अपने मतभेदों को सुलझाने में असमर्थ और अब भी अपने विचारों के लिए एक राजनीतिक घर की तलाश में, आंबेडकर ने ख़ुद का एक अपना घर बनाने का फ़ैसला लिया। 1938 में उन्होंने अपनी राजनीतिक पार्टी, इंडिपेंडेंट लेबर पार्टी (स्वतंत्र मज़दूर पार्टी) की स्थापना की। जैसा कि नाम से ही ज़ाहिर है, इंडिपेंडेंट लेबर पार्टी के कार्यक्रम का आधार व्यापक था, खुल्लम-खुल्ला समाजवादी और जाति के मुद्दों से आगे तक। इसके घोषणा-

पत्र में कहा गया, 'राज्य द्वारा प्रबन्धन और उद्योगों पर राज्य स्वामित्व का सिद्धान्त, जब भी यह जन-साधारण के हितों के लिए आवश्यक हो जाए।' इस घोषणा-पत्र में, न्यायपालिका और कार्यपालिका को एक-दूसरे से अलग करने का वादा किया गया। इसमें कहा गया कि भूमि गिरवी बैंक, कृषक उत्पादकों की सहकारी समितियों और विपणन समितियों की स्थापना की जाएगी।[217] हालाँकि यह एक युवा पार्टी थी, लेकिन इंडिपेंडेंट लेबर पार्टी ने 1937 के चुनावों में बेहद अच्छा प्रदर्शन किया। बॉम्बे प्रेसिडेंसी और सेंट्रल प्रोविन्सेस और बरार में लड़ी गईं 18 सीटों में से 16 सीटों पर इसने विजय का झंडा गाड़ दिया। 1939 में, ब्रिटिश सरकार ने, बिना किसी भी भारतीय से सलाह-मशवरा किए, भारत का जर्मनी से युद्ध घोषित कर दिया। इसके विरोध में कांग्रेस ने सभी प्रान्तीय मंत्रालयों से इस्तीफ़ा दे दिया और प्रान्तीय सभाओं को भंग कर दिया। इसके साथ ही इंडिपेंडेंट लेबर पार्टी के संक्षिप्त लेकिन धमाकेदार राजनीतिक जीवन का अचानक अन्त हो गया।

आंबेडकर के आज़ादाना आचरण से नाराज़ कम्यूनिस्टों ने उन्हें 'अवसरवादी' और 'शाही पिट्ठू' कहकर उनकी निन्दा की। ई. एम. एस. नम्बूदरीपाद, एक ब्राह्मण, केरल के भूतपूर्व मुख्यमंत्री और दुनिया में पहली बार लोकतान्त्रिक रूप से चुनी कम्यूनिस्ट सरकार के प्रमुख ने अपनी पुस्तक *History of Indian Freedom Struggle — भारतीय स्वतंत्रता संघर्ष का इतिहास*—में आंबेडकर और वामपंथियों के टकराव के विषय में लिखा : 'यह स्वतंत्रता आन्दोलन को एक तगड़ा झटका था। इसने लोगों का *ध्यान* पूर्ण स्वतंत्रता के महत्त्वपूर्ण मक़सद से भटकाकर हरिजन (अछूत) के उत्थान के महत्त्वहीन मुद्दे की ओर कर दिया।'[218]

दोनों पक्षों के बीच की खाई आज भी बाक़ायदा बरक़रार है। अभी खाई पटी नहीं है, और इससे दोनों पक्षों को भारी नुक़सान हुआ है। 1970 के दशक में, एक संक्षिप्त अवधि के लिए, महाराष्ट्र के दलित पैन्थरों ने इस खाई को पाटने की कोशिश की। वे इन्क़लाबी परिवर्तन के हामी आंबेडकर की संतति थे (आंबेडकर संविधान निर्माता की नहीं)। उन्होंने एक मराठी शब्द 'दलित'—दबा-कुचला-टूटा को एक अखिल भारतीय पहचान दी, और इसका इस्तेमाल न केवल अछूत समुदायों के लिए किया, बल्कि 'कामगार लोगों, भूमिहीन और ग़रीब किसानों, महिलाओं, और उन सब के लिए किया जिनका राजनीतिक, आर्थिक और धर्म के नाम पर शोषण होता है।'[219] उनकी ओर से यह एक अद्भुत, और राजनीतिक तौर पर, आत्मविश्वास से लबालब एकजुटता का कृत्य था। उन्होंने दलितों को 'उत्पीड़ित क़ौम' (नेशन ऑफ़ द अप्रेस्ड) के रूप

में देखा। उन्होंने अपने मित्रों की पहचान इन शब्दों में की, "क्रान्तिकारी पार्टियाँ जो जाति-व्यवस्था और वर्ग-शासन को ध्वस्त और नेस्तानाबूद करने को प्रतिबद्ध हों।" और "वाम दल जो सही मायने में वाम हों।" और अपने शत्रु की पहचान इन शब्दों में की : "बड़े ज़मींदार, पूँजीपति, साहूकार और उनके चाटुकार।" उनका घोषणा-पत्र जिसका अध्ययन इन्क़लाबी राजनीति के विद्यार्थियों को अवश्य करना चाहिए, आंबेडकर, फुले और मार्क्स के राजनीतिक विचारों का संगम था। दलित पैन्थर के संस्थापक—नामदेव ढसाल, अरुण काम्बले और राजा ढाले—लेखक और कवि थे और उनके काम ने मराठी साहित्य में पुनर्जागरण पैदा किया।

यह उस क्रान्ति की शुरुआत हो सकती थी जिसकी भारत को सख़्त ज़रूरत है, और जिसका देश आज भी बेसब्री से इन्तज़ार कर रहा है, लेकिन दलित पैन्थरों का आन्दोलन जल्द ही डाँवाडोल होकर, खंड-खंड हो गया।

वर्ग और जाति के प्रश्न को सुलटाना राजनीतिक दलों के लिए आसान नहीं है। जाति के प्रति कम्यूनिस्ट पार्टी की सैद्धान्तिक कुंठा ने, उसका स्वाभाविक प्रभाव-क्षेत्र खो दिया। भारतीय कम्यूनिस्ट पार्टी और उससे निकली शाखा भारतीय कम्यूनिस्ट पार्टी (मार्क्सवादी), कमोबेश मध्यवर्गीय पार्टियाँ हो गई हैं, जो संसदीय राजनीति के जाल में उलझ कर रह गई हैं। वो जो 1960 के दशक के उत्तरार्ध में विभाजित हो गईं, और अन्य प्रदेशों की स्वतंत्र मार्क्सवादी-लेनिनवादी पार्टियाँ (सामूहिक तौर पर नक्सलवादी के नाम से जानी जाने वाली, पश्चिम बंगाल के नक्सलबाड़ी गाँव में हुए पहले विद्रोह के नाम पर), उन्होंने जाति के मुद्दे को सम्बोधित करने का प्रयास किया, और साझा मक़सद बनाने की कोशिश की, लेकिन बहुत ही कम सफलता के साथ। थोड़ी-बहुत कोशिशें की गईं। बड़े ज़मींदारों की ज़मीनों को ज़ब्त करके उनका मज़दूरों में पुनर्वितरण असफल रहा, क्योंकि उनके साथ जनसाधारण का समर्थन और सैन्य गोलीबारी की क्षमता नहीं थी। बजाय जाति के मुद्दे पर आमने-सामने, सीधे-सीधे भिड़ने के, वे चोरी-चोरी, चुपके-चुपके कनखियों से इशारेबाज़ी तक ही सीमित रहे। इन्क़लाबी कम्यूनिस्ट पार्टियों ने भी वो समर्थन खो दिया, जिससे वे सच में लड़ाकू और क्रान्तिकारी राजनीतिक प्रभाव-दल बन पातीं।

दलित खंड-खंड विखंडित कर दिए गए हैं, उन्हें एक-दूसरे से भिड़ा दिया गया है। कई लोगों को या तो मुख्यधारा की संसदीय राजनीति में जाना पड़ा, या चूँकि सार्वजनिक क्षेत्र खोखला हो चुका है और निजी क्षेत्र के रोज़गार के अवसरों से उनको वंचित रखा जाता है—इसलिए ग़ैर-सरकारी संगठनों की

दुनिया में चले गए हैं, जहाँ यूरोपियन यूनियन से अनुदान मिलता है, फ़ोर्ड फाउंडेशन और अन्य अनुदान एजेंसियाँ जिनका एक लम्बा स्वार्थपूर्ण इतिहास रहा है—इन्क़लाबी आन्दोलनों की हवा निकालने का, और उनका शोषण बाज़ार की ताकतों के लिए करने का।[220] इसमें कोई शक नहीं है कि इस फ़ंडिंग ने कुछ दलितों को एक अवसर दिया, उन अन्तर्राष्ट्रीय विश्वविद्यालयों में शिक्षित होने का, जो दुनिया के बेहतरीन विश्वविद्यालय माने जाते हैं (ऐसे ही तो आंबेडकर वे इनसान बन पाए, जो वे थे)। हालाँकि, ग़ैर-सरकारी संगठनों का जो धन फंड के रूप में मिलता है, उसका बहुत ही छोटा हिस्सा दलितों तक पहुँचता है। और इन संस्थानों के भीतर, दलितों से बहुत अनुचित और गन्दा बर्ताव किया जाता है। (कई ग़ैर-सरकारी संस्थानों की फ़ंडिंग बड़ी उदारता के साथ बड़े निगमों द्वारा की जाती है—जातिगत भेदभाव के मुद्दे पर काम करने के लिए, जैसे गांधी करते थे)।[221]

***

आदिम कम्युनिज़्म की खोज में, एस.ए. डांगे के लिए बेहतर सलाह रहती, यदि वे प्राचीन वैदिक ब्राह्मण और उनके यज्ञों की बजाय, स्वदेशी आदिवासी समुदाय की ओर देखते। काश गांधी भी ऐसा करते। यदि कोई वास्तव में उसके आदर्श अल्पव्ययी गाँव का जीवन जी रहा था, धरती पर हल्के से पाँव रखते हुए, तो वे वैदिक हिन्दू नहीं, आदिवासी हैं। लेकिन उनके लिए गांधी ने उसी तिरस्कार की भावना प्रदर्शित की थी, जो उन्होंने काले अफ़्रीकियों के लिए की थी। 1896 में बॉम्बे की एक जनसभा में बोलते हुए उन्होंने कहा : "असम के संथाल, दक्षिण अफ़्रीका में उसी तरह से बेकार सिद्ध होंगे, जैसे वहाँ के मूल निवासी।"[222]

आदिवासियों के प्रश्न पर आंबेडकर से भी भूल हुई। अपने लोगों के अपमान पर झट से प्रतिक्रिया देने वाले आंबेडकर, 'जाति का विनाश' में औपनिवेशिक मिशनरियों और उदारवादी विचारकों को प्रतिध्वनित करते हैं, तथा उसमें अपने ही प्रकार के विशिष्ट ब्राह्मणवाद का तड़का लगा देते हैं :

> सभ्यता के बीचोबीच रह रहे, एक करोड़ तीस लाख लोग आज भी बर्बर हालात में वंशानुगत अपराधियों का जीवन जी रहे हैं। हिन्दू लोग, आदिवासियों के इन बर्बर हालात के लिए, उनकी अपनी जन्मजात जड़बुद्धि को जिम्मेदार ठहराएँगे। वे यह कभी स्वीकार नहीं करेंगे कि आदिवासी यदि आज भी बर्बर हैं, तो इसका कारण है कि उनको सभ्य बनाने का कोई गम्भीर प्रयास ही नहीं हुआ, उन्हें चिकित्सा

> सहायता देने का, उन्हें सुधारने का, उन्हें अच्छा नागरिक बनाने का...आदिवासियों को सभ्य बनाने का अर्थ है, उन्हें अपनों की तरह अपनाना, उनके बीच रहना, और बंधुत्व की भावना के बीज बोना और उत्पन्न करना—संक्षेप में, उनसे सच्चा प्रेम करना...
>
> हिन्दू को अभी यह अहसास नहीं हुआ है, कि ये आदिवासी ख़तरे का स्रोत हैं। यदि ये बर्बर, बर्बर ही रहते हैं तो हिन्दुओं को कोई नुक़सान न पहुँचाएँगे। लेकिन यदि उनका ग़ैर-हिन्दुओं द्वारा उद्धार कर लिया गया, और उनके दीन-धर्म परिवर्तित हो गए, तो वे हिन्दुओं के शत्रुओं की फौज़ी तादाद बढ़ा देंगे।[223]

आज आधुनिक पूँजीवाद के ज़ालिम मार्च के सामने, यही आदिवासी एक दीवार बने खड़े हैं। उनका अस्तित्व मात्र ही 'आधुनिक' और 'प्रगति' के विषय पर एक मौलिक प्रश्न खड़ा करता है। 'आधुनिकता' और 'प्रगति' उन विचारों में से थे, जो आंबेडकर ने जाति-व्यवस्था से बाहर निकलने वाले रास्तों के रूप में देखे थे। दुर्भाग्य से, आदिवासी समुदाय को उदारवादी चश्मे से देखने से, आंबेडकर का लेखन, जो अन्यथा आज के सन्दर्भ में भी बहुत प्रासंगिक है, अचानक पौराणिक हो जाता है।

आदिवासियों के बारे में आंबेडकर की राय जानकारी और समझ की कमी दर्शाती है। सर्वप्रथम, हिन्दू धर्म-प्रचारक, आदिवासियों को 'आत्मसात्' करने के लिए 1920 से ही काम कर रहे थे। (बिलकुल उसी तरह जैसे वे साफ़-सफ़ाई का काम करने को मजबूर जातियों का बाल्मीकिकिरण कर रहे थे।) हो, उराँव, कोल, संथाल, मुंडा और गोंड जैसी जनजातियाँ की 'सभ्य' या 'आत्मसात्' होने की कोई इच्छा ही नहीं थी। समय-समय पर उन्होंने अंग्रेज़ों के अलावा, बड़े ज़मींदारों और बनिया साहूकारों के विरुद्ध भी बग़ावत की थी और अपनी ज़मीन, संस्कृति और विरासत बचाने के लिए भीषण युद्ध लड़े थे। इन विद्रोहों में हज़ारों मारे गए, लेकिन बाक़ी के भारत से विपरीत, उन्हें कोई भी पराजित नहीं कर पाया। वे आज भी पराजित नहीं हुए हैं। भारत में चल रहे विभिन्न संघर्षों के इन्द्रधनुषी रंगों में, वे एक सशस्त्र-लड़ाका रंग का संघर्ष कर रहे हैं। वे भारतीय राज्य के ख़िलाफ़ गृह-युद्ध से कम नहीं लड़ रहे, जिसने उनकी मातृभूमि को, बड़ी कम्पनियों और खनन निगमों के हवाले कर दिया है। वे दशकों से, नर्मदा घाटी में बड़े बाँधों के ख़िलाफ़ चल रहे संघर्षों की रीढ़ की हड्डी हैं। भारत की कम्यूनिस्ट पार्टी (माओवादी) की पीपुल्स लिब्रेशन गुरिल्ला आर्मी के वे पैदल सैनिक हैं जो उन लाखों अर्ध-सैनिक बलों से लड़ रहे हैं

जिन्हें मध्य भारत के जंगलों में सरकार ने तैनात किया है।

1945 में बॉम्बे में दिए गए सम्बोधन में (साम्प्रदायिक गतिरोध और इसे हल करने का तरीक़ा), आनुपातिक प्रतिनिधित्व के मुद्दे पर चर्चा करते हुए आंबेडकर ने एक बार फिर से आदिवासियों के अधिकारों का मुद्दा उठाया। उन्होंने कहा :

> मेरे प्रस्तावों में आदिवासी जनजातियों को शामिल नहीं किया गया है, हालाँकि उनकी संख्या सिखों, एंग्लो-इंडियन, भारतीय इसाइयों और पारसियों से अधिक है...आदिवासी जनजातियों ने अभी तक कोई राजनीतिक समझ विकसित नहीं की है, जिससे वे अपने राजनीतिक अवसरों का सर्वोत्तम उपयोग कर सकें। वे आसानी से बहुसंख्यकों या अल्पसंख्यकों के हाथों का खिलौना बन सकते हैं और इस प्रकार बिना ख़ुद का भला किए, सन्तुलन बिगाड़ सकते हैं।[224]

इसी प्रकार किसी समुदाय का वर्णन करने के ऐसे ही तकलीफ़देह और दुर्भाग्यपूर्ण तरीक़े से उन्होंने कई बार ग़ैर-आदिवासियों को भी निशाना बनाया। *जाति का विनाश* में एक जगह आंबेडकर यूजनिक्स की भाषा का सहारा लेते हैं, वह विषय जो यूरोपियन फ़ासिस्ट लोगों में अत्यधिक लोकप्रिय था : "शारीरिक रूप से बोला जाए तो हिन्दू C3 लोग हैं। वो एक बौनी और ठिगनी नस्ल है, कद-काठी के अवरुद्ध विकास वाले, और कमज़ोर लोग।"[225]

आदिवासियों के प्रति उनके विचारों के गम्भीर परिणाम निकले। 1950 में भारतीय संविधान में राज्य को, आदिवासी ज़मीन का संरक्षक बना दिया गया, और इस तरह से ब्रिटिश औपनिवेशिक नीति का अनुमोदन कर दिया गया। आदिवासी आबादी अपनी ही ज़मीन पर, अवैध कब्ज़ेदार बनकर रह गए। इसी कारण, उन्हें उनकी वन-उपज पर, पारम्परिक अधिकार से वंचित करके, उनकी पूरी जीवन-पद्धति का ही अपराधीकरण कर डाला गया। संविधान ने उन्हें वोट देने का अधिकार तो दिया, लेकिन उनकी आजीविका और गरिमा उनसे छीन ली गई।[226]

आंबेडकर के उपरोक्त शब्द जो उन्होंने आदिवासियों के लिए कहे, गांधी के इन शब्दों से किस तरह भिन्न कहे जा सकते हैं जो उन्होंने दूसरे गोलमेज़ सम्मेलन में 1931 में कहे थे :

> मुस्लिम और सिख सभी अच्छी तरह से संगठित हैं। 'अछूत' नहीं हैं। उनमें राजनीतिक चेतना बहुत ही कम है, और उनके साथ इतनी बुरी तरह से व्यवहार किया जाता है कि मैं उनको ख़ुद से बचाना चाहता

> हूँ। यदि उनको पृथक् निर्वाचिका दे दी जाती, तो वे गाँव में बहुत दुख-भरी ज़िन्दगी जीते, क्योंकि गाँव हिन्दू कट्टरपंथियों के गढ़ हैं। हिन्दुओं के श्रेष्ठ वर्गों को पश्चात्ताप करना पड़ेगा, सदियों तक 'अछूतों' की उपेक्षा करने के पाप का। वह पश्चात्ताप सक्रिय सामाजिक सुधारों द्वारा किया जा सकता है, और सेवा के द्वारा 'अछूतों' के हालात को और बेहतर बनाकर किया जा सकता है, लेकिन पृथक् निर्वाचिका बनाकर क़तई नहीं किया जा सकता।[227]

दूसरा गोलमेज़ सम्मेलन जो 1931 में लन्दन में हुआ, आंबेडकर और गांधी के बीच पहली सार्वजनिक और आमने-सामने की मुठभेड़ था।

टकराव

कांग्रेस ने 1930 में हुए पहले गोलमेज़ सम्मेलन का बहिष्कार किया था, लेकिन दूसरे में उसने गांधी को अपने प्रतिनिधि के तौर पर मनोनीत कर दिया। सम्मेलन का उद्देश्य स्वशासन के लिए, एक नया संविधान तैयार करना था। राजे-रजवाड़े और विभिन्न अल्पसंख्यक समुदायों के प्रतिनिधि—मुसलमान, सिख, ईसाई, पारसी और अछूत मौजूद थे। आदिवासियों का प्रतिनिधित्व नहीं था। अछूतों के लिए यह एक ऐतिहासिक अवसर था। यह पहली बार था जब उन्हें एक अलग निर्वाचक जनसमूह के प्रतिनिधि के तौर पर आमन्त्रित किया गया था। सम्मेलन में कई समितियाँ थीं, उन्हीं में से एक अल्पसंख्यक समिति थी, जिसका काम था बढ़ते हुए साम्प्रदायिक सवाल का व्यावहारिक समाधान खोजना। यह सम्भवत: सबसे ज्वलनशील मुद्दा था और शायद इसीलिए, ब्रिटिश प्रधानमंत्री, रामसे मकडोनाल्ड इसकी स्वयं अध्यक्षता कर रहे थे।

यही वह समिति थी जिसके समक्ष आंबेडकर ने अपना ज्ञापन प्रस्तुत किया, जिसका वर्णन उन्होंने इस प्रकार किया : *स्वशासित भारत के भावी संविधान में, दमित वर्गों की सुरक्षा के लिए राजनीतिक संरक्षण की योजना।* यह अपने समय का, अधिकारों और नागरिकता पर, उदारवादी बहस के ढाँचे के भीतर, एक क्रन्तिकारी दस्तावेज़ था। इसके द्वारा आंबेडकर ने, क़ानून से वही सब प्राप्त करने की कोशिश की जो उन्होंने सामाजिक और राजनीतिक रूप से हासिल करने का स्वप्न देखा था। यह दस्तावेज़ कुछ विचारों का एक प्रारम्भिक मसौदा था जिसे आंबेडकर अन्तत: 1947 के बाद के भारतीय के संविधान में डालने में कामयाब रहे।

'शर्त नम्बर 1 : समान नागरिकता' के अन्तर्गत कहा गया :

> पुश्तैनी बँधुआ होने की अपनी वर्तमान स्थिति में, दमित वर्ग, ख़ुद को बहुसंख्यक शासन के हवाले करने की सहमति नहीं दे सकता। इससे पहले कि बहुमत शासन की स्थापना हो, अस्पृश्यता की व्यवस्था से दमित वर्ग की मुक्ति, एक मुकम्मल तौर पर प्राप्त तथ्य होना चाहिए। इसे बहुसंख्यक की मनमर्ज़ी पर क़तई नहीं छोड़ा जा सकता। दमित वर्गों को, राज्य के अन्य नागरिकों के समान, सभी नागरिक अधिकारों का हक़दार, स्वतंत्र नागरिक बनाना आवश्यक है।[228]

ज्ञापन ने आगे जा कर चित्रण किया कि कौन-कौन से मौलिक अधिकारों का गठन होगा, और वे कैसे संरक्षित किए जाएँगे। इसने अछूतों को सभी सार्वजनिक स्थानों पर प्रवेश का अधिकार दिया। सामाजिक बहिष्कारों के विषय पर इसमें बहुत गहन चर्चा की गई, और सुझाव दिया कि इसे एक दंडनीय अपराध घोषित कर दिया जाए। इसमें ऐसे बहुत से उपाय निर्धारित किए गए, जिनसे अछूतों को सामाजिक बहिष्कार से संरक्षित किया जाए, और सवर्ण हिन्दुओं को उकसाने और बढ़ावा देने के लिए दंडित किया जाए। शर्त नम्बर 5 में कहा गया कि एक लोकसेवा आयोग का गठन हो, जो सुनिश्चित करे कि अछूतों का 'सेवाओं में पर्याप्त प्रतिनिधित्व' हो। यह वही है जो अन्ततः शैक्षणिक संस्थानों और सरकारी नौकरियों में आरक्षण की व्यवस्था में विकसित किया गया है, और जिसके विरुद्ध विशेषाधिकारप्राप्त जातियों ने हाल ही में उग्र आन्दोलन किए हैं।[229]

आंबेडकर के ज्ञापन का सबसे अनोखा पहलू चुनावी व्यवस्था के भीतर, सकारात्मक भेदभाव की व्यवस्था का प्रस्ताव था। आंबेडकर यह नहीं मानते थे कि सार्वभौमिक वयस्क मताधिकार अकेले ही अछूतों के लिए समान अधिकार सुनिश्चित कर सकता है। चूँकि अछूत आबादी देश-भर में हिन्दू गाँवों की सरहदों के बाहर छोटी बस्तियों में बिखरी हुई थी, इसलिए आंबेडकर ने महसूस किया कि एक राजनीतिक निर्वाचन क्षेत्र के भौगोलिक सीमांकन के भीतर वे हमेशा अल्पसंख्यक ही रहेंगे, और कभी भी अपनी पसन्द के उम्मीदवार को चुनने की स्थिति में नहीं होंगे। उन्होंने सुझाव दिया कि अछूतों को, जो न जाने कितनी सदियों से उपेक्षित रहे हैं, और अवमूल्यन का शिकार हुए हैं, पृथक् निर्वाचिका दी जाए, ताकि वे दक़ियानूसी हिन्दुओं की दख़लन्दाज़ी के बग़ैर, अपने नेतृत्व में, एक राजनीतिक चुनाव-क्षेत्र विकसित कर सकें। इसके साथ-

साथ, इसलिए कि उनका मुख्यधारा की राजनीति से सम्बन्ध बना रहे। आंबेडकर ने सुझाव दिया कि उन्हें सामान्य उम्मीदवारों के लिए भी वोट का अधिकार मिले। पृथक् निर्वाचिका और दोहरे वोट, दोनों अधिकार दस वर्ष की अवधि के लिए लागू होने थे। हालाँकि विस्तार में पूरे ब्यौरे पर तो बहस नहीं हुई, लेकिन जब सम्मेलन सम्पन्न हुआ तो सभी प्रतिनिधियों ने सहमति जताई कि अछूतों को, अन्य अल्पसंख्यकों की तरह, पृथक् निर्वाचिका का अधिकार मिलना ही चाहिए।[230]

जिन दिनों लन्दन में पहला गोलमेज़ सत्र था, भारत में खलबली मची थी। जनवरी, 1930 में कांग्रेस द्वारा 'पूर्ण-स्वराज' यानी पूरी आज़ादी की माँग की घोषणा कर दी गई थी। गांधी ने, अपनी सबसे कल्पनाशील राजनीतिक क्रिया—नमक सत्याग्रह का प्रक्षेपण करके, एक राजनीतिक संगठनकर्ता के रूप में अपनी बुद्धिमत्ता और प्रतिभा का प्रदर्शन किया। उन्होंने भारतीयों को समुद्र तक मार्च करने, और अंग्रेज़ों का नमक-कर क़ानून तोड़ने का आह्वान किया। उनके आह्वान पर सैकड़ों-हज़ारों भारतीय लामबंद हो गए। जेलों को ठूँस-ठूँसकर खचाखच भर दिया गया। नब्बे हज़ार लोगों की गिरफ़्तारी हुई। नमक और पानी के बीच, सछूतों के सत्याग्रह और अछूतों के दुराग्रह के बीच, एक सुस्पष्ट विभाजित कायनात फैली पड़ी थी—राजनीति की, दर्शनशास्त्र की, और नैतिकता की।

मार्च 1931 में सम्पन्न हुए कराची अधिवेशन में, कांग्रेस ने एक स्वतंत्र भारत के लिए मौलिक अधिकारों का संकल्प पारित किया।[231] यह एक मूल्यवान, प्रबुद्ध दस्तावेज़ था, और इसमें कुछ वे अधिकार भी शामिल कर लिये गए थे जिनके लिए आंबेडकर ने अभियान चला रखा था। इसने एक आधुनिक, धर्म-निरपेक्ष और बड़े पैमाने पर समाजवादी राज्य की नींव रखी। अधिकारों में शामिल थे—अभिव्यक्ति, प्रेस, एकत्र होने और संस्थाओं के निर्माण की आज़ादी, क़ानून के सामने सभी की बराबरी, सार्वभौमिक वयस्क मताधिकार, निःशुल्क और अनिवार्य प्राथमिक शिक्षा, प्रत्येक नागरिक को जीवन जीने के लिए आवश्यक गारंटीशुदा न्यूनतम वेतन, और काम के सीमित घंटे। इसमें महिलाओं और किसानों के संरक्षण, प्रमुख उद्योगों, और खानों और परिवहन के राज्य स्वामित्व या नियंत्रण को रेखांकित किया गया। सबसे महत्त्वपूर्ण यह कि इसने धर्म और राज्य के बीच एक अग्नि-कवच बनाया।

मौलिक अधिकारों के पारित प्रस्तावों के सराहनीय सिद्धान्तों के बावजूद, समाज के निचले तल से देखने पर दृश्य थोड़ा भिन्न था। 1930 के प्रान्तीय

विधायिकाओं के चुनाव उसी समय हुए जब नमक सत्याग्रह चल रहा था। कांग्रेस ने चुनावों का बहिष्कार किया था। 'सम्मानजनक' हिन्दुओं को, जिन्होंने बहिष्कार की परवाह नहीं की, और स्वतंत्र उम्मीदवार के रूप में खड़े हो गए, शर्मिंदा करने के लिए कांग्रेस ने ऐसे उम्मीदवार खड़े किए जो अछूत थे—दो मोची, एक नाई, एक दूधवाला और एक सफ़ाईकर्मी। इसके पीछे विचार यह था कि कोई भी, स्वाभिमानी विशेषाधिकारप्राप्त सवर्ण हिन्दू, किसी ऐसे संस्थान का हिस्सा नहीं बनना चाहेगा जहाँ उसे अछूतों के बराबर रखा गया हो।[232] अछूतों को नक़ली उम्मीदवार बनाकर खड़ा करना, कांग्रेस पार्टी की वह रणनीति थी जो 1920 के चुनावों से शुरू हुई और 1943 तक चली। आंबेडकर कहते हैं :

> हिन्दू स्वतंत्र टिकट पर न खड़े हों, इसके लिए कांग्रेस ने कौन से साधन अपनाए? ऐसे साधन जिनसे विधायिकाएँ तिरस्कार का पात्र बनें। तदानुसार विभिन्न प्रान्तों में कांग्रेस ने तख्तियाँ उठाकर जुलूस निकाले, यह नारा लगाते हुए 'कौन जाएगा विधान सभा में? केवल नाई, मोची, कुम्हार और मेहतर।' जुलूस में एक व्यक्ति नारे के पहले हिस्से के रूप में सवाल करता था, पूरी भीड़ दूसरे हिस्से को दोहराती, सवाल के उत्तर के रूप में।[233]

गोलमेज़ सम्मेलन में, गांधी और आंबेडकर में टकराव हो गया, दोनों का दावा था कि वे ही अछूतों के असली प्रतिनिधि हैं। सम्मेलन कई हफ़्तों तक चला। गांधी अन्ततः मुसलमानों और सिखों की पृथक् निर्वाचिका के लिए राज़ी हो गए, लेकिन आंबेडकर के अछूतों के लिए पृथक् निर्वाचिका के तर्क पर सहमति नहीं दी। गांधी ने सामान्य रिवाजी शब्द आडम्बर का सहारा लिया : ''मैं चाहूँगा कि हिन्दू धर्म की मृत्यु हो जाए, बजाए इसके कि अस्पृश्यता जीवित रहे।''[234]

गांधी ने यह मानने से इनकार कर दिया कि आंबेडकर को अछूतों का प्रतिनिधित्व करने का अधिकार है। आंबेडकर भी अपना दावा छोड़ने को तैयार नहीं थे, और न ही इसकी उन्हें कोई ज़रूरत थी। आद धर्म के मंगू राम सहित, भारत-भर के अछूत समूहों ने, आंबेडकर के समर्थन में तार भेजे। अन्ततः गांधी ने कहा, ''जो अछूतों के राजनीतिक अधिकार की बात करते हैं वे अपने भारत को जानते ही नहीं। वे नहीं जानते कि भारतीय समाज का निर्माण कैसे हुआ है, और इसलिए मैं अपनी पूरी ताक़त के साथ कहना चाहता हूँ कि यदि, इसके विरोध में, मैं एक अकेला व्यक्ति भी रहूँगा, तो भी, मैं अपनी जान देकर भी

इसका विरोध करूँगा।''[235] अपनी धमकी देने के बाद, गांधी भारत वापसी का जलपोत पकड़ निकल लिए। रास्ते में वे रोम में मुसोलिनी से मिले और उसके ग़रीबों की देखभाल, अत्यधिक शहरीकरण के विरोध, पूँजी और श्रम के बीच बेहतर समन्वय के प्रयासों से बेहद प्रभावित हुए।[236]

एक साल बाद, रामसे मक्डोनाल्ड ने साम्प्रदायिक सवाल पर ब्रिटिश सरकार के फ़ैसले की घोषणा की। पंचाट में, अछूतों को बीस वर्षों के लिए पृथक् निर्वाचिका का अधिकार दे दिया गया। उस समय गांधी पूना की यरवदा केन्द्रीय जेल में सज़ा काट रहे थे। जेल से ही उन्होंने घोषणा कर दी कि यदि अछूतों के लिए पृथक् निर्वाचिका का निर्णय वापस नहीं लिया गया तो वे अनशन करेंगे, जो उनकी मृत्यु तक जारी रहेगा—आमरण अनशन।

एक महीने तक उन्होंने इन्तज़ार किया। जब उनकी ज़िद नहीं मानी गई तो उन्होंने जेल में ही आमरण अनशन शुरू कर दिया। यह आमरण अनशन पूरी तरह से, उनके अपने ही बताए हुए सत्याग्रह के सिद्धान्तों के ख़िलाफ़ था। यह एक बेशर्मीपूर्ण ब्लैकमेल था, जो आत्महत्या की सार्वजनिक धमकी की चाल से कम नहीं था। ब्रिटिश सरकार ने कह दिया कि इस प्रावधान को केवल तभी निरस्त करेगी, जब अछूत इसके लिए राज़ी होंगे। पूरा देश लट्टू की तरह घूम गया। सार्वजनिक बयान जारी किए गए, याचिकाओं पर हस्ताक्षर किए गए, प्रार्थनाएँ की गईं, सभाओं का आयोजन हुआ, अपीलें की गईं। यह एक हास्यास्पद स्थिति थी : विशेषाधिकारप्राप्त सवर्ण हिन्दुओं ने, जिन्होंने हर सम्भव तरीक़े से ख़ुद को अछूतों से अलग किया, जिन्होंने अछूतों को मानवीय संग-साथ के क़ाबिल भी नहीं समझा, जो उनके स्पर्श मात्र से भी बचते, दूर भागते-फिरते थे, जो अलग भोजन, पानी, सड़कें, मन्दिर और कुएँ चाहते थे, अब कह रहे थे कि यदि अछूतों को पृथक् निर्वाचिका प्रदान कर दी गई तो भारत के टुकड़े-टुकड़े हो जाएँगे। और गांधी, जो पूरे जोश और मुखरता से, अछूतों का पृथक्करण करनेवाली व्यवस्था में दृढ़-विश्वास व्यक्त करते थे, अछूतों को पृथक् निर्वाचिका से वंचित करने के लिए, ख़ुद को भूखों मारने पर तुले थे।

इसका सार यह था कि सवर्ण हिन्दू, अछूतों के लिए अपने दरवाजे बन्द करने की शक्ति तो चाहते थे, लेकिन वे यह क़तई नहीं चाहते थे कि, अछूतों को भी वह शक्ति मिले जिससे वे सवर्णों पर अपने दरवाज़े बन्द कर सकें। आक़ाओं को पता था कि चुनने का अधिकार एक बहुत बड़ी ताक़त होती है।

जैसे-जैसे उन्माद बढ़ने लगा, आंबेडकर के ऊपर खलनायक का लेबल चस्पां कर दिया गया, ग़द्दार बता दिया गया, एक ऐसा ग़द्दार जो भारत के

टुकड़े-टुकड़े करना चाहता था, जो गांधी की हत्या करने पर तुला था। गरम दल और नरम दल के राजनीतिक दिग्गज, टैगोर, नेहरू और सी. राजगोपालाचारी गांधी के पक्ष में ज़ोर-शोर से खड़े हो गए। गांधी को रिझाने के लिए, विशेषाधिकारप्राप्त सवर्ण हिन्दुओं ने सड़कों पर अछूतों के साथ सहभोज का दिखावा करना शुरू कर दिया, और कई हिन्दू मन्दिरों के द्वार अछूतों के लिए खोल दिए गए, हालाँकि अस्थायी तौर पर ही। इस समायोजन की सद्भावना- प्रदर्शन के पीछे, तनाव की एक दीवार भी खड़ी हो रही थी। बहुत सारे अछूत नेताओं को डर था कि यदि आमरण अनशन से गांधी की कहीं जान ही चली गई तो आंबेडकर को इसका जिम्मेदार ठहराया जाएगा। और फिर इससे साधारण अछूतों की जानें जोख़िम में पड़ जाएँगी। उन्हीं में से एक एम. सी. राजा मद्रास का अछूत नेता था, जिसने एक प्रत्यक्षदर्शी के बयान के अनुसार कहा :

> हज़ारों वर्षों से हमारे साथ अछूतों का व्यवहार हो रहा है, दलित, दमित, अपमानित, तिरस्कृत। महात्मा ने हमारे लिए अपना जीवन दाँव पर लगा रखा है, और यदि उनकी मृत्यु हो गई तो अगले एक हज़ार सालों तक हम वहीं रहेंगे जहाँ आज़ हैं। हो सकता है इससे भी बदतर हालात में पहुँच जाएँ। हमारे ख़िलाफ़ इतनी ज़ोरदार भावनाएँ पैदा हो जाएँगी कि हमने महात्मा को मरवा दिया, पूरा हिन्दू समुदाय और पूरा सभ्य समाज मार-मार ठोकर हमें सीढ़ियों में नीचे की ओर धकेल देगा। मैं आपके साथ अब और ज़्यादा खड़ा नहीं रह सकता। मैं तो सम्मेलन में शामिल होऊँगा और समाधान ढूँढूँगा और तुमसे अलग हो जाऊँगा।[237]

आंबेडकर कर ही क्या सकते थे? उन्होंने डटे रहने की पूरी कोशिश की। अपने तरकश से तर्क और बुद्धि के सभी तीर चलाए। लेकिन उन्माद के उस माहौल में तर्क और बुद्धि को सुन ही कौन रहा था? आंबेडकर अब बच नहीं सकते थे। चार दिन के अनशन के पश्चात, आंबेडकर यरवदा जेल में जाकर गांधी से मिले, और पूना पैक्ट पर हस्ताक्षर कर दिए। बॉम्बे में अगले दिन उन्होंने एक सार्वजनिक भाषण दिया, जिसमें वे गांधी के बारे में अप्रत्याशित रूप से शालीन थे : ''मुझे यह देखकर अचरज हुआ कि जिस इनसान ने गोलमेज़ सम्मेलन में मुझ से बिलकुल अलग विचार रखे थे, वह मेरे बचाव के लिए तुरन्त आया, और दूसरे पक्ष के बचाव के लिए नहीं।''[238]

बाद में, आघात से उबरने के बाद आंबेडकर ने लिखा :

> अनशन में कुछ भी नेक नहीं था। यह एक बेईमान और गन्दी हरकत थी...यह बहुत ही घटिया क़िस्म की ज़ोर-ज़बरदस्ती थी उन असहाय लोगों के विरुद्ध, उनसे उनके संवैधानिक संरक्षण के अधिकार लूटने के लिए, जो अधिकार उन्हें [ब्रिटिश] प्रधानमंत्री के पंचाट द्वारा प्राप्त हुए थे, और उन्हें मानने को मजबूर किया कि वे हिन्दुओं के रहमो-करम पर जीने के लिए राज़ी हो जाएँ। यह एक नीच और दुष्ट हरकत थी। ऐसे इनसान को अछूत सम्मानित और गम्भीर कैसे मान सकते हैं ?[239]

पैक्ट के अनुसार, अछूतों को पृथक् निर्वाचिका की जगह, सामान्य निर्वाचन क्षेत्रों में आरक्षित सीटें दी गईं। इसी वजह से प्रान्तीय विधायिकाओं में आवंटित की गई सीटों की संख्या बढ़ गई (सीटें 78 से बढ़कर 148 हो गईं) लेकिन उम्मीदवार ऐसे होने चाहिए थे जो विशेषाधिकारप्राप्त जातियों के बहुल निर्वाचन क्षेत्र को स्वीकार्य हों, इसलिए उम्मीदवार नख-दन्त विहीन हो गए।[240] अंकल टॉम ने बाज़ी मार ली। गांधी ने यह पक्का कर दिया कि अछूतों का अपना जुझारू, अछूतों के अधिकारों के लिए लड़ने वाला नेतृत्व न उभर पाए और नेतृत्व विशेषाधिकारप्राप्त जातियों के पास ही रहे।

मिशेल अलेक्जेंडर ने अपनी पुस्तक *The New Jim Crow*[241] अर्थात *नव जिम क्रो क़ानून*—में वर्णन किया है कि कैसे संयुक्त राज्य अमेरिका में अपराधीकरण और जेलों में ठूँसने से अफ़्रीकी-अमेरिकी आबादी का एक बड़ा भाग—एक असाधारण प्रतिशत—अधिकारविहीन होकर रह गया है। भारत में इससे भी अधिक कपटपूर्ण तरीक़े से, दिखावटी उदार रूप में अधिकारीकरण ने यथार्थ में दलित आबादी को अधिकारविहीन बनाना सुनिश्चित कर दिया है।

फिर भी, आंबेडकर की नज़रों में जो ग़लत और गन्दी हरकत थी, दूसरों को वह दिव्य चमत्कार से कम नहीं नज़र आती थी। लुईस फ़िशर, गांधी की सबसे ज़्यादा पढ़ी जाने वाली जीवनी के लेखक, ने कहा :

> अनशन से अस्पृश्यता के अभिशाप को, जो तीन हज़ार वर्षों से भी अधिक पुराना था, मारा तो नहीं जा सकता था...लेकिन अनशन के बाद अस्पृश्यता ने अपनी राजनीतिक स्वीकृति को खो दिया; लोगों का विश्वास इसमें नष्ट हो गया...गांधी के 'ऐतिहासिक अनशन' ने उस लम्बी ज़ंजीर को तोड़ डाला जिसका छोर प्राचीन काल तक

> जाता था, जिसने करोड़ों को ग़ुलाम बनाया था। ज़ंजीर की कुछ कड़ियाँ बच गईं, ज़ंजीर से मिले कुछ ज़ख्म भी रह गए। लेकिन कोई भी भविष्य में नई कड़ियाँ नहीं जोड़ेगा—कोई भी भविष्य में कड़ियों को फिर से एक साथ नहीं जोड़ेगा...यह (पूना पैक्ट) एक धार्मिक सुधार के रूप में दर्ज हो गया, एक मनोवैज्ञानिक क्रान्ति। हिन्दू धर्म अपने हज़ारों साल पुराने कोढ़ से मुक्त हो, अपना शुद्धिकरण कर रहा था। जन साधारण ने अपने व्यवहार में शुद्धिकरण किया...अगर गांधी ने अपने जीवन में कुछ और नहीं भी किया होता, केवल अस्पृश्यता की संरचना को चकनाचूर कर दिया होता, तो भी वे एक महान सामाजिक सुधारवादी कहलाते...गांधी की पीड़ा ने उनकी पूजा करने वालों को प्रातिनिधिक पीड़ा दी, वे जानते थे कि उन्हें पृथ्वी पर परमेश्वर के दूत की हत्या नहीं करनी है। उसकी पीड़ा को यथावत रखना बुरा होता। हम उन लोगों के साथ सद्व्यवहार करेंगे, जिन्हें वे [गांधी] 'परमेश्वर की सन्तान' (हरिजन) कहते हैं, हम उन्हें बचा लेंगे और इस तरह हमें ईश्वर की कृपा प्राप्त हो जाएगी।[242]

गोलमेज़ कॉन्फ्रेंस के मौक़े पर गांधी ने आंबेडकर को अछूतों का प्रतिनिधि मानने से इनकार कर दिया था, लेकिन पूना पैक्ट के अवसर पर उन्होंने पैंतरा बदला और आंबेडकर को उनका प्रतिनिधि मानकर पैक्ट पर हस्ताक्षर कराने के लिए तुरन्त राज़ी हो गए। गांधी ने स्वयं पैक्ट पर हस्ताक्षर नहीं किए, लेकिन अन्य लोग जिनके हस्ताक्षर इस ऐतिहासिक दस्तावेज़ पर थे, उनकी सूची रोचक है : जी.डी. बिड़ला, गांधी के उद्योगपति प्रायोजक-संरक्षक; पंडित मदन मोहन मालवीय, रूढ़िवादी ब्राह्मण नेता और दक्षिणपंथी हिन्दू महासभा के संस्थापक (जिसका एक सदस्य रहा था नाथूराम गोडसे, जो भविष्य में गांधी की हत्या करेगा); वी. डी. सावरकर, गांधी हत्या के षड्यंत्र का आरोपी, जो हिन्दू महासभा का अध्यक्ष बना; पलवंकर बालू, एक अछूत क्रिकेट खिलाड़ी, जिसे पूर्व में आंबेडकर ने एक आदर्श खिलाड़ी के रूप में प्रसिद्ध किया था, और जिसे बाद में कांग्रेस और हिन्दू महासभा की सरपरस्ती और बैसाखियों पर खड़ा कर के, आंबेडकर के विरुद्ध एक अछूत नेता के रूप में खड़ा किया गया था;[243] और हाँ, एम. सी. राजा (जो बहुत बाद में आगे चलकर गांधी, हिन्दू महासभा और कांग्रेस से अपनी साँठ-गाँठ पर पश्चात्ताप, खेद और दुख प्रकट करता है।)।[244]

भारत में गांधी की आलोचना करने पर न केवल नाक-भौं सिकोड़ी जाती है, बल्कि ऐसी आलोचना को सेंसर भी किया जाता है। इसके अनेकों कारणों में

से एक जो 'सेकुलरवादी' बताते हैं, यह है कि हिन्दू-राष्ट्रवादी (जिनमें से गांधी का हत्यारा भी निकला, और जिनके सितारे आजकल बुलन्दी पर चल रहे हैं) इस आलोचना को झपट लेंगे, और इसका इस्तेमाल कर फ़ायदा उठाएँगें। सच्चाई यह है कि जाति के विषय पर गांधी के विचार, और दक्षिणपंथी हिन्दुओं के विचारों में कभी कोई ख़ास दूरी रही ही नहीं। दलित नज़रिए से देखा जाए तो गांधी की हत्या एक भ्रातृ-घात थी अर्थात भाइयों के आपसी झगड़े में हुई हत्या, बजाय विचारधारा विरोधी द्वारा की गई हत्या के। आज भी नरेन्द्र मोदी*, हिन्दू राष्ट्रवाद के सबसे आक्रामक समर्थक और एक संभावित भावी प्रधानमंत्री, अपने भाषणों में बिना किसी हिचक के गांधी का ख़ूब नाम लेते हैं। (मोदी ने गुजरात में दो अल्पसंख्यक विरोधी अधिनियमों को न्यायोचित ठहराने के लिए गांधी का बखूबी आह्वान किया—धर्म-परिवर्तन विरोधी क़ानून 2003—'गुजरात धार्मिक स्वतंत्रता क़ानून-2003' के नाम से और पुराने गो-वध क़ानून में 2011 का संशोधन)।[245] मोदी की बहुत सारी घोषणाएँ गांधी नगर में स्थित महात्मा मन्दिर से की जाती हैं, जो एक चकाचक नया सम्मेलन हॉल है, और जिसकी बुनियाद में गुजरात के 18000 गाँवों में से विशेष कलशों में लाई मिट्टी डाली गई। इन 18000 गाँवों में से अधिकतर में आज भी घृणित रूप से अस्पृश्यता जारी है।[246]

पूना पैक्ट के बाद गांधी ने अपनी पूरी ऊर्जा और जज़्बात अस्पृश्यता उन्मूलन में झोंक दिए। शुरू में उन्होंने अछूतों का पुनः नामकरण किया और एक संरक्षण का अहसास दिलाने वाला नाम, 'हरिजन' दे दिया। हरिजन यानी भगवान के लोग। इस तरह से गांधी ने अछूतों का लंगर हिन्दू धर्म की गोदी में डाल दिया।[247] उन्होंने एक समाचार-पत्र की स्थापना की जिसका नाम था 'हरिजन'। उन्होंने हरिजन सेवा संघ के नाम से एक संस्था शुरू की, जिसका प्रबन्धन पूर्ण रूप से विशेषाधिकारप्राप्त जातियों द्वारा किया जाना था, जिन्हें अछूतों पर किए अपने पुराने पापों के लिए पश्चात्ताप करना था। आंबेडकर ने इस सब को कांग्रेस की एक योजना के रूप में देखा, जिसका उद्देश्य था, 'अछूतों को दयालुता से 'मार' डालना।'[248]

गांधी ने देश-भर का भ्रमण किया, अस्पृश्यता के ख़िलाफ़ उपदेश दिए। उन हिन्दुओं द्वारा जो गांधी से भी ज़्यादा रूढ़िवादी थे, गांधी से तीखे सवाल-जवाब भी किए गए, और गांधी पर आक्षेप भी लगाए गए। लेकिन गांधी अपने रास्ते पर बिना भटके अडिग चलते रहे। जो भी घटित होता, वे उसे अपने नये उद्देश्य जाति-उन्मूलन से जोड़ लेते थे। जनवरी 1934 में बिहार में एक बड़ा भूकम्प

* 2014 में नरेन्द्र मोदी भारत के निर्वाचित प्रधानमंत्री बन गए।

आया, लगभग बीस हज़ार लोगों की जानें चली गईं। 'हरिजन' में लिखे 24 फ़रवरी के लेख में, गांधी ने कांग्रेस के अपने साथियों को भी स्तब्ध कर दिया, जब उन्होंने लिखा कि यह भूकम्प भगवान का एक प्रकार का दंड है, अस्पृश्यता के पाप का। इस सब के बावजूद कांग्रेस अपनी उस परम्परा पर क़ायम रही जिसका उसने आविष्कार किया था : कांग्रेस ने फिर से नक़ली अछूत प्रत्याशी खड़े किए, 1934 के केन्द्रीय विधान मंडल के चुनावों में।[249]

सिवाय ऐसे पीड़ितों की भूमिका के, जिन्हें केवल सेवा की ज़रूरत है, ऐसा लगता है गांधी, अछूतों के लिए कोई अन्य भूमिका सोच ही नहीं पाते थे। अछूत, मानसिक तौर पर जातीय व्यवस्था के दकियानूसी माहौल में रहकर, हीन भावना के शिकार हो चुके थे, और एक ख़ास क़िस्म के व्यवहार के आदी भी। उनको हज़ारों साल की उस हीन भावना से उबारना, और जगाना निहायत ही ज़रूरी था। लेकिन यह गांधी के पक्ष का उलट विचार था, जो गांधी को भयभीत करता था। पूना पैक्ट, अछूतों के राजनीतिक जागरण को, हमेशा के लिए ठंडा करने के लिए या फिर कम से कम एक लम्बे समय के लिए शान्त करने को किया गया था।

गांधी के अस्पृश्यता अभियान ने यदि कुछ किया, और प्रभावशाली तरीक़े से किया, वह यह था कि सदियों पुरानी चोटों पर मरहम लगाया। अछूतों का एक बड़ा हिस्सा, जो हमेशा डराए और धमकाए जाने का आदी था, अलग-थलग किए जाने का और क्रूरता का शिकार होने का आदी था, इस तरह की मिशनरी गतिविधियों से उसके भीतर कृतज्ञता की भावना पैदा होनी स्वाभाविक थी, और ऐसे काम करने वाले व्यक्ति को वह पूजनीय मान ही लेगा। गांधी इस बात को बखूबी समझते थे, आख़िर वे एक राजनेता थे, जो आंबेडकर नहीं थे। और यदि आंबेडकर राजनेता थे भी, तो ऐसी कुटिल चालें चलनी उन्हें आती ही कहाँ थीं! गांधी को मालूम था कि कैसे दान-परोपकार के आडम्बर से, इन घटनाओं को भव्य बनाया जाए, नाटकीय बनाया जाए और चमकती-दमकती रंग-बिरंगी आतिशबाज़ी का तमाशा दिखाया जाए। तो, जहाँ डॉक्टर बीमारी को जड़ से उखाड़ फेंकने के लिए एक स्थायी इलाज ढूँढ़ रहा था, वहीं संतजी मीठी गोलियाँ बाँटते, पूरे देश-भर में घूम रहे थे।

हरिजन सेवक संघ की मुख्य चिन्ता थी विशेषाधिकारप्राप्त जातियों के लोगों को राज़ी करना कि वे मन्दिरों के दरवाज़े अछूतों के लिए खोल दें—यह एक विडम्बना थी—क्योंकि गांधी स्वयं मन्दिर नहीं जाते थे। उनका प्रायोजक जी.डी. बिड़ला भी मन्दिर नहीं जाता था, बिड़ला ने मार्गरेट बौर्क-वाइट को

दिए एक इंटरव्यू में कहा था, "स्पष्ट बोलूँ तो हम मन्दिरों का निर्माण करते हैं, लेकिन मन्दिरों में विश्वास नहीं करते। हम मन्दिरों का निर्माण एक क़िस्म की धार्मिक मानसिकता फैलाने के लिए करते हैं।"[250] मन्दिरों का खुलना पहले ही गांधी के 'ऐतिहासिक अनशन' के दौरान शुरू हो चुका था। हरिजन सेवक संघ के दबाव में सैकड़ों मन्दिर अछूतों के लिए खोल दिए गए (कुछ ने, जैसे केरल का गुरुवायूर मन्दिर, साफ़ ठेंगा दिखा दिया। गांधी ने सोचा कि इसके ख़िलाफ़ अनशन किया जाए, फिर अपना मन बदल लिया)।[251] दूसरे कई मन्दिरों ने हालाँकि घोषणाएँ कर दीं कि उनके द्वार अछूतों के लिए खुले हैं, लेकिन उन्होंने दाएँ-बाएँ से ऐसे रास्ते ढूँढ़ लिये जिनसे अछूतों को इतना अपमानित किया जाए कि स्वाभिमानी अछूत ख़ुद ही मन्दिर में प्रवेश न करें।

1933 में केन्द्रीय विधायिका में एक मन्दिर प्रवेश बिल रखा गया। गांधी और कांग्रेस ने इसका पूरे जोशो-ख़रोश के साथ समर्थन किया। लेकिन बाद में जब यह स्पष्ट हो गया कि विशेषाधिकारप्राप्त जातियाँ पूरी गम्भीरता से इसके विरोध में हैं, तो उन्होंने अपने क़दम पीछे हटा लिये।[252]

आंबेडकर को मन्दिर प्रवेश कार्यक्रम को लेकर बहुत से संशय थे। उन्होंने देखा कि इससे अछूतों के मन पर ज़बरदस्त सकारात्मक मनोवैज्ञानिक प्रभाव पड़ा, लेकिन आंबेडकर ने मन्दिर प्रवेश को अछूतों के 'समावेश' करने की शुरुआत के रूप में देखा—अछूतों का हिन्दूकरण और ब्राह्मणीकरण, उनको ख़ुद को अपमानित करने में भागीदार होने के कार्यक्रम में खींचना था। यदि ब्राह्मणवाद की 'नक़ल करने की बीमारी' को अछूतों में प्रत्यारोपित कर दिया जाता, तो भी मन्दिर प्रवेश से उन्हें क्या मिल जाता जिन मन्दिरों के दरवाज़े सदियों से बन्द थे? 14 फ़रवरी 1933 को आंबेडकर ने मन्दिर प्रवेश पर एक बयान जारी किया :

> दमित वर्ग एक ऐसा धर्म चाहता है जो उन्हें सामाजिक प्रतिष्ठा दे...इससे घिनौना और नीच क्या हो सकता है कि सामाजिक बुराइयों को धर्म की ज़मीन पर न्यायोचित ठहराया जाए। दमित वर्ग उन विषमताओं को, जिनके वे अधीन है, उठा फेंकने में असमर्थ हो सकते हैं, लेकिन अब उन्होंने मन बना लिया है कि वे ऐसे धर्म को अब और बर्दाश्त नहीं करेंगे जो इन विषमताओं के निरन्तर चलन को समर्थन देता है।[253]

आंबेडकर केवल उस चौदह वर्षीय अछूत, माँग या मातंग जाति की लड़की की बात को दोहरा रहे थे, पहली दलित लेखिका मुक्ताबाई साल्वे की बात को,

जो उसने बहुत पहले कही थी। वह जोतिबा और सावित्री फुले द्वारा पूना में संचालित, अछूत बच्चों के स्कूल की छात्रा थी। 1855 में उसने कहा, "वह धर्म, जिसमें एक व्यक्ति को तो विशेषाधिकारों से अलंकृत किया जाता हो, और बाक़ियों को वंचित रखा जाता हो, उसका तो पृथ्वी पर से अवश्य नाश होना चाहिए, और ऐसे धर्म को हमें कभी भी अपने मन-मस्तिष्क में घुसपैठ करने की अनुमति नहीं देनी चाहिए, न ही उस पर गर्व करना चाहिए।"[254]

आंबेडकर ने अनुभव से सीखा था कि ईसाई, सिख, इस्लाम और पारसी धर्म सभी जातिगत भेदभाव से ग्रस्त हैं। 1934 में उनके पुराने अनुभवों की एक बार फिर से पुनरावृत्ति हुई। वह हैदराबाद रियासत में स्थित दौलताबाद क़िले का, अपने मित्रों और सहकर्मियों के साथ दौरा कर रहे थे। रमज़ान का पवित्र महीना चल रहा था। धूल से सने और यात्रा से थके-माँदे आंबेडकर और उनके मित्र, एक सार्वजनिक तालाब पर मुँह धोने और पानी पीने के लिए रुके। कुछ ही पलों में उन्हें ग़ुस्से से भरे, चिल्लाते मुसलमानों की भीड़ ने घेर लिया, जो उन्हें 'ढेड़' (अछूतों के लिए प्रयोग होने वाला एक अपमानजनक शब्द) कहकर दुत्कार रहे थे। उन्हें भद्दी-भद्दी गालियाँ बकी गईं, लगभग पीट दिया गया और पानी को छूने से रोक दिया गया। आंबेडकर अपने Autobiographical Notes अर्थात *आत्मकथात्मक के लेखन* में लिखते हैं, 'यह दर्शाता है, कि एक व्यक्ति जो हिन्दुओं के लिए अछूत है, वह मुसलमानों के लिए भी अछूत ही है।'[255]

एक नया आध्यात्मिक घर दूर-दूर तक नज़र नहीं आ रहा था। फिर भी, 1935 के येवला सम्मेलन में आंबेडकर ने हिन्दू धर्म त्याग दिया। 1936 में उन्होंने अपना उत्तेजक और विद्रोही *जाति का विनाश* लेख प्रकाशित किया। (जिस पर गांधी ने ज़्यादा क़ीमत रखने का कटाक्ष किया था) इस लेख में आंबेडकर ने विस्तार से विवरण दिया कि उन्होंने हिन्दू धर्म का त्याग क्यों किया।

इसी वर्ष गांधी ने भी साहित्य के लिए एक यादगार योगदान दिया। अब वे अड़सठ वर्ष के हो चुके थे। उन्होंने एक कालजयी निबन्ध लिखा जिसका शीर्षक था "आदर्श भंगी" :

> ब्राह्मण का कर्तव्य है, आत्मा की स्वच्छता की देखभाल करना, भंगी का कर्तव्य है, समाज के शरीर की स्वच्छता की देख-रेख करना...और फिर भी हमारे शोक में डूबे भारतीय समाज ने भंगी के ऊपर त्याज्य चंडाल के रूप में ठप्पा लगा दिया, उसे समाजिक मापदंड के बिलकुल निचले तल्ले पर ला कर छोड़ दिया, उसे केवल ठोकर मारने और

> गाली देने के क़ाबिल समझा, एक पशु, जो सवर्ण लोगों की जूठन खा कर जीवित रहे और गोबर के ढेर पर निवास करे।
>
> यदि हमने भंगी की हैसियत को ब्राह्मण के समकक्ष उचित मान्यता दे दी होती, तो आज हमारे गाँव और उसके निवासी स्वच्छता और उत्तम व्यवस्था की उज्ज्वल तस्वीर होते। और मैं इसीलिए बेझिझक और बिना शक, दो टूक शब्दों में, यह कह सकता हूँ कि जब तक, ब्राह्मण और भंगी के बीच की असमान पहचान मिटाई नहीं जाएगी, हमारा समाज स्वास्थ्य, समृद्धि, शान्ति और खुशियों से हमेशा वंचित रहेगा।

और फिर गांधी ने उन शैक्षणिक आवश्यकताओं, व्यवहार कौशल और शिष्टाचार को रेखांकित किया जो एक आदर्श भंगी में होने चाहिए :

> तो फिर वे कौन से अनुकरणीय गुण हैं जो ऐसे समाज के सम्मानित सेवक में होने चाहिए? मेरी राय में एक आदर्श भंगी को स्वच्छता के सिद्धान्तों का गहन ज्ञान होना चाहिए। उसे मालूम होना चाहिए कि कैसे एक सही तरह के शौचालय का निर्माण किया जाता है, और उसे साफ़ करने का सही तरीक़ा क्या है। उसे मालूम होना चाहिए कि मल-दुर्गन्ध पर कैसे क़ाबू पाया जाए, और उस दुर्गन्ध को कैसे नष्ट किया जाए और विभिन्न रोगाणुनाशकों के विषय में जो मल-मूत्र को अहानिकारक बना दें। उसे इसी प्रकार, मल-मूत्र को खाद में परिवर्तित करने की प्रक्रिया का भी ज्ञान होना चाहिए। लेकिन इतना ही पर्याप्त नहीं है। मेरे आदर्श भंगी को मल और मूत्र की गुणवत्ता की परख होगी। वह मल और मूत्र की गुणवत्ता पर कड़ी निगरानी करके, अपनी पैनी नज़र हमेशा बनाए रखेगा, और समय-समय पर सम्बन्धित व्यक्ति को उचित चेतावनियाँ देता रहेगा...

मनुस्मृति कहती है कि एक शूद्र को कभी धन एकत्रित नहीं करना चाहिए, भले ही उसमें ऐसा करने की क्षमता हो तब भी, क्योंकि जब शूद्र धन-दौलत इकट्ठी कर लेता है तो वह ब्राह्मण में खीज उत्पन्न करता है।[256] गांधी एक बनिया, जिसकी जाति के लिए *मनुस्मृति* सूदखोरी को दिव्य व्यवसाय के रूप में निर्दिष्ट करती है, कहता है : "ऐसे आदर्श भंगी को, अपने व्यवसाय से अपनी आजीविका चलाते हुए, इसे केवल पवित्र कर्तव्य के रूप में देखना चाहिए। दूसरे शब्दों में, उसे कभी भी इस व्यवसाय से धन-दौलत इकट्ठा करने का सपना नहीं देखना चाहिए।"[257]

सत्तर वर्ष पश्चात, *कर्मयोगी नरेन्द्र मोदी* (जिसे बाल्मीकि समाज के विरोध उपरान्त उन्होंने वापस ले लिया) पुस्तक ने यह साबित कर दिया कि वे महात्मा गांधी के कर्मठ शिष्य हैं :

> मैं नहीं मानता कि वे इस काम को सिर्फ़ अपनी आजीविका बनाए रखने के लिए कर रहे हैं। यदि ऐसा होता तो वे पीढ़ी-दर-पीढ़ी यह काम नहीं कर रहे होते...समय के किसी पड़ाव पर, किसी को ज़रूर बुद्धत्व (ज्ञानोदय) हुआ होगा कि यह उनका (बाल्मीकि समाज का) कर्तव्य है कि वे पूरे समाज और देवों की ख़ुशी के लिए काम करें; और उन्हें यह काम ईश्वर द्वारा प्रदान किया गया है, और यह काम सदियों तक, आन्तरिक आध्यात्मिक गतिविधि के रूप में जारी रहना चाहिए।[258]

नरम दल और गरम दल शायद आज अलग-अलग राजनीतिक दल हो सकते हैं, लेकिन वैचारिक रूप से वे एक-दूसरे से इतना अलग नहीं हैं जितना हम समझते हैं।

अन्य सभी सुधारवादियों की तरह गांधी के कान खड़े हो गए, जब उन्होंने आंबेडकर के धर्म त्यागने की बात सुनी। उन्होंने अछूतों के धर्म-परिवर्तन का दृढ़ता से विरोध किया। नवम्बर 1936 में जॉन मोट्ट—एक अमेरिकी धर्म-प्रचारक और अन्तर्राष्ट्रीय मिशनरी परिषद् के अध्यक्ष के साथ वार्तालाप में, जो अब प्रसिद्ध हो चुका है—गांधी ने कहा :

> मुझे यह जान कर दुख होता है कि ईसाई संस्थाएँ, मुस्लिमों और सिखों के साथ, अपनी संख्या बढ़ाने की होड़ में लगी हैं। यह मुझे एक बदसूरत प्रदर्शन, और धर्म का उपहास लगता है। और तो और, उन्होंने डॉ. आंबेडकर के साथ कुछ गुप्त मंत्रणाएँ भी की हैं। मैं समझता और सराहना करता हरिजनों के लिए तुम्हारी प्रार्थनाओं की, लेकिन तुमने उन लोगों से अपील की है, जिनमें इतना मन और बुद्धि भी नहीं है कि वे तुम्हारी बात को समझ सकें, उनमें इतनी बुद्धि नहीं है कि वे यीशु और मोहम्मद और नानक वग़ैरह के बीच फ़र्क कर सकें...यदि ईसाई इस सुधारवादी आन्दोलन से जुड़ना चाहते हैं, तो उन्हें धर्म परिवर्तन के विचार को त्यागकर इससे जुड़ना चाहिए।
>
> जॉन मोट्ट : इस अनुचित प्रतियोगिता की बात अलग, लेकिन क्या उन्हें स्वीकार्यता के सन्दर्भ में ईसाईयत का प्रचार नहीं करना चाहिए ?

> गांधी : डॉ. मोट्ट क्या आप गाय को ईसाईयत का उपदेश देंगे? कुछ अछूत तो समझ के मामले में गाय से भी बदतर हैं। मेरा कहने का तात्पर्य यह है कि वे इस्लाम और हिन्दू धर्म और ईसाईयत के बारे में गुण-दोष का फ़र्क नहीं कर सकते—उतना भी नहीं, जितना एक गाय कर सकती है। आप केवल अपने जीवन के माध्यम से उपदेश दे सकते हैं। गुलाब यह नहीं कहता : 'आओ और मुझे सूँघो।'[259]

यह सच है कि गांधी अक्सर स्वयं अपनी ही बात को काट देते थे। यह भी सही है कि वे अपनी बात पर उल्लेखनीय तौर पर अडिग रहने में भी सक्षम थे। लेकिन आधी शताब्दी से अधिक समय तक—अपने पूरे वयस्क जीवन में, उनकी घोषणाएँ—काले अफ़्रीकियों के बारे में, अछूतों और मज़दूर वर्ग के प्रति लगातार बिना बदले, अपमानजनक रही हैं।

कामगार लोगों और अछूतों के अपने राजनीतिक संगठन बनाने और अपने प्रतिनिधि चुनने (जिसे आंबेडकर नागरिकता की धारणा की बुनियादी ज़रूरत समझते थे) की छूट देने को नामंज़ूर करने के मामले में भी गांधी कभी टस से मस नहीं हुए, लगातार अडिग रहे और उनकी राय में कभी रत्ती-भर भी बदलाव नहीं आया।[260]

गांधी के नैसर्गिक राजनीतिक अन्तराभास, सियासी समझ, ने कांग्रेस की ख़ूब बढ़िया सेवा की। उनके मन्दिर-प्रवेश कार्यक्रम ने, अछूत आबादी की एक बड़ी संख्या को कांग्रेस से जोड़ने का काम किया।

हालाँकि आंबेडकर बेहद प्रज्ञावान और बुद्धिमन्त थे, लेकिन उनके पास समयबोध नहीं था, शातिरपना भी नहीं था, धूर्तता नहीं थी और अनैतिक रास्तों पर चलना तो उनकी फ़ितरत में था ही नहीं—वे सभी गुण जो एक 'अच्छे' राजनीतिज्ञ की परम आवश्यकता होते हैं। उनके राजनीतिक जनसमूह में, ग़रीबों में सबसे ग़रीब, सर्वाधिक पीड़ित लोग थे। उनका कोई वित्तीय समर्थन भी नहीं था। 1942 में आंबेडकर ने 'इंडिपेंडेंट लेबर पार्टी' का पुनर्गठन 'शैड्यूल्ड कास्ट फ़ेडरेशन' में करके स्वयं को और ज़्यादा आत्म-सीमित कर लिया। टाइमिंग ग़लत थी। उस समय तक राष्ट्रीय आन्दोलन फिर से गर्मा गया था। गांधी ने भारत छोड़ो आन्दोलन का आह्वान कर दिया था। मुस्लिम लीग की पाकिस्तान की माँग भी ज़ोर पकड़ चुकी थी। कुछ समय के लिए जातीय पहचान का मुद्दा कम महत्त्व का हो गया था, और हिन्दू-मुस्लिम मुद्दे ने ज़ोर पकड़ लिया था। 1940 के दशक के मध्य में, जैसे ही विभाजन की सम्भावना अवश्यम्भावी लगने लगी, अधीनस्थ जातियों के लोगों का विभिन्न प्रदेशों में,

हिन्दू धर्म में 'समावेश' होने लगा। इन जातियों के लोगों ने उग्र हिन्दू रैलियों में भाग लेना शुरू कर दिया। उदाहरण के लिए बंगाल के नोआखली में, जो विभाजन के क़त्लेआम की ओर तेज़ी से बढ़ रहा था—इन जातियों के लोग चौकस सेनाओं (Vigilante Armies) में भर्ती हो गए।[261]

1947 में पाकिस्तान दुनिया का पहला इस्लामी गणतंत्र बन गया। छह दशकों से अधिक समय बीत जाने के बाद भी, आतंक के विरुद्ध युद्ध अपने कई अवतारों में जारी है। राजनीतिक इस्लाम अन्तर्मुखी हो रहा है, अपने परिसर को, अन्त:क्षेत्र को संकीर्ण और कड़ा कर रहा है। इसी बीच राजनीतिक हिन्दू धर्म की व्यापकता और विस्तार बढ़ और फैल रहे हैं। आज भक्ति आन्दोलन को लोकप्रिय, लोक हिन्दू धर्म के रूप में 'आत्मसात्' किया जा चुका है।[262] नरम दल ने, 'सेक्युलर राष्ट्रवाद' के रूप में, जोतिबा फुले, पंडिता रमाबाई और यहाँ तक कि आंबेडकर को भी अपने ख़ेमे में भर्ती कर लिया है। इन सभी ने हिन्दू धर्म की घोर निन्दा की थी, लेकिन अब ये सभी 'हिन्दू बाड़े' में हैं, उन हस्तियों के रूप में जिन पर हिन्दुओं को 'नाज़' है।[263] आंबेडकर को भी दूसरे तरीक़ों से आत्मसात् किया जा रहा है—गांधी के जूनियर जोड़ीदार के रूप में—जिन्होंने आपस में मिलकर अस्पृश्यता के ख़िलाफ़ एक साझा लड़ाई लड़ी।

जन-सांख्यिकी के विषय की चिन्ता अभी कम नहीं हुई है। हिन्दू श्रेष्ठतावादी संगठन, जैसे राष्ट्रीय स्वयं सेवक संघ और शिव सेना, कड़ी मेहनत कर रहे हैं (और सफलतापूर्वक भी) दलितों और आदिवासियों को बहला-फुसलाकर 'हिन्दू बाड़े' में लाने के लिए। मध्य भारत के जंगलों में, जहाँ खनिजों के लिए एक कॉर्पोरेट युद्ध भड़क रहा है, विश्व हिन्दू परिषद् और बजरंग दल (दोनों संगठन किसी न किसी रूप में राष्ट्रीय स्वयं सेवक संघ से जुड़े हुए हैं) दोनों ने एक बड़े पैमाने पर धर्मान्तरण कार्यक्रम चला रखा है, जिसे 'घर वापसी' का नाम दिया गया है। इस कार्यक्रम के द्वारा आदिवासी लोगों का हिन्दू धर्म में प्रवेश कराया जाता है। विशेषाधिकारप्राप्त सवर्ण हिन्दू, जो ख़ुद को आर्य-आक्रमणकारियों की सन्तान कहने में गौरवान्वित महसूस करते हैं, उन लोगों को, जो हज़ारों साल से ज़मीन से जुड़ी—मूल निवासी जन—जातियों से हैं, 'घर' वापस आने के लिए मना रहे हैं। अरे भाई, ये स्वदेशी मूल निवासी जनजातियाँ तो हज़ारों वर्षों से अपने ही 'घर', अपनी ही ज़मीन पर हैं। ऐसा लगता है कि दुनिया के इस भू-भाग में विडम्बना, जीवन में ऐसे उतर आई है कि अब वह साहित्यिक विकल्प नहीं रह गई है।

दलित जिनको 'हिन्दू बाड़े' में ले आया गया है, एक और उद्देश्य पूरा करते हैं : यदि वे चौकस सेना (VigilanteArmy) में न हुए होते तो उन्हें विशेषाधिकारप्राप्त जातियों द्वारा किए गए जघन्य अपराधों में बलि का बकरा बना दिया जाता।

2002 में गुजरात के गोधरा रेलवे स्टेशन पर एक रेलगाड़ी के डिब्बे में रहस्यमय ढंग से आग लग गई और अट्ठावन हिन्दू तीर्थयात्री जलकर मर गए। सबूत न होने के बावजूद कुछ मुसलमानों को अपराधी के रूप में गिरफ़्तार कर लिया गया। मुस्लिम समुदाय को सामूहिक रूप से अपराध का दोषी क़रार दे दिया गया। अगले कुछ दिनों तक, विश्व हिन्दू परिषद् और बजरंग दल के नेतृत्व में सामूहिक हत्या और लूटमार का एक सिलसिला चला जिसमें दो हज़ार से ज़्यादा लोगों की हत्या की गई जो अधिकतर मुसलमान थे। हज़ारों महिलाएँ भीड़ द्वारा सामूहिक बलात्कार का शिकार हुईं और उन्हें दिन के उजाले में ज़िन्दा जला दिया गया। लगभग डेढ़ लाख लोगों को उनके घर से खदेड़ दिया गया।[264] सामूहिक हत्या और लूटपाट के उस दौर के बाद, 287 लोग पोटा, आतंकवाद निरोधक अधिनियम के तहत गिरफ़्तार हुए। इनमें से 286 मुसलमान थे और एक सिख था।[265] इनमें से ज़्यादातर अभी भी जेलों में सड़ रहे हैं।

अगर मुसलमान 'आतंकवादी' थे, तो 'दंगाई' कौन थे? राजू सोलंकी, एक गुजराती दलित लेखक, जिसने गिरफ़्तारियों के पैटर्न अर्थात अभिरचना का अध्ययन किया है। अपने निबन्ध *'Blood Under Saffron : The Myth of Dalit-Muslim Confrontation'* अर्थात *'केसरिया तले खून : दलित–मुस्लिम टकराव का मिथक'* में लिखते हैं कि 1577 'हिन्दू' जो गिरफ़्तार किए गए (ज़ाहिर है, पोटा के तहत नहीं), उनमें से 747 दलित थे और 797 'अन्य पिछड़ा वर्ग' से सम्बन्धित थे। उन्नीस पटेल थे, दो बनिया थे और दो ही ब्राह्मण थे। मुसलमानों का नरसंहार गुजरात के कई गाँवों और शहरों में हुआ। सोलंकी बताते हैं कि एक भी नरसंहार उन *बस्तियों* में नहीं हुआ, जहाँ दलित और मुसलमान एक साथ रहते थे।[266]

नरेन्द्र मोदी, गुजरात के मुख्यमंत्री जिनके राज में नरसंहार हुआ, उसके बाद लगातार तीन बार चुनाव जीत चुके हैं। एक शूद्र* होने के बावजूद उन्होंने दक्षिणपंथी हिन्दुओं को ख़ुद का प्रिय बना लिया है, क्योंकि वे अन्य भारतीय राजनेताओं के मुक़ाबले में अधिक बेरहम और खुले तौर पर मुस्लिमविरोधी हैं।

---

* मोदी स्वयं को ओ.बी.सी. कहते हैं लेकिन उनकी जाति को सामान्यत: बनिया कहा जाता है।

जब एक साक्षात्कार में उनसे पूछा गया कि जो कुछ भी सन् 2002 में हुआ, क्या उस पर उन्हें खेद है? उनका जवाब था "हम एक कार चला रहे हैं, तो हम एक चालक हैं, और कोई अन्य कार चला रहा है और हम पीछे बैठे हैं, तो भी यदि एक कुत्ते का पिल्ला पहिये के नीचे आ जाए, तो यह दर्दनाक होगा कि नहीं होगा? अगर मैं मुख्यमंत्री हूँ या नहीं हूँ, तो भी मैं एक इनसान हूँ। अगर कहीं कुछ बुरा होता है, तो दुख होना स्वाभाविक है।"[267]

कट्टरपंथी दलित भी, मुख्यधारा की राजनीति में पैर जमाने के लिए, उन दक्षिणपंथी हिन्दुओं के साथ जुड़ते हैं जो खुले तौर पर साम्प्रदायिक और घोर जातिवादी हैं। 1990 के दशक के मध्य में, उल्लेखनीय दलित कवि, नामदेव ढसाल, जो दलित पैंथर के संस्थापकों में से थे, शिवसेना में शामिल हो गए। 2006 में ढसाल ने एक पुस्तक विमोचन के अवसर पर, राष्ट्रीय स्वयंसेवक संघ प्रमुख, के. एस. सुदर्शन के साथ मंच साझा किया और समानता लाने के लिए संघ द्वारा किए जा रहे गम्भीर प्रयासों की जमकर तारीफ़ की।[268]

बहुत आसान है ढसाल के कारनामों को, 'फासीवादियों के साथ अक्षम्य समझौता' कहकर ख़ारिज कर देना। लेकिन, संसदीय राजनीति में, पूना पैक्ट के बाद—बल्कि पूना पैक्ट के कारण—दलितों को एक राजनीतिक निर्वाचन क्षेत्र के रूप में, उन लोगों के साथ गठजोड़ करना पड़ता है, जिनके हितों के साथ उनके अपने हितों की प्रतिकूलता और शत्रुता है। दलितों के नज़रिये से, जैसा कि हम पहले भी अवलोकन कर चुके हैं, हिन्दू—'वाम' और हिन्दू-'दक्षिण' के बीच ज़्यादा दूरी नहीं है, जैसे कि दूसरों को नज़र आ सकती है।

पूना पैक्ट की असफलता के बावजूद, आंबेडकर ने पृथक् निर्वाचिका का विचार पूरी तरह से नहीं त्यागा। दुर्भाग्य से उनकी दूसरी पार्टी शैड्यूल्ड कास्ट फ़ेडरेशन, 1946 के प्रान्तीय विधायिकाओं के चुनावों में पराजित हो गई। पराजय के नतीजे में आंबेडकर ने अन्तरिम मंत्रालय की कार्यकारी परिषद् में, जो अगस्त 1946 में गठित हुई थी, अपना स्थान खो दिया। यह एक गम्भीर झटका था क्योंकि आंबेडकर पूरी शिद्दत से चाहते थे कि अपने उस पद का इस्तेमाल करके वे कार्यकारी परिषद् की उस समिति का हिस्सा बन जाएँ, जो भारतीय संविधान का मसौदा तैयार करेगी। चिन्तित होकर कि अब ऐसा होना सम्भव नहीं रहा और मसौदा समिति पर बाहरी दबाव डालने के लिए, आंबेडकर ने मार्च, 1947 में एक दस्तावेज प्रकाशित किया—जिसका शीर्षक था—*States and Minorities—प्रान्त और अल्पसंख्यक*—यह उनका 'संयुक्त राज्य भारत' का एक प्रस्तावित संविधान था (एक विचार जिसका शायद समय आ चुका

है)। यह उनके लिए सौभाग्य की बात थी कि मुस्लिम लीग ने कार्यकारी परिषद् के उम्मीदवार के तौर पर जोगेन्द्र नाथ मंडल को चुन लिया, जो आंबेडकर के ही साथी थे और शैड्यूल्ड कास्ट फ़ेडरेशन के बंगाल के नेता थे। मंडल ने सुनिश्चित किया कि आंबेडकर को बंगाल प्रान्त से संविधान सभा के लिए चुना जाए। लेकिन एक बार फिर से बिजली गिरी। विभाजन पश्चात पूर्वी बंगाल पाकिस्तान में चला गया और आंबेडकर ने अपना पद फिर से गँवा दिया। सद्भावना प्रदर्शन के प्रतीक के रूप में, और शायद इसलिए भी कि अन्य कोई व्यक्ति था ही नहीं जो इस कार्य को करने की क़ूवत रखता हो, कांग्रेस ने आंबेडकर को संविधान सभा में नियुक्त कर दिया। अगस्त 1947 में आंबेडकर को भारत का पहला क़ानून मंत्री और संविधान के लिए मसौदा समिति का अध्यक्ष नियुक्त किया गया। नई सरहद पार, जोगेन्द्र नाथ मंडल पाकिस्तान के पहले क़ानून मंत्री बने।[269] यह असाधारण था कि सभी अराजकता और पूर्वग्रहों के बावजूद, भारत और पाकिस्तान दोनों के पहले क़ानून मंत्री दलित थे। मंडल का अन्तत: पाकिस्तान से मोहभंग हो गया और वे भारत लौट आए। मोहभंग तो आंबेडकर का भी हुआ था, लेकिन उनके पास जाने को कोई जगह ही नहीं थी।

भारतीय संविधान का मसौदा एक समिति द्वारा तैयार किया गया था, और उसमें विशेषाधिकारप्राप्त सवर्ण सदस्यों के विचार आंबेडकर के विचारों की तुलना में अधिक प्रतिबिंबित होते हैं। फिर भी, अछूतों के लिए कई सुरक्षा-साधन जो उन्होंने *प्रान्त और अल्पसंख्यक* में रेखांकित किए थे, अपनी जगह पाने में कामयाब हो गए। आंबेडकर के कुछ आमूल-चूल परिवर्तन वाले सुझाव, जैसे कृषि और प्रमुख उद्योगों का राष्ट्रीयकरण, एकदम ख़ारिज कर दिए गए। मसौदा तैयार करने की प्रक्रिया से भी आंबेडकर ख़ुश नहीं थे। मार्च 1955 में उन्होंने राज्यसभा में बोलते हुए कहा, ''संविधान एक अद्भुत मन्दिर था, जिसका निर्माण हमने देवताओं के लिए किया था, लेकिन इससे पहले कि देवता स्थापित हो पाते, शैतानों ने इसे अपने कब्जे में ले लिया।''[270] 1954 में आंबेडकर ने अपना आख़िरी चुनाव लड़ा, शैड्यूल्ड कास्ट फ़ेडरेशन के उम्मीदवार के रूप में—और हार गए।

***

आंबेडकर का हिन्दू धर्म से मोहभंग हो चुका था, उसके ऊँचे पुरोहितों, उसके संतों और राजनेताओं से भी। फिर भी मन्दिर-प्रवेश पर जो अछूतों की प्रतिक्रिया थी, शायद उसने आंबेडकर को सिखाया कि किसी आध्यात्मिक समुदाय से

जुड़ने की लोग कितनी ज़्यादा चाहत रखते हैं, और उसकी तुलना में संविधान या नागरिक अधिकारों का शासन-पत्र (Charter of Civil Rights)कितना अपर्याप्त है इन ज़रूरतों को पूरा करने के लिए।

बीस साल के चिन्तन के बाद, जिस दौरान उन्होंने इस्लाम के साथ-साथ ईसाई धर्म का भी अध्ययन किया, आंबेडकर बौद्ध धर्म की ओर उन्मुख हुए। इसमें भी उन्होंने, अपने अलग ही तरीक़े से प्रवेश किया। वह शास्त्रीय बौद्ध धर्म के प्रति चौकन्ने और सावधान थे, जिसमें बौद्ध धर्म के दर्शन को, युद्ध और अकल्पनीय क्रूरता के औचित्य को साबित करने के लिए इस्तेमाल किया जाता है। सबसे ताज़ा उदाहरण, श्रीलंकाई सरकार का राज्य बौद्ध धर्म संस्करण है, जिसका चरम सन् 2009 में पहुँचा, जब चालीस हज़ार तमिलों का नरसंहार किया गया और तीन लाख लोगों का आन्तरिक विस्थापन हुआ।[271] आंबेडकर के बौद्ध धर्म को 'नवयान बौद्ध धर्म'[272] या चौथा मार्ग के नाम से जाना जाता है, जो धर्म और धम्म के बीच फ़र्क करता है (कुछ लोग इसे भीमयान भी पुकारते हैं)। आंबेडकर ने कहा, "धर्म का उद्देश्य दुनिया की उत्पत्ति को समझाना है।" बहुत कुछ कार्ल मार्क्स के अन्दाज में बोलते हुए उन्होंने कहा, "धम्म का उद्देश्य दुनिया का फिर से निर्माण करना है।"[273] 14 अक्टूबर 1956 को नागपुर में, अपनी मृत्यु से चन्द माह पहले, आंबेडकर ने, शारदा कबीर, उनकी दूसरी पत्नी(जो ब्राह्मण थीं), और उनके पाँच लाख समर्थकों ने त्रिरत्न और पंचशील का व्रत लिया, और बौद्ध धर्म में दाख़िल हो गए। यह उनका सबसे इन्क़लाबी क़दम था। इसने, पश्चिमी उदारवाद और उसकी विशुद्ध भौतिकवादी दृष्टि से, उनके प्रस्थान को चिह्नित किया। एक ऐसी दृष्टि जिसमें समाज 'अधिकारों' पर आधारित होता है—जिसका उद्गम, आधुनिक पूँजीवाद के उदय के साथ-साथ ही हुआ था।

आंबेडकर के पास पर्याप्त धन नहीं था कि बौद्ध धर्म पर अपना प्रमुख लेखन—बुद्ध और उनका धम्म—को मृत्यु से पहले प्रकाशित करा सकें।[274]

हाँ, वे सूट ज़रूर पहनते थे लेकिन जब उनकी मृत्यु हुई तो वे अप्रायोजित क़र्ज़दार थे।

***

तो इस सबके बाद, आज हम कहाँ जा पहुँचे हैं?

हालाँकि कहा जाता है कि जिस दौर से हम गुज़र रहे हैं, वह कलियुग है,[275] हो सकता है अगले मोड़ पर रामराज्य ही आ जाए। चौदहवीं सदी की

बाबरी मस्जिद को, जिसके बारे में कहा जाता है कि वह अयोध्या में श्री राम के जन्म स्थान पर बनी है, हिन्दू आक्रामक 'कारसेवकों' ने 6 दिसम्बर, 1992 को, आंबेडकर के निर्वाण-दिवस पर ध्वस्त कर दिया। आशंकाओं के साथ हमें प्रतीक्षा है इसकी जगह पर एक भव्य मन्दिर के निर्माण की। जैसा कि महात्मा गांधी चाहते थे, अमीर के पास उसकी अपनी (साथ में औरों की भी) दौलत छोड़ दी गई है। चतुर्वर्ण व्यवस्था बिना किसी चुनौती के, बेरोकटोक चली जा रही है : ब्राह्मण के पास मोटे तौर पर ज्ञान का नियंत्रण है, वैश्य व्यापार पर हावी है। क्षत्रियों की हालत पहले जैसी अच्छी तो नहीं है, लेकिन फिर भी वे अधिकतर ग्रामीण ज़मींदार हैं। शूद्र, इस बड़े घर (हिन्दू धर्म) के तहख़ानों में रह रहे हैं और घुसपैठियों से इसकी रक्षा का काम कर रहे हैं। आदिवासी अपना अस्तित्व बचाने की लड़ाई लड़ रहे हैं। और दलित, इस विषय की तो विस्तार से चर्चा हो ही चुकी है।

क्या जाति का विनाश सम्भव है?

तब तक नहीं, जब तक हम अपने आसमान के सितारों को पुनर्व्यवस्थित नहीं कर लेते। तब तक नहीं, जब तक वे, जो ख़ुद को क्रान्तिकारी कहते हैं, ब्राह्मणवाद का इन्क़लाबी आलोचनात्मक विश्लेषण विकसित नहीं कर लेते। तब तक भी नहीं, जब तक वे जो ब्राह्मणवाद को समझते हैं, पूँजीवाद का आलोचनात्मक विश्लेषण और अधिक पैना नहीं कर लेते।

और तब तक नहीं, जब तक हम बाबा साहिब आंबेडकर को पढ़ नहीं लेते। विद्यालयों की कक्षाओं में नहीं, तो कक्षाओं के बाहर ही सही, लेकिन पढ़ें ज़रूर। वरना तब तक हम वही रहेंगे, जिन्हें बाबा साहिब ने हिन्दोस्तान के 'रोगग्रस्त पुरुष और महिलाएँ' कहा था, और जिन्हें भला-चंगा और स्वस्थ होने की कोई चाहत नहीं है।

सन्दर्भ और टिप्पणियाँ

1. खैरलांजी की इस घटना की जानकारी मैंने तेलतुम्बडे (2010a)से प्राप्त की है। घटना पर शुरुआती व्यापक रिपोर्टों में से एक के लिए, सबरीना बकवाल्टर (2006) देखें।
2. निचली अदालत के फ़ैसले के एक विश्लेषण के लिए, एस. आनन्द (2008) देखें।
3. 11 जुलाई 1996 को, विशेषाधिकारप्राप्त सामन्ती जाति की निजी सेना, रणवीर सेना ने, बिहार राज्य के बथानी टोला गाँव में, इक्कीस भूमिहीन मज़दूरों की निर्मम हत्या कर दी। 2012 में पटना उच्च न्यायालय ने सभी अभियुक्तों को बरी कर दिया। 1 दिसम्बर, 1997 को बिहार के ही लक्ष्मणपुर बाथे गाँव में रणवीर सेना ने एक नरसंहार में 58 दलितों की हत्या कर दी। अप्रैल 2010 को ट्रायल कोर्ट ने सभी छब्बीस अभियुक्तों को दोषी करार दिया। इनमें से दस को आजीवन कारावास और सोलह को मृत्युदंड की सज़ा सुनाई गई। अक्टूबर 2013 में पटना उच्च न्यायालय ने इन सभी छब्बीस की सज़ा को निलम्बित कर दिया और अपने निर्णय में कहा कि अभियोजन पक्ष ऐसा कोई भी साक्ष्य प्रस्तुत नहीं कर पाया है जिसके दम पर इनको सज़ा दी जाए।
4. ये हैं दलितों और अधीनस्थ जातियों के ख़िलाफ़ कुछ बड़े अपराध, जो हाल ही के वर्षों में हुए हैं : 1968 में तमिलनाडु राज्य के कीझवेनमनी में चवालीस दलितों को ज़िन्दा ज़ला दिया गया; 1977 में बिहार के बेल्छी में चौदह दलितों को ज़िन्दा ज़ला दिया गया; 1978 में पश्चिम बंगाल के सुंदरवन जंगलों में स्थित एक द्वीप मरीछझपी में वामपंथ नेतृत्व वाली सरकार के एक बेदखली अभियान के दौरान, बांग्लादेश के सैकड़ों दलित शरणार्थियों का नरसंहार कर दिया; 1984 में आन्ध्र प्रदेश के करमचेडू में छह दलितों की हत्या कर दी गई, तीन दलित महिलाओं का बलात्कार हुआ और अनेकों जख्मी हुए; 1991 में चुन्दुरु, आन्ध्र प्रदेश में भी, नौ दलितों की निर्मम हत्या की गई और उनका शव एक नहर में फेंक दिया गया; 1997 में तमिलनाडु में मेलावलावु में एक निर्वाचित दलित पंचायत नेता और

पाँच दलितों की हत्या की गई; 2000 में कर्नाटक राज्य के कम्बलापल्ली में छह दलितों को ज़िन्दा जलाया गया; 2002 में हरियाणा राज्य के झज्जर जिले में, एक पुलिस थाने के बाहर पाँच दलितों की हत्या कर दी गई। ह्यूमन राइट्स वाच (1999) और नवसर्जन (2009) की रिपोर्ट भी देखें।

5. BAWS 9, 296. बी. आर. आंबेडकर के लेखन और भाषण के सभी सन्दर्भ (उनको छोड़कर जो *एनिहिलिशन ऑफ़ कास्ट* से लिये हैं) *बाबासाहेब आंबेडकर : राइटिंग्स एंड स्पीचेज़* (BAWS) श्रृंखला से हैं जिसे शिक्षा विभाग महाराष्ट्र द्वारा प्रकाशित किया गया है। *एनिहिलिशन ऑफ़ कास्ट (AoC)* के लिए सभी सन्दर्भ नवयान संस्करण से हैं।
6. रूपा विश्वनाथ (2012) लिखती हैं, ''जहाँ 'दलित' शब्द उन सभी भारतीयों के लिए प्रयोग होता है जिन्हें पारम्परिक रूप से जाति-व्यवस्था से बाहर और अछूत माना जाता है, 'अनुसूचित जाति' एक आधुनिक सरकारी श्रेणी है जिसमें ईसाई और मुस्लिम दलितों को शामिल नहीं किया गया है। राष्ट्रपति के अनुसूचित जाति के संविधान आदेश के वर्तमान संस्करण के अनुसार, जो हमें यह बताता है कि सांविधानिक और क़ानूनी सुरक्षा के प्रयोजनों के लिए अनुसूचित जाति के रूप में किसे माना जाएगा, पूरी तरह से साफ़ और स्पष्ट है : ''कोई भी व्यक्ति जो हिन्दू, सिख और बौद्ध धर्म के अलावा किसी अन्य धर्म को मानता है, अनुसूचित जाति का सदस्य नहीं माना जाएगा।'' रूपा आगे कहती हैं, ''यह कांग्रेस शासन के अधीन ही था, 1950 में, कि राष्ट्रपति के आदेश में अनुसूचित जाति को स्पष्ट रूप से धार्मिक मापदंडों के आधार पर परिभाषित किया गया। ईसाई दलितों को, भारत सरकार अधिनियम 1935 के द्वारा, चुनावों की दृष्टि से, पहले ही अनुसूचित जाति की श्रेणी से बाहर रखा गया था। उसके बाद से, जो दलित हिन्दू धर्म से अन्य धर्म में परिवर्तन कर गए, वे न केवल आरक्षण से वंचित हो गए, बल्कि 1989 के बाद से, अत्याचारों की रोकथाम के अधिनियम के संरक्षण से भी वंचित हो गए। बाद में सिख और बौद्ध दलितों को शामिल कर लिया गया लेकिन मुस्लिम और ईसाई दलितों के ख़िलाफ़ सरकारी भेदभाव अभी भी बरकरार है। यदि ईसाई और मुस्लिम दलित, जो जाति का दंश झेलते हैं, उनकी भी गणना कर ली जाए तो दलित आबादी का हिस्सा, जिसे सरकारी तौर पर 2011 की जनगणना में 17% आँका गया है, इससे कहीं अधिक होगा। AoC (184) के 1937 के संस्करण की प्रस्तावना का नोट 2 भी देखें।
7. 16 दिसम्बर 2012 को नई दिल्ली में एक चलती हुई बस में एक युवती का पाशविक यातनाएँ देते हुए बलात्कार किया गया। 29 दिसम्बर को उसकी मृत्यु हो गई। इस जुल्म के ख़िलाफ़ कई दिनों तक लगातार विरोध-प्रदर्शन हुए। बड़ी संख्या में मध्यमवर्गीय लोग इन विरोध-प्रदर्शनों में शामिल हुए। आमतौर पर मध्यमवर्ग

इतनी बड़ी संख्या में सड़कों पर विरोध नहीं करता। इतने बड़े विरोध के कारण, बलात्कार के विरुद्ध और अधिक कड़ा क़ानून बनाया गया। द *गार्जियन* में जैसन बर्क की रिपोर्ट देखें, विशेषकर 'दिल्ली रेप : हाउ इण्डियाज़ अदर हाफ लिव्स' (10 सितम्बर 2013). http://www.theguardian.com/world/2013/sep/10/delhi-gang-rape-india-women. 12 सितम्बर 2013 को इन्टरनेट पर देखा गया।

8. नेशनल क्राइम रिकॉर्ड ब्यूरो (NCRB) 2012, 423-4
9. विशेषाधिकारप्राप्त जातियों के लोग दलितों को दंडित करने के लिए, उन्हें बलपूर्वक मानव मल-मूत्र खाने को मजबूर करते हैं, हालाँकि अक्सर इन अपराधों की रिपोर्ट दर्ज़ नहीं होती। तमिलनाडु के तिरुचि ज़िले के थिन्नियम गाँव में, दो दलितों -मुरुगेसन और रामासामी ने सार्वजनिक रूप में कह दिया कि ग्राम प्रधान ने उनके साथ धोखा किया है। 22 मई, 2002 को उन्हें ऐसी धृष्टता के लिए, ज़ोर-ज़बरदस्ती से एक-दूसरे का मल-मूत्र खिला कर दंडित किया गया। दोनों को ही लोहे की गर्म लाल सलाखों से भी दागा गया। देखें विश्वनाथन (2005)। अनुसूचित जातियों और अनुसूचित जनजातियों (अत्याचारों की रोकथाम) अधिनियम 1989 के उद्देश्यों और कारणों के बयान में कहा गया कि यह उन अपराधों में से एक है जिन्हें रोकना आवश्यक माना गया : "हाल ही में ख़ास प्रवृत्ति के अत्याचारों में दुखदायी वृद्धि हुई है—अनुसूचित जाति के व्यक्तियों को अखाद्य पदार्थ, जैसे मानव मल-मूत्र खाने को बलपूर्वक मजबूर करना, असहाय अनुसूचित जाति और जनजाति के व्यक्तियों पर हमले, सामूहिक हत्याएँ, और उनकी महिलाओं से बलात्कार।"
10. सिख धर्म के सिद्धान्तों के अनुसार सिखों को जाति-व्यवस्था में विश्वास नहीं करना चाहिए। लेकिन जो अछूत सिख धर्म में चले गए उनके साथ आज भी अछूतों वाला ही व्यवहार होता है। यह जानने के लिए कि जाति कैसे सिख धर्म को प्रभावित करती है, देखें मार्क जुएरजेन्समेयेर (1982/2009).
11. BAWS 1, 222.
12. देखिए, उदाहरण के लिए मधु किश्वर (तहलका, 11 फ़रवरी 2006) ने कहा, "जाति-व्यवस्था, जिसे इतना अधिक बुरा-भला कहा जाता है, ने भारतीय लोकतंत्र को जीवंत बनाए रखने में एक बहुत ही अहम भूमिका निभाई है। केन्द्रीकृत अधिकारवादी सत्ता-संरचनाओं का (जिन्हें औपनिवेशिक शासन में लागू किया गया और स्वतंत्रता पश्चात भी जिन्हें संरक्षित किया गया), लोगों द्वारा प्रभावी प्रतिरोध करने की क्षमता जाति-व्यवस्था ने ही प्रदान की।
13. देखें बेतेइल्ले (2001) और गुप्ता (2001, 2007)। 2007 में, जवाहरलाल नेहरू विश्वविद्यालय में समाजशास्त्र के पूर्व प्रोफेसर दीपंकर गुप्ता, जो कि सरकारी

भारतीय प्रतिनिधिमंडल का हिस्सा थे, ने उस दलित गुट का विरोध किया जिसकी माँग थी कि जातीय भेदभाव को नस्ली भेदभाव के समान ही माना जाए। 2007 के एक निबन्ध में, गुप्ता ने तर्क दिया कि ''यह आरोप कि जाति एक किस्म का नस्ली भेदभाव है, न केवल शैक्षिक तौर पर ग़लत है, बल्कि इसके दूरगामी दुर्भाग्यपूर्ण नीतिगत परिणाम भी हैं।'' नस्ली भेदभाव उन्मूलन के लिए बनी संयुक्त राष्ट्र संघ की समिति में, जाति-नस्ल बहस में पेश किए गए विभिन्न विचारों के लिए देखें थोरट एंड उमाकांत (ed. 2004), इसमें गैल ओम्वेट और कांचा इलैय्या सहित कई विद्वानों के तर्क-वितर्क हैं। नटराजन एंड ग्रीनोह (ed 2009) भी देखें।

14. बेतेइल्ले और गुप्ता को दिए गए जवाब के लिए देखें जेराल्ड डी. बर्रेमन, नटराजन एंड ग्रीनोह (2009) में। बेर्रेमन कहते हैं, ''प्रोफेसर बेतेइल्ले की 'नस्ल' विषय की समझ वैज्ञानिक रूप से बेतुकी है। उनकी यह ज़िद कि सामाजिक असमानता की भारतीय व्यवस्था को संयुक्त राष्ट्र सम्मेलन के प्रावधानों से मुक्त रखा जाए, एक शरारत है। इन प्रावधानों का एकमात्र उद्देश्य मानवाधिकारों का विस्तार करके, उसमें सभी प्रकार के भेदभावों और असहिष्णुताओं को शामिल करना है। इन प्रावधानों के लिए भारत सहित अधिकांश देश पहले से ही प्रतिबद्ध हैं।'' (54-5)
15. देखें www.declarationofempathy.org 16 जनवरी 2014 को इन्टरनेट पर देखा गया।
16. दास 2010, 25.
17. विजातीय और अन्तर्गोत्र विवाहों का विरोध सम्मान-रक्षा हेतु किया जाता है; चरम मामलों में प्रेमी-युगल में से एक या दोनों की ही हत्या की जाती है। तमिलनाडु में इलावरसन और दिव्या के केस को विस्तार से जानने के लिए देखिए मीना कंडासामी (2013)। हरियाणा में 'गोत्र नियमों' के उल्लंघन के परिणामों को विस्तार से जानने के लिए देखें हाल ही की चन्दर सुता डोगरा की *मनोज एंड बबली : अ हेट स्टोरी* (2013) यह भी देखें 'डे आफ्टर देयर किल्लिंग, विलेज गोज़ क्वाइट,' *इंडियन एक्सप्रेस,* 20 सितम्बर 2013, और चौधरी (2007)।
18. 2009 में, अहमदाबाद स्थित नवसर्जन ट्रस्ट और रोबर्ट एफ.कैनेडी सेण्टर फॉर जस्टिस एंड ह्यूमन राइट्स ने एक संयुक्त रिपोर्ट प्रकाशित की, जिसका शीर्षक था, 'अस्पृश्यता को समझना'। इसने गुजरात के 1589 गाँवों में अस्पृश्यता के निन्यानबे रूपों को सूचीबद्ध किया। इसने अस्पृश्यता के चलन को आठ प्रमुख शीर्षकों के अन्तर्गत बाँटा : 1. पेयजल; 2. पेय और खाद्य पदार्थ; 3. धर्म; 4. जाति-आधारित व्यवसाय; 5. स्पर्श; 6. सार्वजनिक सुविधाओं और संस्थानों

तक पहुँच; 7. निषेध और सामाजिक प्रतिबन्ध; 8. निजी क्षेत्र में भेदभाव। शोध के निष्कर्ष चौंकाने वाले थे। सर्वे में 98.4% गाँवों में विजातीय विवाह वर्जित था; 97.6% गाँवों में दलितों को ग़ैर-दलित के पानी के बर्तन या मटकों को छूना मना था; 98.1% गाँवों में एक दलित, किसी ग़ैर-दलित क्षेत्र में घर किराए पर नहीं ले सकता था; 97.2% गाँवों में दलित धार्मिक नेताओं को किसी ग़ैर-दलित क्षेत्र में धार्मिक समारोह मनाने की अनुमति नहीं थी; 67% गाँवों में दलित पंचायत सदस्यों को या तो चाय पेश ही नहीं की जाती थी या फिर 'दलित' प्याले नाम के अलग प्याले में उन्हें चाय परोसी जाती थी।

19. Aoc 17.7.
20. CWMG 15, 160-1. गांधी के कार्यों के सभी सन्दर्भ, जब तक अन्यथा न कहा गया हो, द *कलेक्टेड वर्क्स ऑफ़ महात्मा गांधी* (CWMG) (1999) से हैं। जहाँ कहीं भी सम्भव था, प्रथम प्रकाशन विवरण भी प्रदान किया गया है, क्योंकि विद्वान लोग कभी-कभार CWMG के पूर्व संस्करण का सन्दर्भ देते हैं।
21. BAWS 9, 276 में उद्धृत।
22. CWMG 59, 227 में उद्धृत।
23. देखें 20 नवम्बर 2009 की यू.एन.आई. रिपोर्ट, ''भारत के 100 सबसे अमीर, सकल घरेलू उत्पाद का 25 प्रतिशत हैं। http://ibnlive.in.com/news/indias-100-richest-are-25-pc-of-gdp-forbes/105548-7.html? utm_source =ref_article 8 सितम्बर 2013 को इन्टरनेट पर देखा गया।
24. रायटर की एक 10 अगस्त 2007 की रिपोर्ट, जो कि असंगठित क्षेत्र में उद्यम के लिए राष्ट्रीय आयोग के 'असंगठित क्षेत्र में काम और आजीविकाओं की पदोन्नति की परिस्थितियाँ' पर आधारित है, के अनुसार : ''दुनिया की सबसे तेज़ बढ़ने वाली अर्थव्यवस्थाओं में से एक, भारत में, 77 प्रतिशत भारतीय - लगभग 83.6 करोड़ लोग—एक दिन में, आधे डॉलर से भी कम में गुजर-बसर करते हैं।'' http://in.reuters.com/article/2007/08/10/idIN India-28923020070810. 26 अगस्त 2013 को इन्टरनेट पर देखा।
25. एस. गुरुमूर्ति, हिन्दू दक्षिणपंथी स्वदेशी जागरण मंच के सह-संयोजक की वार्ता, जाति और पूँजीवाद कैसे एक साथ रह सकते हैं : ''जाति एक बहुत ही मज़बूत बन्धन है। जहाँ परिवार व्यक्तियों को एक-दूसरे से जोड़ते हैं, वहीं जाति परिवारों को एक-दूजे से जोड़ती है। इसने उस अशान्ति को रोका है, जो पड़ोस के पश्चिमी समाजों में उद्योगीकरण के कारण उत्पन्न हुई। जाति ने पश्चिमी समाजों में उपजे बेलगाम व्यक्तिवाद और व्यक्तियों के कनीकरण की भी रोकथाम की है।'' अपने तर्क को आगे बढ़ाते हुए गुरुमूर्ति कहते हैं कि ''जाति-व्यवस्था ने, आधुनिक समय में बाज़ार को अर्थशास्त्र में और राजनीति को लोकतंत्र में बाँधकर खुद को

नए सिरे से गढ़ा है। जाति उद्यमशीलता का एक नया स्रोत बनकर उभरी है।'' देखें 'क्या जाति आर्थिक विकास का वाहन है?,' द *हिन्दू* 19 जनवरी 2009 http://www.hindu.com/2009/10/19/stories/2009011955440900.htm. 26 अगस्त 2013 को इन्टरनेट पर देखा।

26. देखें 'फोर्ब्स : भारत के अरबपतियों की धन-सम्पदा देश के राजकोषीय घाटे से अधिक,' द *इंडियन एक्सप्रेस* , 5 मार्च 2013. http://www.indianexpress.com/news/forbes-indias-billionaire-wealth-much-above-countrys-fiscal-deficit/1083500/#sthash.Kabc Y8BJ.dpuf. 26 अगस्त 2013 को इन्टरनेट पर देखा।
27. हट्टन 1935.
28. हार्डीमन 1996, 15.
29. देखें 'भारत में ब्राह्मण,' *आउटलुक* 4 जून 2007. http://www.outlookindia.com/article.aspx?234783. 5 सितम्बर 2013 को देखा गया। पहले से संख्या में गिरावट के बावजूद 2007 में लोकसभा में पचास ब्राह्मण सांसद थे—सदन की कुल ताक़त का 9.17 प्रतिशत। *आउटलुक* द्वारा दिया गया डाटा 2004 और 2007 के बीच सेंटर फॉर द स्टडी डेवलपिंग सोसाइटीज़, दिल्ली द्वारा किए गए चार सर्वों पर आधारित है।
30. BAWS 9, 207.
31. देखें सिंह 1990. सिंह के आँकड़े उनके एक पाठक द्वारा दी गई जानकारी पर आधारित हैं।
32. BAWS 9, 200.
33. आरक्षण की शुरुआत सबसे पहले औपनिवेशिक काल के दौरान हुई। आरक्षण नीति के इतिहास के लिए देखें, भगवान दास (2000)।
34. *सिलेक्टेड एजुकेशनल स्टेटिस्टिक्स* 2004-05, p.xxii, मानव संसाधन विकास मंत्रालय। http://www.educationforallinindia.com/SES2004-05.pdf. 11 नवम्बर 2013 को इन्टरनेट पर उपलब्ध।
35. नए आर्थिक शासन के अन्तर्गत शिक्षा, स्वास्थ्य सेवाएँ, आवश्यक सेवाओं और अन्य सार्वजनिक संस्थाओं का तेज़ी से निजीकरण किया जा रहा है। इसके चलते सरकारी नौकरियों में भारी कमी हुई है। 120 करोड़ लोगों की आबादी में, संगठित क्षेत्र की कुल नौकरियों की संख्या मात्र 2.9 करोड़ है (2011 तक के आँकड़े) इसमें भी निजी क्षेत्र की नौकरियों की संख्या 1.14 करोड़ है। देखें *आर्थिक सर्वेक्षण* 2010-11, p.A52. http://indiabudget.nic.in/budget2011-2012/es2010-11/estat1.pdf. 10 नवम्बर 2013 को इन्टरनेट पर देखा।

36. देखें अजय नावरिया की कहानी 'येस सर,' *अनक्लैमेड टेरेन* (2013)।
37. राष्ट्रीय अनुसूचित जाति और अनुसूचित जनजाति आयोग (NCSCST) 1998, 180–1.
38. प्रभु चावला, 'कोर्टिंग कंट्रोवर्सी' *इंडिया टुडे* 29 जनवरी 1999, उद्धृत वकील अनिल दीवान और फली एस. नरीमन हैं। बाद में के. जी. बालाकृष्णन (2007–10) के रूप में भारत को सर्वोच्च न्यायलय का पहला मुख्य न्यायाधीश मिला।
39. संतोष एवं अब्राहम 2010, 28.
40. पूर्वोक्त 27.
41. जवाहरलाल नेहरू के उपकुलपति को जो नोट सौंपा गया, उस पर अन्य के अलावा योगीन्द्र के. अलघ, टी. के. उम्मन और बिपिन चन्द्र ने हस्ताक्षर किए थे। अलघ एक अर्थशास्त्री और राज्यसभा के पूर्व सांसद, पूर्व केन्द्रीय मंत्री और समाचार–पत्र के नियमित स्तंभकार हैं। उम्मन समाजशास्त्रीय अन्तर्राष्ट्रीय एसोसिएशन के अध्यक्ष रहे हैं (1990–4) और उन्होंने एक सम्पादित ग्रन्थ प्रकाशित किया है जिसका शीर्षक है *क्लासेज़, सिटिज़नशिप एंड इनइक्वलिटी : एमेर्ज़िंग पर्सपेक्टिव्स*। चन्द्र एक मार्क्सवादी इतिहासकार, भारतीय इतिहास कांग्रेस के पूर्व अध्यक्ष हैं और जवाहरलाल नेहरू विश्वविद्यालय के ऐतिहासिक अध्ययन केन्द्र के अध्यक्ष थे।
42. रमन 2010.
43. 9 मार्च 2005 को तत्कालीन प्रधानमंत्री मनमोहन सिंह ने भारत के मुस्लिम समुदाय की सामाजिक, आर्थिक और शैक्षिक स्थिति का आकलन करने के लिए न्यायमूर्ति राजेन्द्र सच्चर समिति नियुक्त की थी; इसकी 403 पेज की रिपोर्ट 30 नवम्बर 2006 को संसद में पेश की गई। रिपोर्ट ने स्थापित कर दिया कि जाति उत्पीड़न से भारत के मुसलमान भी प्रभावित हैं। तेलतुम्बडे (2010a,16) के अनुसार ''सच्चर समिति के आँकड़ों का उपयोग करते हुए, भारत की जनसंख्या के अनुसूचित जाति और जनजाति का घटक भारत की कुल जनसंख्या का क्रमश: 19.7 और 8.5 प्रतिशत है।''
44. अर्थशास्त्री सुखदेव थोराट (2009, 56) के अनुसार ''लगभग 70 प्रतिशत अनुसूचित जाति के परिवारों के पास या तो भूमि ही नहीं है या फिर 0.4 हेक्टेयर या उससे कम का बहुत ही छोटा भूमि का टुकड़ा है। दलित आबादी की बहुत कम संख्या (6 प्रतिशत से भी कम) मध्यम या बड़े किसान होते हैं। अनुसूचित जातियों की स्थिति बिहार, हरियाणा, केरल तथा पंज़ाब में और भी गम्भीर है, जहाँ 90 प्रतिशत से अधिक अनुसूचित परिवारों के पास या तो नगण्य या फिर कोई भूमि ही नहीं है।'' योजना आयोग के आँकड़ों का हवाला देते हुए, एक अन्य शोधपत्र में कहा गया है कि अनुसूचित जातियों का बहुमत (77 प्रतिशत) भूमिहीन है, उनके पास न तो

उत्पादक सम्पत्ति है और न ही टिकाऊ रोज़गार के अवसर। 1990-1 की कृषि जनगणना के अनुसार, निबन्ध कहता है, ''लगभग 87 प्रतिशत अनुसूचित जातियों के और देश के 65 प्रतिशत अनुसूचित जनजाति के भूमिधर, छोटे और सीमान्त कृषकों की श्रेणी में आते हैं।'' (मोहंती 2001, 3857)।

45. NCSCST 1998, 176.
46. '13 लाख दलित अभी भी मैनुअल सफाई में लगे हुए हैं : थोराट,' *द न्यू इंडियन एक्सप्रेस*, 8 अक्टूबर 2013. देखें http://www.newindianexpress. com/cities/hyderabad/13-lakh-Dalits-still-engaged-in-manual-scavenging-Thorat/2013/10/08/article1824760.ece. 10 अक्टूबर 2013 को इन्टरनेट पर देखा। इंटरनेशनल दलित सॉलिडेरिटी नेटवर्क की वेबसाइट पर भी स्टेटस पेपर देखें, http://idsn.org/caste-discrimination/key-issues/manual-scavenging/. 10 अक्टूबर 2013 को इन्टरनेट पर देखा।
47. http://www.indianrailways.gov.in/railwayboard/uploads/directorate/stat_econ/pdf/Summarypercent20Sheet_Eng.pdf 26 अगस्त 2013 को इन्टरनेट पर देखा, और भसीन (2013).
48. देखें *इंडियन एक्सप्रेस* के 11 जून 2013 के अंक में DICCI के अध्यक्ष मिलिन्द काम्बले और चन्द्रभान प्रसाद DICCI के मार्गदर्शक का साक्षात्कार : ''पूँजीवाद किसी भी इनसान के मुक़ाबले जाति को बहुत तेज़ी से बदल रहा है। दलितों को पूँजीवाद को, जाति के विरुद्ध एक धर्मयुद्ध की तरह देखना चाहिए।'' http://m.indianexpress.com/news/capitalism-is-changing-caste-much-faster-than-any-human-being.-dalits-should-look-at-capitalism-as-a-crusader-against-caste/1127570/. 20 अगस्त 2013 को इन्टरनेट पर देखा। भारत की और वैश्वीकरण की नीतियों ने 1990 के बाद उत्तर प्रदेश के आजमगढ़ और बुलन्दशहर ज़िलों के ग्रामीण दलितों को वास्तव में कैसे लाभान्वित किया है, यह जानने के लिए देखें कपूर और अन्य (2010) मिलिन्द खांडेकर की दलित मिलियनेयर्स : 15 इंस्पायरिंग स्टोरीज़ (2013) भी देखें। ''दलित करोड़पतियों के कम तीव्रता वाले तमाशे'' के लिए देखें गोपाल गुरु (2012)।
49. ''जातिवादी भेदभावों के सुधारों को अवरुद्ध किया गया, आलोचकों ने कहा।'' *द गार्जियन*, 29 जुलाई 2013. देखें http://www.theguardian.com/uk-news/2013/jul/29/anticaste-discrimination-reforms. 5 अगस्त 2013 को इन्टरनेट पर देखा।
50. वनीता 2002.
51. सृष्टि कैसे उत्पन्न हुई? इसकी मिथकीय कहानी ऋग्वेद के 10वें अध्याय के 90वें सूत्र में लिखी है। इसमें एक 'पुरुष' (मिथकीय मानव) के बलिदान का

वर्णन है, जिसके शरीर से चार वर्ण और पूरा ब्रह्माण्ड उत्पन्न हुआ है। जब देवताओं ने 'पुरुष' को विभाजित किया, तो उसके मुख से ब्राह्मण बन गया, उसकी भुजाओं से क्षत्रिय, उसकी जाँघों से वैश्य और उसके पैरों से शूद्र उत्पन्न हुआ। देखें डोनिजर (अनुवाद, 2005)। कुछ विद्वानों का मानना है कि सूक्त को बाद में *ऋग्वेद* में प्रक्षेपित किया गया है।

52. सुज़न बेली (1998) बताती हैं कि कैसे गांधी की जातिगत राजनीति आधुनिक, विशेषाधिकारप्राप्त उच्च वर्ण हिन्दू 'सुधारवादियों' के विचारों के अनुरूप है।
53. 2012 में समाचार पत्रिका *आउटलुक* ने स्वतंत्रता दिवस की पूर्व संध्या पर किए गए सर्वेक्षण का परिणाम प्रकाशित किया। प्रश्न यह था कि, "कौन, महात्मा के बाद, सबसे महान भारतीय हुआ है?" आंबेडकर इस सर्वेक्षण की सूची में सबसे ऊपर आए। *आउटलुक* ने पत्रिका का एक पूरा अंक आंबेडकर को समर्पित किया। (20 अगस्त 2012)। देखें http://www.outlookindia.com/content 10894.asp. 10 अगस्त 2013 को इन्टरनेट पर देखा।
54. देखें आंबेडकर की पुस्तक *पाकिस्तान ओर द पार्टीशन ऑफ़ इंडिया* (1945), पहले यह *थॉट्स ऑन पाकिस्तान* के नाम से प्रकाशित हुई थी। (1940)। अब यह BAWS 8 में एक प्रमुख लेख है।
55. परेल 1997, 188-9.
56. बी.बी.सी. रेडियो को दिए एक साक्षात्कार में आंबेडकर कहते हैं : "गांधी के गुजराती और अंग्रेज़ी लेखों के तुलनात्मक अध्ययन से पता चलता है कि गांधी लोगों को धोखा दे रहे थे। देखें http://www.youtube.com/watch?v=ZJs-BjoSzbo. 12 अगस्त 2013 को इन्टरनेट पर देखा गया।
57. BAWS 9, 276 में उद्धृत।
58. AoC 16.2.
59. देखें टिडरिक 2006, 281,283-4. 2 मई 1938 को जब गांधी का वीर्यपतन चौंसठ वर्ष की आयु में हुआ, तब अमृतलाल नानावटी को लिखे पत्र में उन्होंने कहा : "मेरा स्थान कहाँ है? कामवासना के अधीन कोई व्यक्ति क्या अहिंसा और सत्य का प्रतिनिधित्व कर सकता है?" (CWMG 73, 139).
60. BAWS 9, 202.
61. कीर 1954/1990, 167.
62. उत्तर प्रदेश के सन्दर्भ में, आंबेडकर प्रतिमा में निहित आमूल-परिवर्तनवाद के एक विश्लेषण के लिए निकोलस जाऊल (2006) देखें।" दलित ग्रामीणों को, जिनके अधिकारों और मान-मर्यादा का नियमित रूप से उल्लंघन किया गया है, लाल टाई पहने हुए, हाथ में संविधान की पुस्तक लिए हुए, एक दलित राजनीतिज्ञ की प्रतिमा की स्थापना करना—बन्धनमुक्त उद्धरित नागरिकता का गरिमा और

गर्व के साथ सार्वजनिक ऐलान है। क़ानून लागू होने से उनके जीवन में कैसे सकारात्मक बदलाव आया है, यह उसका अहसास भी है।'' (204).

63. ''राज्य एक केन्द्रित और संगठित हिंसा का प्रतिनिधित्व करता है। व्यक्ति में आत्मा का निवास होता है, लेकिन राज्य एक आत्माविहीन मशीन है, जिसे हिंसा से जुदा नहीं किया जा सकता। राज्य का अस्तित्व ही हिंसा पर आधारित है। इसीलिए मैं ट्रस्टीशिप के सिद्धान्त को तरज़ीह देता हूँ।'' *हिन्दुस्तान टाइम्स* 17 अक्टूबर 1935; CWMG 65, 318.
64. *यंग इंडिया,* 16 अप्रैल 1931; CWMG 51,354.
65. दास 2010, 175.
66. जैफेरसन ने जेम्स मेडिसन को दिनांक 6 सितम्बर 1789 को लिखे एक पत्र में कही। http://press-pubs.uchicago.edu/founders/documents/v1ch2s23.html. पर उपलब्ध। 21 नवम्बर 2013 को इन्टरनेट पर देखा।
67. आंबेडकर अपने 1916 के निबन्ध ''भारत में जातियाँ'' में तर्क देते हैं कि महिलाएँ जाति-व्यवस्था का द्वार हैं, और बाल-विवाह, विधवा का पुनर्विवाह न होने देना और सती-प्रथा (मृत पति की चिता पर ज़िन्दा जला देना) वो तरीके हैं जिनसे उनकी कामुकता को नियंत्रित किया जाता है। इस मुद्दे पर आंबेडकर के लेखन के विश्लेषण के लिए, देखिए शर्मीला रेगे (2013)।
68. हिन्दू कोड बिल पर चर्चा के लिए, इसके निकट और दूरगामी परिणामों और कैसे इसे षड्यंत्र करके ध्वस्त किया गया, देखें शर्मीला रेगे (2013, 191-244)। रेगे बताती हैं कि किस प्रकार 11 अप्रैल 1947 से लेकर, जब इसे संविधान सभा में पेश किया गया था, सितम्बर 1951 तक, बिल को कभी गम्भीरता से नहीं लिया गया। आंबेडकर ने आखिरकार 10 अक्टूबर 1951 को त्यागपत्र दे दिया। हिन्दू विवाह अधिनियम अन्ततः 1955 में अधिनियमित किया गया, जिसके द्वारा हिन्दू महिलाओं को तलाक़ का अधिकार प्राप्त हुआ। 1954 में पारित विशेष विवाह अधिनियम, विजातीय और अन्तरधार्मिक विवाह की अनुमति देता है।
69. रेगे 2013, 200.
70. रेगे, 2013, 241. आंबेडकर का भारत में नए क़ानूनी शासन से मोहभंग और अधिक हो गया। 2 सितम्बर 1953 को आंबेडकर ने राज्यसभा में कहा, ''सर, मेरे मित्र मुझे बताते हैं कि मैंने संविधान बनाया। लेकिन मैं यह कहने के लिए पूरी तरह से तैयार हूँ कि मैं इसे जलाने वाला पहला व्यक्ति रहूँगा। मैं इसे नहीं चाहता। यह किसी के लिए उपयुक्त नहीं है। लेकिन हमारे लोग इसे ज़ारी रखना चाहते हैं तो उन्हें याद रखना चाहिए कि यहाँ बहुसंख्यक भी हैं और यहाँ अल्पसंख्यक भी हैं; और वो यह कहकर अल्पसंख्यकों को अनदेखा नहीं कर सकते कि, ''ओह,

नहीं; तुम्हें मानने से लोकतंत्र को नुकसान होगा।'' (कीर 1990, 499)।

71. AoC 20.12
72. ओमवेट 2008, 19.
73. www.thefifthfloor.in 16 सितम्बर 2018 को इंटरनेट पर देखा।
74. यंग इंडिया, 17 मार्च 1927; CWMG 38, 210.
75. आंबेडकर ने यह सब अपने भाषण में कहा जो उन्होंने संविधान सभा में संवैधानिक मसौदा समिति के अध्यक्ष के रूप में 4 नवम्बर 1948 को दिया। देखें दास 2010, 76.
76. भारतीय पूँजीपतियों के साथ गांधी के रिश्तों के विश्लेषण के लिए देखें लिह रेनोल्ड (1994)। गांधी के बड़े बाँधों के प्रति दृष्टिकोण का खुलासा उनके द्वारा 5 अप्रैल 1924 को लिखे एक पत्र से होता है। इस पत्र में उन्होंने मुल्शी द्वारा विस्थापन का सामना करने वाले ग्रामीणों को सलाह दी कि टाटा द्वारा उनकी बॉम्बे मिल्स के लिए बिजली पैदा करने की इस परियोजना का विरोध न करें। (CWMG 27, 168) :
    1. मैं समझता हूँ कि प्रभावित लोगों में से बहुसंख्यक ने मुआवज़ा स्वीकार कर लिया है और चन्द लोग जिन्होंने अभी मुआवज़ा नहीं स्वीकारा है उनका कहीं अता-पता भी नहीं है।
    2. बाँध लगभग आधा निर्मित हो चुका है और प्रगति को स्थायी रूप से रोका नहीं जा सकता। इस आन्दोलन के पीछे कोई आदर्श भी नहीं लगता है।
    3. आन्दोलन का नेता अहिंसा में पूर्ण और दृढ़ विश्वास भी नहीं रखता। यह दोष आन्दोलन की सफलता के लिए घातक है।

    75 वर्ष बाद, 2000 में, भारत के सर्वोच्च न्यायालय ने नर्मदा नदी पर विश्व बैंक पोषित सरदार सरोवर बाँध पर अपने कुख्यात फैसले में एकदम इसी प्रकार के तर्क का इस्तेमाल किया, जब उसने लाखों स्थानीय लोग, जो विस्थापन का विरोध कर रहे थे, के ख़िलाफ़ बाँध निर्माण ज़ारी रखने का आदेश दिया।
77. *यंग इंडिया,* 20 दिसम्बर 1928, CWMG 43, 412. यह भी देखें : गांधी का *हिन्द स्वराज* (1909) अन्थोनी परेल (1997).
78. रेगे 2013, 100.
79. BAWS 5, 102.
80. दास 2010, 51 में।
81. AoC 1937 संस्करण की प्रस्तावना।
82. ज़ल्लियोट 2013, 147 में उद्धृत।
83. यहाँ, उदाहरण के लिए इस्मत चुग़ताई—एक मुस्लिम लेखिका; जो अपने प्रगतिशील, नारीवादी विचारों के लिए जानी जाती हैं; अपनी एक लघुकथा में एक अछूत सफाईकर्मी महिला का वर्णन कर रही हैं; कहानी का शीर्षक है 'एक हाथों का

जोड़ा' : ''उसका नाम गौरी था, एक बेपरवाह। और वह काली थी, ऐसी काली जैसे एक चमकता तवा जिस पर रोटी तली गई हो, लेकिन जिसे कोई लापरवाह बावर्ची माँजना भूल गया हो। उसकी नाक फूली हुई थी, जबड़ा चौड़ा था, और ऐसा लगता था जैसे वह किसी ऐसे परिवार से आई थी जहाँ दाँत ब्रश करने की आदत एक लम्बे समय पहले से ही भूली जा चुकी थी। भारी मात्रा में सुरमा भरे होने के बावजूद उसकी बाईं आँख का भेंगापन साफ़ नज़र आता था। यह कल्पना करना मुश्किल था कि कैसे, भेंगी आँख के बावजूद उसका निशाना एकदम सटीक और अचूक था। उसकी कमर पतली नहीं थी, वह मुटिया गई थी, वो सब कुछ खा कर जो उसको लोगों द्वारा दिया जाता था - उसकी कमर का व्यास तेज़ी से बढ़ रहा था। उसके पैरों में कोमलता नाम का कोई अंश ही नहीं था। उसके पैर गाय के खुर की याद दिलाते थे। वह जहाँ से भी गुज़रती थी, वहाँ अपने पीछे, सरसों के तेल की एक तेज़ तीखी गन्ध छोड़ जाती थी। लेकिन उसकी आवाज़ मधुर थी।'' (2003, 164)

84. तमिलनाडु के तिरुनेलवेली ज़िले के मीनाक्षीपुरम गाँव—परिवर्तित नाम रहमत नगर—के सभी दलित इस्लाम में परिवर्तित हो गए। इस सब से घबराकर हिन्दू श्रेष्ठवादी समूह जैसे विश्व हिन्दू परिषद और राष्ट्रीय स्वयंसेवक संघ, कांचीपुरम के शंकराचार्य के साथ मिलकर, दलितों का हिन्दू धर्म में 'एकीकरण' के कार्य में सक्रिय हो गए। एक नया 'तमिल हिन्दू' श्रेष्ठवादी समूह, हिन्दू मुनानी के नाम से गठित किया गया। अट्ठारह वर्ष पश्चात पी. सांईनाथ ने मीनाक्षीपुरम का दोबारा दौरा किया और दो रिपोर्टें दीं (1999a, 1999b)। इसी से मिलते-जुलते मामले के लिए, जो तमिलनाडु के एक अन्य गाँव कूथिराम्बक्कम में हुआ, देखें एस. आनन्द (2002)।
85. ओम्वेट 2008, 177, में उद्धृत।
86. यह आँकड़ा जो आंबेडकर उद्धृत करते हैं, साइमन कमीशन की 1930 की रिपोर्ट से लिया गया है। 1932 में जब लोथियन कमीशन भारत में आई तो आंबेडकर ने कहा, ''हिन्दुओं ने एक चुनौतीपूर्ण रवैया अपनाया और साइमन कमीशन द्वारा भारत के अछूतों के दिए गए आँकड़ों को सही और सटीक आँकड़ों के रूप में मानने से इनकार कर दिया।'' आगे वो तर्क देते हैं कि ''ऐसा इसलिए हुआ क्योंकि अब हिन्दुओं को अछूतों के अस्तित्व को स्वीकार करने के खतरे का अहसास हो चुका था। इसका मतलब था कि हिन्दुओं के प्रतिनिधित्व का एक हिस्सा अछूतों के पास चला जाएगा। (BAWS 5, 7-8)।
87. देखें नोट 69 AoC 9.4 नवयान संस्करण।
88. अप्रैल 1899 के *प्रबुद्ध भारत* पत्रिका के अंक में, सम्पादक को दिए गए एक साक्षात्कार में उन्होंने यह कहा। इसी साक्षात्कार में जब उनसे विशेष तौर पर यह

पूछा गया कि जो लोग हिन्दू धर्म में 'फिर से परिवर्तित' होंगे, उनकी जाति क्या होगी? इस पर विवेकानन्द कहते हैं, : ''वापस आए धर्मान्तरित...निश्चित ही, अपनी जाति पुनः प्राप्त कर लेंगे। और नए लोग अपनी जाति बना लेंगे। आपको याद होगा...वैष्णव सम्प्रदाय के मामले में ऐसा पहले भी किया जा चुका है। विभिन्न जातियों से परिवर्तित और भिन्न एक झंडे के नीचे मिल गए और उन्होंने अपनी एक नई जाति बनाई—और बहुत ही सम्मानित जाति बनाई। रामानुज से लेकर चैतन्य तक सभी वैष्णव शिक्षकों ने यही किया है।

http://www.ramakrishnavivekananda.info/vivekanandavolume_5/interviews/on_the_bounds_of_hinduism.htm. पर उपलब्ध। 20 अगस्त 2013 को देखा।

89. इन संगठनों के नाम हैं : श्रद्धानन्द दलित उद्धार सभा, अखिल भारतीय अछूत उद्धार समिति, पंजाब अछूत उद्धार मंडल और जातपात तोड़क मंडल, जो कि आर्य समाज का अंग था।
90. AoC 6.2.
91. बैली 1998.
92. यह पारिभाषिक शब्द वी. डी. सावरकर (1883-1966)द्वारा गढ़ा गया था, जो कि आधुनिक, दक्षिणपंथी हिन्दू राष्ट्रवाद के प्रमुख समर्थकों में से एक थे। अपनी 1923 में लिखी पुस्तिका *एसेंशियल्स ऑफ़ हिन्दुत्व* (बाद में इसका शीर्षक बदलकर *हिन्दुत्व : हू इज़ अ हिन्दू?* हो गया)। पहले संस्करण (1923) में लेखक का छद्म नाम ''एक मराठा'' था। हिन्दुत्व के आलोचनात्मक परिचय के लिए देखें ज्योतिर्मय शर्मा। (2006)
93. प्रशाद 1996, 554-5 में उद्धृत।
94. BAWS 9, 195.
95. ग़दर पार्टी के कुछ विशेषाधिकारप्राप्त सवर्ण जाति हिन्दू सदस्य, हिन्दू राष्ट्रवाद से जुड़ गए और वैदिक मिशनरी बन गए। AoC की प्रस्तावना में भाई परमानन्द पर नोट 11 देखें। भाई परमानन्द ग़दर पार्टी के संस्थापक सदस्य थे, जो आगे चलकर हिन्दुत्व के एक सिद्धान्तकार बने।
96. आद धर्म पर एक निबन्ध के लिए देखें, जुएरजेन्समेयेर (1982/2009)।
97. विश्वनाथ, 2014, ने भूमिहीन दलितों के विरुद्ध, भूमिधर जातियों के औपनिवेशिक राज्य के साथ गठजोड़ के इतिहास का विस्तार से वर्णन किया है, मद्रास प्रेसिडेंसी के सन्दर्भ में।
98. डेविस 2002, 7.
99. BAWS 17, भाग 1, 369-75.
100. पूर्वोक्त, 3.

101. देखें देवजी 2012, अध्याय 3, 'इन प्रेज़ ऑफ़ प्रेज्यूडिस,' ख़ासकर 47-8.
102. *यंग इंडिया* से उद्धृत 23 मार्च 1921, देवजी 2012, 81 में।
103. गोलवलकर 1945, 55-6.
104. BAWS 17, भाग 1, 369-75.
105. गोडसे 1998, 43.
106. BAWS 3, 360.
107. BAWS 9, 68 में उद्धृत ।
108. *हरिजन* 30 सितम्बर, 1939, CWMG 76, 356.
109. देखें गुहा 2013b.
110. टिडरिक 2006, 106.
111. गांधी के दक्षिण अफ़्रीका में बिताए वर्षों (1893 से 1914) के लेखों के लिए देखें जी. बी. सिंह (2004).
112. काफ़िर एक अरबी शब्द है जिसका मूल अर्थ था 'वह जो छुपाता या ढँकता है' - यह किसान का वर्णन था जो ज़मीन में बीज़ बोता था। इस्लाम के आगमन के बाद, इसका अर्थ बदलकर, वे 'नास्तिक' या 'अपधर्मी' 'जिन्होंने सत्य (इस्लाम) को ढँका'। यह पहले-पहल ग़ैर-मुस्लिम काले स्वाहिली तट पर बसनेवाले लोगों पर प्रयोग हुआ, जिनका सामना अरब व्यापारियों से हुआ। पुर्तगाली खोजकर्ताओं ने यह शब्द अपनाया और इसे ब्रिटिश, फ़्रांसीसी और डच लोगों में फैला दिया। दक्षिण अफ़्रीका में यह एक नस्ली गाली बन गया, जिसे गोरे और अफ़्रीकन (और गांधी की तरह भारतीयों) ने देशी अफ़्रीकियों के लिए प्रयोग किया। आज दक्षिण अफ़्रीका में किसी को काफ़िर कहना एक दंडनीय अपराध है।
113. CWMG 1, 192-3.
114. CWMG 1, 200.
115. दक्षिण अफ़्रीका में इंडेंचर्ड लेबर के इतिहास के लिए, देखें आश्विन देसाई और ग़ुलाम वाहद (2010).
116. 1890 और 1923 के बीच में दक्षिण अफ़्रीका में भारतीयों की आबादी तीन गुना बढ़ गई, 40,000 से बढ़कर 1,35,000. (गुहा 2013b, 463).
117. गुहा 2013b, 115.
118. CWMG 2, 6.
119. होकस्फिल्ड 2011, 33-4.
120. द्वितीय विश्वयुद्ध के दौरान, उन्होंने यहूदियों को सलाह दी, "अपनी सहायता के लिए अपनी आत्मिक शक्ति का प्रयोग करें, जो केवल अहिंसा से प्राप्त होती है।" और उनको विश्वास दिलाया कि "हिटलर उनके साहस के आगे झुक जाएगा।" (हरिजन 17 दिसम्बर 1938; CWMG 74, 298)। उन्होंने अंग्रेज़ों

से आग्रह किया कि ''नाज़ीवाद से बिना शस्त्रों के लड़ाई लड़ें'' (हरिजन, 6 जुलाई 1940; CWMG 78, 387).

121. CWMG 34, 18.
122. CWMG 2, 339-40.
123. *द नटाल एडवरटाईज़र,* 16 अक्टूबर 1901; CWMG 2, 421.
124. CWMG 5, 11.
125. उपरोक्त, 179.
126. गय 2005, 212.
127. CWMG के खंड 34 के पहले पृष्ठ पर लिखे एक नोट के अनुसार, ''गांधी ने गुजराती में 26 नवम्बर, 1923 को दक्षिण अफ़्रीका में सत्याग्रह का इतिहास लिखना आरम्भ किया, जब वे यरवदा सेंट्रल जेल में थे, देखिए जेल डायरी, 1923. फ़रवरी 5, 1924 को जब उनकी जेल से रिहाई हुई, तो वे 30 अध्याय पूरे कर चुके थे। उसका अंग्रेज़ी अनुवाद वालजी जी. देसाई ने किया, जिसे गांधी ने देखा और अनुमोदित किया, इसका प्रकाशन एस. गणेशन, ने 1928 में मद्रास में किया।''
128. CWMG 34, 82-3.
129. उपरोक्त, 84.
130. भारतीयों की कुल जनसंख्या 1,35,000 में से केवल 10,000 जो अधिकतर व्यापारी थे, ट्रांसवाल में रहते थे। बाकी नटाल में बसे हुए थे। (गुहा 2013b, 463)।
131. CWMG 5, 337. 11 सितम्बर 1906 की 'जन बैठक' के बाद जो पाँच प्रस्ताव जोहानसबर्ग में ब्रिटिश इंडियन एसोसिएशन ने पारित किए, यह उसमें से प्रस्ताव 2 की धारा 3 में से है।
132. इंडियन ओपिनियन, 7 मार्च 1908; CWMG 8, 198-9.
133. CWMG 9, 256-7.
134. इंडियन ओपिनियन, 23 जनवरी 1909; CWMG 9, 274.
135. 18 मई 1899 को औपनिवेशिक सचिव को लिखे अपने एक पत्र में गांधी ने लिखा : ''एक भारतीय होने के कारण उन्हें लगता है कि उनके साथ कुछ गलत हो रहा है, जिसे ठीक किया जाना चाहिए।'' (CWMG 2, 266) एक अन्य अवसर पर उन्होंने कहा : ''यहाँ के क़ायदे-क़ानून भारतीयों को घी या वसा प्रदान नहीं करते। इसलिए एक शिकायत डॉक्टर को दी गई है, और उन्होंने उस पर ग़ौर करने का वायदा किया है। उम्मीद है कि घी देने का आदेश दिया जाएगा।'' (*इंडियन ओपिनियन* 17 अक्टूबर 1908; CWMG 9, 197)।
136. *इंडियन ओपिनियन,* 23 जनवरी 1909, CWMG 9, 270.

137. *यंग इंडिया,* 5 अप्रैल 1928; CWMG 41,365.
138. लेलिवेल्ड 2011, 74.
139. जिन्न और अरनोव 2004, 265 में उद्धृत।
140. उपरोक्त 270.
141. ओमवेट 2008, 219 में उद्धृत।
142. देशपांडे 2002, 25 में।
143. उपरोक्त 38–40.
144. आंबेडकर 1945 में उद्धृत, BAWS 9, 276.
145. देखें एडम्स 2011, 263–5. इसके अलावा रीता बैनर्जी 2008, विशेषकर 265–81 देखें।
146. CWMG 34, 201–2.
147. *हिन्द स्वराज परेल* में 1997, 106.
148. उपरोक्त, 97.
149. देखिए गांधी की प्रस्तावना *हिन्द स्वराज* के अंग्रेज़ी अनुवाद में, परेल में (1997, 5)।
150. सावरकर, उग्र हिन्दुत्व के सिद्धान्तकार, ने कहा, एक सच्चा भारतीय वह है, जिसकी पितृ भूमि के साथ ही पुण्य भूमि भी भारत में ही है—न कि किसी विदेशी भूमि में। देखें उनकी *हिन्दुत्व* (1923, 105)।
151. परेल 1997, 47–51
152. उपरोक्त, 66.
153. उपरोक्त, 68–9.
154. रामचन्द्र गुहा (2013b, 383) कहते हैं : ''गांधी ने 1909 में *हिन्द स्वराज* लिखी तब वह भारत को बहुत कम जानते थे। 1888 तक जब उन्होंने लन्दन के लिए प्रस्थान किया तब उनकी आयु मात्र उन्नीस वर्ष थी, तब तक वे अपने पैतृक काठियावाड़ के कस्बों में ही रहे थे। इस बात का कोई प्रमाण नहीं है कि उन्होंने ग्रामीण क्षेत्रों की यात्राएँ की हों, और वो भारत के किसी अन्य भाग को भी नहीं जानते थे।''
155. परेल 1997, 69–70.
156. गांधी ने इसे 1932 में, अछूतों के लिए पृथक् निर्वाचिका के इर्द-गिर्द बहस के सिलसिले में, भारत के लिए राज्य के सचिव सर सैमुअल होअरे को लिखे एक पत्र में कहा। BAWS 9, 78 में उद्धृत।
157. *इंडियन ओपिनियन,* 22 अक्टूबर 1910; CWMG 11, 143–4. गुहा 2013b, 395 में भी उद्धृत।
158. गुहा 2013b, 463.
159. उपरोक्त 406.

160. लेलीवेल्ड 2011, 21 में अय्यर द्वारा उद्धृत।
161. निजी पत्राचार में, अश्विन देसाई, जोहानसबर्ग विश्वविद्यालय में समाजशास्त्र के प्रोफेसर।
162. लेलीवेल्ड 2011, 130.
163. टिडरिक 2006, 188.
164. देखें रेनोल्ड 1994. इसके अलावा लुइ फिशर भी देखें, *अ वीक विद गांधी* (1942) आंबेडकर ने जिसका उद्धरण किया : " मैंने कहा कि मैंने उनसे कांग्रेस पार्टी के बारे में कई सारे सवाल पूछने हैं। मुझे याद आया कि बहुत उच्च पदस्थ ब्रिटिश लोगों ने मुझे बताया था कि कांग्रेस बड़े व्यापारियों के हाथों का खिलौना बनी हुई है और बॉम्बे के मिल मालिक गांधी को आर्थिक सहायता देते हैं और उन्हें मुँह माँगा धन देते हैं। मैंने पूछा, "इन बातों में कितनी सच्चाई है?" "दुर्भाग्य से, यह सच है," गांधी ने सादगी-भरे लहजे में जवाब दिया...मैंने पूछा, "कांग्रेस पार्टी के बजट का कितना हिस्सा, अमीर भारतीयों द्वारा दिया जाता है?" उन्होंने कहा, "व्यवहारिक तौर पर लगभग सारा। इस आश्रम में, मसलन हम कम धन खर्च कर सकते थे। लेकिन हम नहीं करते और धन हमारे अमीर मित्रों से आता है।" BAWS 9, 208 में उद्धृत।
165. अमीन 1998, 293 में उद्धृत।
166. *यंग इंडिया,* 18 अगस्त 1921; CWMG 23, 158.
167. *हरिजन,* 25 अगस्त 1940; CWMG 79, 133-4.
168. उपरोक्त 135.
169. उपरोक्त 135.
170. द *गोस्पेल ऑफ़ वेल्थ* (1889); http://www.swarthmore.edu/SocSci/rbannis1/AIH19th/carnegie.html पर उपलब्ध। 26 अगस्त 2013 को इन्टरनेट पर देखा।
171. अमीन 1998, 290-1 में उद्धृत।
172. अमीन 291-2.
173. टिडरिक 2006, 191.
174. सिंह 2004, 124 में उद्धृत।
175. टिडरिक 2006, 192.
176. उपरोक्त 194.
177. उपरोक्त 195.
178. जेल्लीएट 2013, 48.
179. यह अप्रकाशित प्रस्तावना आंबेडकर की द *बुद्धा एंड हिज़ धम्म* (1956) से है। इसे सबसे पहले आंबेडकर की प्रस्तावनाओं की पुस्तक के एक भाग के रूप में

लोगों ने देखा, जिसे भगवान दास ने प्रकाशित किया और जिसका शीर्षक था 'रेयर प्रीफेसेस' (1980)। एलियानोर जेलियट ने इसे बाद में कोलम्बिया विश्वविद्यालय की उस वेबसाइट पर प्रकाशित किया जो आंबेडकर के जीवन और चुनिन्दा कार्यों के लिए बनी है। http://www.columbia.edu/itc/mealac/pritchett/00ambedkar/ambedkar_buddha/00_pref_unpub.html. 10 सितम्बर 2013 को इन्टरनेट पर देखा।

180. BAWS 4, 1986.

181. 20 मई 1857 को शिक्षा विभाग ने निर्देश ज़ारी किया कि "किसी भी बालक को, किसी भी सरकारी स्कूल या कॉलेज में, महज़ जाति के कारण से प्रवेश मना नहीं किया जा सकता।" (नम्बिस्सन 2002, 81)।

182. इस निबन्ध के टिप्पणीकृत संस्करण के लिए देखें शर्मीला रेगे (2013)। यह BAWS 1 में भी देखा जा सकता है।

183. ऑटोबायोग्राफिकल नोट्स में, 2003, 19.

184. कीर 1990, 36-7.

185. AoC 17.5.

186. प्रशाद 1996, 552. 13 अप्रैल 1921 को अहमदाबाद में आयोजित प्रेस-वार्ता में अपने भाषण में, जिसे 27 अप्रैल 1921 और 4 मई 1921 को *यंग इंडिया* में रिपोर्ट किया गया (CWMG 23, 41-7 में पुनः प्रकाशित), गांधी ने पहली बार ऊका की विस्तार से चर्चा की (42)। बखा, मुल्कराज आनन्द के प्रतीकात्मक उपन्यास *अनटचेबल* (1935) में, ऐसा माना जाता है, ऊका से प्रेरित है। शोधकर्ता लिंगराज गांधी (2004) के अनुसार, आनन्द ने गांधी को अपनी पाण्डुलिपि दिखाई, जिन्होंने बदलाव का सुझाव दिया। आनन्द कहते हैं : "मैंने गांधी जी को अपना उपन्यास पढ़कर सुनाया, और उन्होंने सुझाव दिया कि मुझे सौ से ज़्यादा पन्नों में कटौती करनी चाहिए, खासकर उन अंशों में जिनमें बखा एक ब्लूम्सबरी बुद्धिजीवी की तरह सोचता, सपने देखता, गहन चिन्तन करता है।" लिंगराज गांधी आगे कहते हैं : "आनन्द ने अपने मसौदे में बखा को लम्बे पुष्पालंकृत भाषण प्रदान किए थे। गांधी ने आनन्द को निर्देश दिया कि अछूत उस तरह से बात नहीं करते : तथ्य यह है कि वे बहुत ही मुश्किल से और बहुत कम ही बोल पाते हैं। गांधी की अभिभावकता व निर्देशन में, उपन्यास का तो कायापलट ही हो गया।"

187. *नवजीवन*, 18 जनवरी 1925; CWMG 30, 71.गांधी के सचिव महादेव देसाई के अनुसार, गुजराती में यह भाषण अलग प्रकार से कहा गया है : "वह पद जिसकी मुझे आकांक्षा है, वह है भंगी का पद। सफाई का यह काम कितना पवित्र है! वह काम एक ब्राह्मण द्वारा या किसी भंगी द्वारा किया जा सकता है। ब्राह्मण अपने ज्ञान से यह काम कर सकता है, भंगी अज्ञान में। मैं दोनों का ही सम्मान

और पूजा करता हूँ। यदि दोनों में से कोई हिन्दू धर्म से अदृश्य हो जाए, तो हिन्दू धर्म स्वयं ही विलुप्त हो जाएगा। और चूँकि सेवा धर्म मेरे हृदय को अतिप्रिय है इसीलिए भंगी भी मुझे अतिप्रिय है। मैं तो भंगी के साथ बैठकर भोजन भी कर सकता हूँ, लेकिन मैं तुम्हें नहीं कहता कि तुम उनके साथ बैठकर भोजन करो या उनके साथ विजातीय विवाह करो।'' रामास्वामी 2005, 86 में उद्धृत।

188. रेनोल्ड 1994, 19–20. दलित घरों में अत्यधिक प्रचारित सांकेतिक दौरे, कांग्रेस पार्टी की परम्परा बन गए हैं। जनवरी 2009 में, मीडिया सर्कस की चकाचौंध में, कांग्रेस पार्टी के उपाध्यक्ष और प्रधानमंत्री पद के उम्मीदवार, राहुल गांधी ने डेविड मिलिबैंड, ब्रिटिश विदेश सचिव के साथ, उत्तर प्रदेश के सिमरा गाँव में, दलित परिवार के साथ, उनकी झोंपड़ी में रात बिताई। इसकी विस्तृत जानकारी के लिए देखें आनन्द तेलतुम्बडे (2013)।

189. प्रशाद 2001, 139.

190. BAWS 1, 256.

191. कीर 1990, 41.

192. जेल्लीएट 2013, 91.

193. देखें जोसफ 2003, 166. वाईकोम के सत्याग्रहियों के लिए लंगर (सिख धर्म में सभी जातियों के लोगों को एक साथ बिठाकर, मुफ्त भोजन खिलाया जाता है) चलाने वालों पर आपत्ति व्यक्त करते हुए, गांधी ने *यंग इंडिया* (8 मई, 1924) में लिखा, ''वाईकोम सत्याग्रह, मुझे डर है, सारी मर्यादाएँ लाँघ रहा है। मैं उम्मीद करता हूँ कि सिख मुफ्त रसोई लंगर बन्द कर दिया जाएगा और यह आन्दोलन केवल हिन्दुओं तक सीमित रहेगा।'' CWMG 27, 362.

194. चक्रवर्ती राजगोपालाचारी, एक तमिल ब्राह्मण, जिन्हें प्यार से राजाजी पुकारा जाता था, गांधी के घनिष्ठ मित्र और विश्वासपात्र थे। 1933 में उनकी बेटी लीला ने गांधी के बेटे देवदास से शादी कर ली। राजगोपालाचारी ने बाद में भारत के एक्टिंग गवर्नर जनरल के रूप में कार्य किया। 1947 में, वे पश्चिम बंगाल के पहले राज्यपाल बने, और 1955 में उन्हें सर्वोच्च नागरिक पुरस्कार 'भारत रत्न' प्रदान किया गया।

195. जोसेफ़ 2003, 168 में उद्धृत।

196. *यंग इंडिया,* 14 अगस्त 1924; CWMG 28, 486.

197. जोसेफ़ 2003, 169.

198. बिरला 153, 43.

199. कीर 1990, 79.

200. 1925 में एक दमित वर्गों के सम्मेलन में बोलते हुए, आंबेडकर ने कहा : ''जब कोई हर किसी द्वारा ठुकराया गया हो, तब महात्मा गांधी द्वारा दिखाई गई सहानुभूति

का महत्त्व कम नहीं है।'' जाफ़्रलो 2005, 63 में उद्धृत। गांधी ने पहले सत्याग्रह के एक पखवाड़े पहले 3 मार्च 1927 को महाद का दौरा किया था, लेकिन वाईकोम से भिन्न रवैया अपनाते हुए, उन्होंने कोई दखल नहीं किया। महाद सत्याग्रह की विस्तृत जानकारी के लिए, जिसमें *मनुस्मृति* की एक कॉपी जलाई गई थी, देखें के. जमनादास (2010)।

201. दो महाद सम्मेलनों पर आनन्द तेलतुम्बडे की अप्रकाशित पाण्डुलिपि के अनुसार प्रस्ताव नम्बर 2, जिसमें *मनुस्मृति* के 'अनुष्ठानिक दहन' की माँग की गई थी, उसे जी.एन. सहस्त्रबुद्धे, जो कि एक ब्राह्मण थे, के द्वारा प्रस्तावित किया गया था। इन्होंने मार्च की घटनाओं में भी महत्त्वपूर्ण भूमिका निभाई थी; इस प्रस्ताव का अनुमोदन पी. एन. राजभोज, एक चमार नेता द्वारा किया गया था। तेलतुम्बडे के अनुसार, ''इस सम्मेलन में गैर-अछूत समुदायों से कुछ प्रगतिशील लोगों को लाने के लिए जान-बूझकर प्रयास किया गया, लेकिन अन्ततः केवल दो नाम सामने आए। एक थे गंगाधर नीलकंठ सहस्त्रबुद्धे, सोशल सर्विस लीग के कार्यकर्ता और अगरकरी ब्राह्मण जाति के सहकारी आन्दोलन के नेता, और दूसरे थे विनायक उर्फ़ भाई चित्रे, एक चन्द्रसेनीय कायस्थ प्रभु।'' 1940 के दशक में, सहस्त्रबुद्धे *जनता* के सम्पादक बने, जो कि आंबेडकर का एक और समाचार-पत्र था।
202. दंगले, सम्पादित, 1992, 231-3.
203. कीर 1990, 170.
204. प्रशाद 1996, 555 में उद्धृत।
205. गांधी ने 3 नवम्बर 1917 को एक भाषण में सत्याग्रह और दुराग्रह के बीच अन्तर को रेखांकित किया : ''अपने लक्ष्य को प्राप्त करने के लिए दो विधियाँ हैं : सत्याग्रह और दुराग्रह। हमारे शास्त्रों में इसका वर्णन क्रमशः दैवी और आसुरी साधनों के रूप में किया गया है।'' गांधी दुराग्रह का उदाहरण देते हैं : ''यूरोप में चल रहा भयानक युद्ध।'' इसके अलावा, ''जो व्यक्ति दुराग्रह के मार्ग पर चलता है वह बेसब्र हो जाता है और तथाकथित दुश्मन को मारना चाहता है। इसका एक ही परिणाम हो सकता है। घृणा की वृद्धि होती है।'' (CWMG 16, 126-8)।
206. BAWS 9, 247.
207. गिरणी कामगार यूनियन के साथ अनबन के लिए देखें तेलतुम्बडे (2012)। कैसे डांगे और कम्यूनिस्ट पार्टी ने एक साथ मिलकर, बॉम्बे शहर उत्तर निर्वाचन क्षेत्र से 1952 के आम चुनाव में, आंबेडकर की हार सुनिश्चित करने के लिए काम किया, देखें एस. आनन्द (2012a), और राजनारायण चन्दावरकर (2009, 161), जहाँ वे कहते हैं : ''समाजवादियों और कम्यूनिस्टों द्वारा चुनावी सन्धि न करना, और आंबेडकर के अनुसूचित महासंघ के साथ कांग्रेस के विरुद्ध गठबन्धन में शामिल न होने से, उन्होंने सेंट्रल बॉम्बे सीट खो दी। डांगे, भारतीय कम्यूनिस्ट पार्टी से,

अशोक मेहता सोशलिस्ट से और आंबेडकर अलग-अलग खड़े थे, और सभी पराजित हो गए। गौरतलब है कि डांगे ने अपने समर्थकों को आंबेडकर को वोट देने की बजाय सेंट्रल बॉम्बे के लिए आरक्षित निर्वाचन क्षेत्र में अपने मतपत्रों को ख़राब करने का निर्देश दिया था। आंबेडकर चुनाव हार गए और इसके लिए उन्होंने कम्यूनिस्टों को ज़िम्मेदार ठहराया। हालाँकि कम्यूनिस्ट सेंट्रल बॉम्बे सीट नहीं जीत पाए, लेकिन गिरगाँव में उनका प्रभाव, उनके दलित मतदाताओं सहित, चुनाव परिणाम को निर्णायक रूप से प्रभावित करने के लिए पर्याप्त था। चुनाव अभियान से स्थायी कड़वाहट उत्पन्न हो गई। जैसा कि दीनू रणदिवे याद करते हैं, ''दलितों और कम्यूनिस्टों के बीच मतभेद इतने तीखे हो गए कि आज भी कम्यूनिस्टों के लिए रिपब्लिकन या दलितों के कुछ तबकों को अपील करना मुश्किल है।'' रिपब्लिकन का यहाँ रिपब्लिकन पार्टी ऑफ़ इंडिया (आर.पी.आई.) से तात्पर्य है, जिसकी कल्पना आंबेडकर ने दिसम्बर 1956 में अपनी मृत्यु से कुछ समय पहले की थी। इसकी स्थापना सितम्बर 1957 में उनके अनुयायियों द्वारा की गई, लेकिन आज आर.पी.आई. के दर्ज़न-भर से भी ज़्यादा अलग-अलग गुट हैं।

208. कोसम्बी 1948, 274.
209. इसके विस्तृत विवरण के लिए देखें जॉन ब्रेमन की द *मेकिंग एंड अनमेकिंग भगवतगीताऑफ़ एन इंडस्ट्रियल वर्किंग क्लास* (2004), विशेषकर अध्याय 2, 'द फोर्मलाइज़ेशन ऑफ़ कलेक्टिव एक्शन : महात्मा गांधी एज़ अ यूनियन लीडर' (40-68)।
210. ब्रेमन 2004, 57.
211. शंकर लाल बैंकर ब्रेमन (2004, 47) में उद्धृत।
212. टेक्सटाइल लेबर यूनियन की वार्षिक रिपोर्ट 1925, ब्रेमन (2004, 51) में उद्धृत।
213. *नवजीवन* 8 फ़रवरी 1920, BAWS 9, 280 में उद्धृत।
214. *हरिजन* 21 अप्रैल 1946, CWMG 90, 280 में उद्धृत।
215. AoC 3.10 और 3.11.
216. AoC 4.1, मौलिक बलाघात।
217. जेल्लीएट 2013, 178.
218. नम्बूदरीपाद 1986, 492, बलाघात जोड़ा गया।
219. घोषणा पत्र का पाठ सत्यनारायण और थारू (2013, 62) में पुनर्प्रस्तुत किया गया।
220. ग़ैर-सरकारी संगठन - दलित आन्दोलन अन्तरफलक पर एक आलोचनात्मक लेख जो इसकी भारत में औपनिवेशिक और मिशनरी गतिविधियों के इतिहास तक खोज करता है, देखें तेलतुम्बडे (2010b) जहाँ वे तर्क देते हैं : ''इसमें कोई हैरानी नहीं है कि भारतीय ग़ैर-सरकारी संगठन में ज़्यादातर दलित फील्ड में

सक्रिय हैं। दलित लड़के और लड़कियाँ अपने समुदाय के लिए सामाजिक सेवा करते दिखाई देते हैं, जिसकी आंबेडकर को शिक्षित दलितों से अपेक्षा भी थी, और दलित समुदाय ऐसे कार्यकर्ताओं को अच्छा भी मानता है, अधिक अच्छा, निश्चित रूप से उन दलित राजनीतिज्ञों से, जो अक्सर जुमलेबाज़ी करते रहते हैं। ग़ैर-सरकारी संगठन का क्षेत्र इसलिए दलितों को रोज़गार देने का एक महत्त्वपूर्ण नियोक्ता बन गया है, उन दलितों के लिए, जो मानविकी की डिग्री प्राप्त करने के बाद, आम तौर पर सामाजिक कार्य में स्नातकोत्तर डिग्री जोड़ लेते हैं। 1980 के दशक के मध्य से सरकार के उदारीकरण, निजीकरण सुधारों के बाद सार्वजनिक क्षेत्रों की नौकरियों की सम्भावनाओं में भारी कमी आई है। इसके बाद में ग़ैर-सरकारी संगठनों में नौकरी की उम्मीद का महत्त्व बहुत बढ़ गया।''

221. उदाहरण के लिए, उन ग़ैर-सरकारी संगठनों की सूची देखें जो बहुराष्ट्रीय खनन निगम वेदांता के साथ काम करते हैं। वेदांता पर ज़मीन हड़पने, आदिवासियों के अधिकारों का हनन व पर्यावरण के नियमों का उल्लंघन करने के अनेकों मामले हैं। http://www.vedantaaluminium.com/ngos-govt-bodies.htm पर उपलब्ध। 20 नवम्बर, 2013 को इन्टरनेट पर देखा।

222. 26 सितम्बर, 1896 को बॉम्बे में एक आम सभा में दिया गया भाषण जिसमें उन्होंने दावा किया कि वे 'दक्षिण अफ्रीका में रहने वाले एक लाख ब्रिटिश इंडियन' का प्रतिनिधित्व कर रहे हैं। देखें CWMG 1,407.

223. AoC 8.2-4.

224. BAWS 1,375.

225. AoC 5.8 .

226. संविधान के विभिन्न पहलू हैं जो केन्द्रीय क्षेत्र (पाँचवीं अनुसूची) और उत्तर-पूर्व भारत (छठी अनुसूची) को शासित करते हैं। राजनीति शास्त्री उदय चन्द्रा अपने हाल ही में लिखे एक पेपर (2013, 155) में बताते हैं, ''संविधान की पाँचवीं और छठी अनुसूची भाषाओं, भारत सरकार अधिनियम (1935) में परिभाषित आंशिक रूप से और पूर्ण बहिष्कृत क्षेत्रों की भाषाओं और तर्कों को चिरस्थायी बनाए रखने और आम तौर पर और वास्तव में पिछड़े इलाक़ों, भारत सरकार द्वारा परिभाषित (1918)...अनुसूची पाँच के क्षेत्रों, पूर्वी, पश्चिमी और मध्य राज्यों में फैले हुए, राज्य के राज्यपाल के पास विशेष शक्तियाँ होती हैं जिससे वे केन्द्रीय या राज्य क़ानूनों को संशोधित कर सकते हैं, या निषेध या नियमित कर सकते हैं। भूमि के हस्तांतरण को, आदिवासियों के बीच या आदिवासियों के द्वारा विनियमित करने के लिए, वाणिज्यिक गतिविधियों को विनयमित करने के लिए विशेष रूप से ग़ैर-आदिवासियों द्वारा, और जनजातीय सलाहकार परिषदों का गठन करना—राज्य विधान मंडल के पूरक के लिए। सिद्धान्त रूप से नई दिल्ली की सरकार,

निर्वाचित राज्य और स्थानीय सरकारों को दरकिनार करके इन अनूसूचित क्षेत्रों के प्रशासन में सीधे हस्तक्षेप करने का अधिकार सुरक्षित रखती है। छठी अनुसूची के क्षेत्रों, जोकि सात उत्तर-पूर्वी राज्यों में फैले हुए हैं, जिनका गठन औपनिवेशिक असम प्रदेश से हुआ, राज्य के राज्यपाल, स्वायत्त जिलों और क्षेत्रों के, जिला और क्षेत्रीय परिषद् की अध्यक्षता करते हैं, यह सुनिश्चित करने के लिए कि राज्य और केन्द्रीय क़ानून, अपवाद के प्रशासित ज़ोन में हस्तक्षेप न करें।''

227. BAWS 9, 70 में उद्धृत।

228. BAWS 9, 42.

229. एक गैर-कांग्रेसी, जनता दल नेतृत्व वाली गठबन्धन सरकार जो दिसम्बर 1989 से नवम्बर 1990 तक चली, के प्रधानमंत्री के रूप में, विश्वनाथ प्रताप सिंह (1931-2008) ने, मंडल कमीशन की सिफ़ारिशों को लागू करने का निर्णय लिया, जिसने 'अन्य पिछड़े वर्गों' के लिए सार्वजनिक क्षेत्र की नौकरियों में एक कोटा तय किया, ताकि जातीय भेदभाव की भरपायी की जा सके। आयोग जिसका नामकरण बी.पी. मंडल के नाम पर हुआ, वह एक सांसद थे और इस आयोग की अध्यक्षता कर रहे थे। इस आयोग का गठन 1979 में एक अन्य गैर-कांग्रेसी (जनता पार्टी) सरकार द्वारा हुआ, जिसका नेतृत्व मोरारजी देसाई कर रहे थे। लेकिन इसकी 1980 की रिपोर्ट की सिफ़ारिशें—जिसमें सार्वजनिक क्षेत्र के रोज़गार में आरक्षण, दलितों और आदिवासियों से परे, 27 प्रतिशत 'अन्य पिछड़ा वर्ग' (OBC) को दिया गया—दस वर्षों तक लागू नहीं हुई थीं। जब इसे लागू किया गया तो विशेषाधिकारप्राप्त जातियों के लोग सड़कों पर उतर आए। उन्होंने सांकेतिक रूप से सड़कों पर झाड़ू लगाया, जूते पॉलिश करने का नाटक किया और अन्य 'प्रदूषणकारी' गन्दे कार्य किए। यह सब उन्होंने यह बताने के लिए किया कि अब डॉक्टर, इंजीनियर या अर्थशास्त्री बनने की बजाय, आरक्षण की नीति विशेषाधिकारप्राप्त जातियों को छोटे-मोटे निम्न श्रेणी के काम करने को मजबूर कर देगी। कुछ लोगों ने सार्वजनिक आत्मदाह करने का प्रयास किया, जिनमें सबसे जाना-माना 1990 में दिल्ली विश्वविद्यालय का छात्र राजीव गोस्वामी था। इसी प्रकार के विरोध-प्रदर्शन एक बार फिर हुए जब 2006 में कांग्रेस नेतृत्व वाले संयुक्त प्रगतिशील गठबन्धन ने उच्च शिक्षा के संस्थानों में ओ.बी.सी. को आरक्षण देने का प्रयास किया।

230. BAWS 9, 40.

231. देखें मेनन 2003, 52-3.

232. कांग्रेस और गांधी पर अपने अभियोग में आंबेडकर ने अपने फुटनोट में इन नकली उम्मीदवारों के नाम सूचीबद्ध किए हैं : गुरु गोसाईं अगमदास और बबराज जैवर दो मोची; चुन्नू दूधवाला; अर्जुन लाल नाई; बंसी लाल चौधरी एक

सफाईकर्मी। (BAWS 9, 210).

233. BAWS 9, 210.
234. उपरोक्त 68.
235. उपरोक्त 69.
236. टिडरिक 2006, 255.
237. सर्वेन्ट्स ऑफ़ इंडिया सोसाइटी के सदस्य कोदंडा राव का वर्णन, जाफ़्लो (2005, 66).
238. प्यारे लाल 1932, 188 में।
239. BAWS 9, 259.
240. जैसा कि आंबेडकर की दूरदृष्टि ने पहले ही भाँप लिया था, ''अछूतों के लिए सीटों की वृद्धि असल में वृद्धि नहीं थी, और यह पृथक् निर्वाचिका एवं दोहरे वोट के नुकसान के लिए उचित क्षतिपूर्ति नहीं थी।'' (BAWS 9, 90)। 1947 के बाद के भारत में, आंबेडकर स्वयं दो बार चुनाव हार गए। कांशी राम, मुख्य रूप से दलितों की पार्टी, और बहुजन समाज पार्टी के संस्थापक और उनकी शिष्या मायावती को, आधी सदी से अधिक समय लग गया, 'सबसे ज़्यादा वोट लेने वाला जीतेगा' के नियम पर आधारित संसदीय लोकतंत्र में सफलता प्राप्त करने के लिए। यह पूना-पैक्ट के *बावजूद* हुआ। कांशीराम ने वर्षों कमर-तोड़ मेहनत की, और इस जीत को हासिल करने के लिए अन्य अधीनस्थ जातियों के साथ गठजोड़ बनाए। चुनाव में विजयी होने के लिए ब.स.पा. को उत्तर प्रदेश की अजीबोग़रीब जनसांख्यिकी और कई ओ.बी.सी. जातियों के समर्थन की आवश्यकता थी। एक दलित उम्मीदवार के लिए एक सामान्य सीट से चुनाव जीतना—उत्तर प्रदेश में भी—आज भी लगभग असम्भव है।
241. देखें एलेक्जेंडर 2010.
242. फिशर 1951, 400-3.
243. एलेअनोर जेल्लीएट लिखते हैं, ''लगभग बीस वर्ष पूर्व, आंबेडकर ने बालू बाबाजी पलवंकर, पी. बालू के नाम से जाने वाले, के लिए एक *मानपत्र* (स्वागत भाषण या शाब्दिक सम्मान का पत्र), इंग्लैंड से एक क्रिकेट दौरे से उनकी वापसी पर लिखा था। पी. बालू के 1920 के दशक में बॉम्बे नगर निगम के एक दमित वर्ग के मनोनीत सदस्य के चयन में भी, उनकी कुछ भूमिका थी।'' (2013, 254)। बालू ने गोलमेज़ सम्मेलनों के दौरान गांधी का समर्थन किया और हिन्दू महासभा के रुख का भी समर्थन किया। पूना-पैक्ट के तत्काल बाद अक्टूबर 1933 में, बालू ने बॉम्बे नगर निगम का चुनाव हिन्दू महासभा उम्मीदवार के रूप में लड़ा और हार गए। 1937 में, कांग्रेस ने, अछूत वोटों को बाँटने के लिए, बालू जो कि एक चमार थे, को आंबेडकर के विरुद्ध खड़ा कर दिया। आंबेडकर एक महार थे और

इंडिपेंडेंट लेबर पार्टी के टिकेट पर, बॉम्बे (पूर्वी) 'आरक्षित' सीट से बॉम्बे विधान सभा का चुनाव लड़े थे। आंबेडकर हारते-हारते बचे और बहुत कम वोटों से चुनाव जीता।

244. राजा के कैरियर की रूपरेखा के लिए और कैसे 1938 और 1942 में आंबेडकर के समर्थन के लिए उनका हृदय परिवर्तन हुआ, देखें नोट 5 के 1.5 में 'अ विंडिकेशन ऑफ़ कास्ट बाइ महात्मा गांधी' AoC में।

245. गुजरात धर्म स्वतंत्रता अधिनियम, 2003 यदि कोई व्यक्ति किसी दूसरे धर्म में जाना चाहता है, तो ज़िला मजिस्ट्रेट से पूर्व अनुमति लेना अनिवार्य बनाता है। अधिनियम की विस्तृत जानकारी और पाठ http://www.lawsofindia. org/statelaw/2224/TheGujaratFreedomof ReligionAct2003.html पर उपलब्ध है। इस अधिनियम के संशोधक विधेयक को, तत्कालीन गुजरात के राज्यपाल नवल किशोर शर्मा द्वारा पुनर्विचार के लिए विधानसभा को वापिस भेजा गया था। इसके बाद राज्य सरकार ने इसे त्याग दिया था। संशोधन विधेयक के प्रावधानों में से एक में यह स्पष्ट करने की माँग की गई थी कि जैन और बौद्धों की हिन्दू धर्म के पंथ के रूप में व्याख्या की जाए। राज्यपाल ने कहा कि यह संशोधन भारतीय संविधान के अनुच्छेद 25 का उल्लंघन होगा। देखें http://www.indianexpress.com/news/gujarat-withdraws-freedom-of-religion-amendment-bill/282818/1. धर्मान्तरण के विरुद्ध महात्मा गांधी को उद्धृत करने वाले मोदी का विडियो देखने के लिए देखें http://ibnlive.in. com/news/modi-quotes-mahatma-flays-religious-conversion/75119-3.html। यह भी देखें http://www.youtube.com/watch?v= wr6q1drP558। गुजरात पशु परिरक्षण (संशोधन) अधिनियम, 2011, "वध के लिए पशुओं का परिवहन एक दंडनीय अपराध है, मूल अधिनियम का दायरा बड़ा करते हुए, इसे पहले के छह माह से बढ़ा कर सात वर्ष का कठोर कारावास कर दिया है। 2012 में नरेन्द्र मोदी ने भारतीयों को जन्माष्टमी (श्री कृष्ण के जन्मदिवस) की बधाई इन शब्दों का प्रयोग करते हुए दी, "महात्मा गांधी और विनोबा भावे ने माँ गोमाता के संरक्षण के लिए अथक परिश्रम किया, लेकिन इस सरकार ने उनकी शिक्षाओं को त्याग दिया।" देखें http://ibnlive.in.com/news/narendra-modi-rakes-up-cow-slaughter-issue-in-election-year-targets-congress/280876-37-64.html?utm_source=ref_article. (सभी इन्टरनेट लिंक जिन्हें यहाँ उद्धृत किया है, 10 सितम्बर 2013 को देखे गए। गांधी ने कहा, "जो कोई भी गाय को बचाने के लिए अपनी जान देने के लिए तैयार नहीं है, वह हिन्दू ही नहीं है।" (8 सितम्बर 1933 को गोसेवा को दिए एक साक्षात्कार में; CWMG 61,372)। इससे पहले 1924 में उन्होंने कहा, "जब मैं एक गाय को देखता हूँ,

तो मुझे उसमें एक खाने के लिए जानवर नहीं नज़र आता, मेरे लिए वह दया की कविता है और मैं उसकी पूजा करता हूँ और मैं उसकी रक्षा के लिए पूरी दुनिया से लड़ सकता हूँ।'' (*बॉम्बे क्रॉनिकल,* 30 दिसम्बर 1924; CWMG 29, 476)।

246. देखें उदाहरण के तौर पर, http://articles.timesofindia.indiatimes.com/keyword/mahatma-mandir. 20 दिसम्बर 2013 को इन्टरनेट पर देखा।
247. हरिजन, दलित और अनुसूचित जाति के शब्दों के इतिहास के लिए देखें AoC की प्रस्तावना का नोट 8.
248. BAWS 9, 126.
249. उपरोक्त, 210.
250. रेनोल्ड 1994, 25.
251. टिडरिक 2006, 261.
252. BAWS 9, 125.
253. उपरोक्त 111.
254. थारू और ललिता 1997, 215.
255. आंबेडकर 2003, 25.
256. *मनुस्मृति* अध्याय 10 : 123 देखें डोनिजर 1991.
257. *हरिजन,* 28 नवम्बर 1936; CWMG 70, 126-8.
258. 1 दिसम्बर 2012 को स्तंभकार राजीव शाह ने *टाइम्स ऑफ़ इंडिया* के अपने ब्लॉग में इसे रिपोर्ट किया http://blogs.timesofindia.indiatimes.com/true-lies/entry/modi-s-spritual-potion-to-woo-karmyogis. शाह कहते हैं कि *कर्मयोगी* की 5000 प्रतियाँ सार्वजनिक क्षेत्र की इकाई, गुजरात राज्य पेट्रोलियम की फंडिंग से छपी थीं और बाद में उन्हें गुजरात के सूचना विभाग ने बताया कि मोदी की ओर से निर्देश पर उन्होंने यह पुस्तक बिक्री प्रसार से वापस ले ली है। दो साल बाद लगभग 9000 सफ़ाईकर्मियों को सम्बोधित करते हुए मोदी ने कहा, ''एक पुजारी हर दिन पूजा से पहले मन्दिर को साफ़ करता है, आप भी एक मन्दिर की तरह शहर को साफ़ करते हैं। आप और मन्दिर का पुजारी एक जैसे काम करते हैं।'' देखिए शाह का ब्लॉग 23 जनवरी 2013 का, http://blogs.timesofindia.indiatimes.com/true-lies/entry/modi-s-postal-ballot-confusion?sortBy=AGREE&th =1. दोनों 12 नवम्बर 2013 को इन्टरनेट पर देखे।
259. CWMG 70, 76-7.
260. देखें 'अ नोट ऑन पूना पैक्ट' आंबेडकर की *एनिहिलिशन ऑफ़ कास्ट : द अन्नोटेटिड क्रिटिकल एडिशन (न्यूयॉर्क : वर्सो, 2014)*, 357-76.
261. *मेनन 2006,* 20.
262. आत्मसातीकरण की प्रक्रिया संविधान से जुड़ गई है। संविधान के अनुच्छेद

25(2)(बी) के स्पष्टीकरण II द्वारा स्वतंत्र भारत में पहली बार ऐसा हुआ कि क़ानून ने बौद्धों, सिखों और जैनियों को 'हिन्दू' के रूप में वर्गीकृत किया, भले ही 'सिर्फ़' "सामाजिक कल्याण और सुधार प्रदान करने के प्रयोजन के लिए या सार्वजनिक चरित्र की धार्मिक संस्थाओं को हिन्दुओं के सभी वर्गों और तबकों के लिए दरवाज़े खोलने के लिए।" बाद में हिन्दू विवाह अधिनियम, 1955, हिन्दू उत्तराधिकार अधिनियम, 1956 आदि संहिताबद्ध हिन्दू निजी क़ानून ने इस स्थिति को और अधिक पुष्ट किया, क्योंकि यह क़ानून बौद्धों, सिखों और जैनियों के लिए भी लागू किए गए थे। भारतीय क़ानून में एक नास्तिक को भी एक हिन्दू के रूप में वर्गीकृत किया जाता है। न्यायपालिका मिश्रित संकेत दे रही है, कभी वो इन धर्मों के 'स्वतंत्र चरित्र' को मान्यता प्रदान करती है और कभी किसी अन्य अवसर पर ज़ोर देकर कहती है कि "सिखों और जैनियों को हमेशा वृहत हिन्दू समुदाय का भाग माना गया है जिसके बहुत से पंथ, उपपंथ, सम्प्रदाय, पूजा के तरीक़े और धार्मिक दर्शन हैं।" (बाल पाटिल और अन्य बनाम यूनियन ऑफ़ इंडिया और अन्य, 8 अगस्त 2005)। बौद्धों, सिखों और जैनियों का मान्यता का संघर्ष ज़ारी है। इनमें कुछ कामयाबियाँ भी मिली हैं, उदाहरण के लिए, आनन्द विवाह (संशोधन) अधिनियम 2012 के द्वारा, सिखों को हिन्दू विवाह अधिनियम से मुक्त कर दिया गया। 20 जनवरी 2014 को केन्द्रीय मंत्रिमंडल ने राष्ट्रीय स्तर पर जैनियों को अल्पसंख्यक समुदाय के रूप में मान्यता की अधिसूचना ज़ारी कर दी। इसके अलावा गुजरात फ्रीडम ऑफ़ रिलिजन पर नोट 246 देखें।

263. देखें गुहा 2013a।

264. जबकि ग़ैर-सरकारी संगठनों और समाचार रिपोर्टों में दो हज़ार व्यक्तियों के मारे जाने का ज़िक्र है (देखें 'ए डिकेड ऑफ़ शेम' लेख अनुपम कतकम के द्वारा, *फ्रंटलाइन*, 9 मार्च 2012), तत्कालीन केन्द्रीय गृहराज्य मंत्री, श्रीप्रकाश जैसवाल (कांग्रेस पार्टी से) ने 11 मई 2005 को संसद को बताया कि दंगों में 790 मुसलमान और 254 हिन्दू मारे गए; 2,548 घायल हुए और 223 व्यक्ति लापता हो गए। देखें 'गुजरात रायट डेथ टोल रिवील्ड' http://news.bbc.co.uk/2/hi/south_asia/4536199.stm 10 नवम्बर 2013 को इन्टरनेट पर देखा।

265. 'पीपुल्स ट्रिब्यूनल ने पोटा के दुरुपयोग पर प्रकाश डाला,' द *हिन्दू*, 18 मार्च 2004. यह भी देखें 'ह्यूमन राइट्स वाच अस्क्स सेंटर टु रिपील पोटा,' *प्रेस ट्रस्ट ऑफ़ इंडिया* 8 सितम्बर 2002.

266. देखें 'ब्लड अंडर सैफ़्रन : द मिथ ऑफ़ दलित मुस्लिम कनफ्रंटेशन,' *राउंड टेबल इंडिया*, 23 जुलाई 2013. http://goo.gl/7DU9uH . 10 सितम्बर 2013 को इन्टरनेट पर देखा।

267. देखें http://blogs.reuters.com/india/2013/07/12/interview-with-bjp-

leader-narendra-modi/. 8 सितम्बर 2013 को इन्टरनेट पर देखा।

268. देखें 'दलित लीडर बरिस द हचेट विद आर.एस.एस.,' *टाइम्स ऑफ़ इंडिया,* 31 अगस्त 2006. http://articles.timesofindia.indiatimes.com/2006-08-31/india/27792531_1_rss-chief-k-sudarshan-rashtriya-swayamsewak-sangh-dalit-leader. 10 अगस्त 2013 को इन्टरनेट पर देखा।

269. देखें ज़ेल्लीएट 2013, विशेषकर अध्याय 5, 'पॉलिटिकल डेवलपमेंट, 1935-56,' जोगेन्द्र नाथ मंडल के जीवन और कार्य के वर्णन के लिए देखें द्वैपायन सेन (2010)।

270. *पी.टी.आई. समाचार सेवा,* 20 मार्च 1955, ज़ेल्लीएट (2013, 193) में उद्धृत।

271. देखें वेइस्स, 2011.

272. आंबेडकर का बौद्ध धर्म कैसे दुनिया को पुनर्निर्मित करने का प्रयास है, विस्तृत जानकारी के लिए देखें जोंढाले और बेल्त्ज़ (2004)। भारत में बौद्ध धर्म के वैकल्पिक इतिहास के लिए देखें ओमवेट (2003)।

273. BAWS 11,322.

274. BAWS 17, भाग 2, 444-5. 14 सितम्बर 1956 को आंबेडकर ने प्रधानमंत्री नेहरू को एक पत्र लिखा—'छपाई की लागत बहुत ज़्यादा है और क़रीब बीस हज़ार रुपए आएगी। यह मेरी क्षमता से परे है और मैं इसलिए हर तरफ से सहायता माँग रहा हूँ। मैं सोचता हूँ कि यदि भारत सरकार इस पुस्तक की पाँच सौ प्रतियाँ खरीद ले, विभिन्न पुस्तकालयों में वितरण के लिए और उन विद्वानों के लिए जिन्हें इस वर्ष महात्मा बुद्ध की 2500 वीं जयन्ती समारोह में आमन्त्रित किया गया है।' नेहरू ने उनकी कोई मदद नहीं की। इस पुस्तक को बाद में उनके मरणोपरांत प्रकाशित किया गया था।

275. ब्राह्मणीय हिन्दू धर्म ब्रह्मांडीय समय में विश्वास रखता है, जिसका न कोई आदि है और न कोई अन्त, और यह सर्जन और संहार के वैकल्पिक चक्रों के बीच झूलता रहता है। प्रत्येक महायुग के चार युग होते हैं—सतयुग (स्वर्ण युग), उसके बाद त्रेता, द्वापर और कलियुग। प्रत्येक युग पिछले से छोटा होता है, और अधिक पतित एवं अपभ्रष्ट माना जाता है। कलियुग में वर्णाश्रम धर्म की उपेक्षा की जाती है—शूद्र और अछूत सत्ता-शक्ति हथिया लेते हैं—अराजकता फ़ैल जाती है, और सम्पूर्ण विनाश हो जाता है। कलियुग के विषय में, *भगवद्गीता* कहती है (IX:32)—'यहाँ तक कि वे लोग भी, जो नीच कुल में जन्में है, महिलाएँ, वैश्य और शूद्र, मेरी शरण में आएँगे—सर्वोच्च मोक्ष प्राप्त करेंगे।' (देबरॉय 2005, 137)।

सन्दर्भ ग्रंथ सूची

Adams, Jad. 2011. *Gandhi: Naked Ambition*. London: Quercus.

Alexander, Michelle. 2010. *The New Jim Crow: Mass Incarceration in the Age of Colorblindness*. New York : The New Press.

Aloysius, G. 1997. *Nationalism Without a Nation in India*. New Delhi: Oxford University Press.

Ambedkar, B.R. 2003. *Ambedkar: Autobiographical Notes*. Ed. Ravikumar. Pondicherry: Navayana.

——. 1979–2003. *Dr Babasaheb Ambedkar: Writings and Speeches* (BAWS). Volumes 1–17. Mumbai: Education Department, Government of Maharashtra.

——. 1992. 'Dr Ambedkar's Speech at Mahad.' In *Poisoned Bread: Translations from Modern Marathi Dalit Literature*. Ed. Arjun Dangle. Hyderabad: Orient Longman.

Amin, Shahid. 1998. 'Gandhi as Mahatma: Gorakhpur District, Eastern UP, 1921–2.' In *Selected Subaltern Studies*. Ed. Ranajit Guha and Gayatri Spivak, 288–348. New Delhi: Oxford University Press.

Anand, S. 2002. 'Meenakshipuram Redux.' *Outlook*, 21 October. http://www.outlookindia.com/article.aspx?217605. Accessed 1 August 2013.

——.2008a.'DespiteParliamentaryDemocracy.'*Himal*,August.http://www.himalmag.com/component/content/article/838-despitep arliamentary -democracy.html. Accessed 20 July 2013.

——. 2008b. 'Understanding the Khairlanji Verdict.' *The Hindu*, 5 October.

——. 2009. 'Resurrecting the Radical Ambedkar.' *Seminar*, September.

——. 2012a. 'Between Red And Blue.' 16 April. http://www.out lookindia.com/article.aspx?280573. Accessed 10 August 2013.

——. 2012b. 'A Case for Bhim Rajya.' *Outlook*, 20 August.

Anderson, Perry. 2012. *The Indian Ideology*. New Delhi: Three Essays Collective.

Banerji, Rita. 2008. *Sex and Power: Defining History, Shaping Societies*. New Delhi: Penguin.

——. 2013. 'Gandhi used His Position to Sexually Exploit Young Women.' 15 October. http://www.youthkiawaaz.com/2013/10/gandhi-used-power-position-exploit-young-women-way-react-matters-eventoday/. Accessed 20 October 2013.

Bayly, Susan. 1998. 'Hindu Modernisers and the 'Public' Arena. Indigenous Critiques of Caste in Colonial India.' In *Vivekananda and the Modernisation of Hinduism*. Ed. William Radice, 93–137. New Delhi: Oxford University Press.

Béteille, André. 2001. 'Race and Caste.' *The Hindu*, 10 March.

Bhasin, Agrima. 2013. 'The Railways in Denial.' Infochange News and Features, February. http://infochangeindia.org/human-rights/strugglefor-human-dignity/the-railways-in-denial.html. Accessed 5 August 2013.

Birla, G.D. 1953. *In the Shadow of the Mahatma: A Personal Memoir*. Calcutta: Orient Longman.

Breman, Jan. 2004. *The Making and Unmaking of an Industrial Working Class: Sliding Down the Labour Hierarchy in Ahmedabad, India*. New Delhi: Oxford University Press.

Buckwalter, Sabrina. 2006. 'Just Another Rape Story.' *Sunday Times of India*, 29 October.

Carnegie, Andrew. 1889. *The Gospel of Wealth*. http://www.swarth more.edu/SocSci/rbannis1/AIH19th/Carnegie.html. Accessed 26 August 2013.

Chandavarkar, Rajnarayan. 2009. *History, Culture and the Indian City: Essays*. Cambridge: Cambridge University Press.

Chandra, Uday. 2013. 'Liberalism and Its Other: The Politics of Primitivism in Colonial and Postcolonial Indian Law.' *Law & Society Review* 47 (1): 135–68.

Chawla, Prabhu. 1999. 'Courting Controversy.' *India Today*, 29 January.

Chitre, Dilip. 2003. *Says Tuka: Selected Poems of Tukaram*. Pune: Sontheimer Cultural Association.

Chowdhry, Prem. 2007. *Contentious Marriages, Eloping Couples: Gender, Caste and Patriarchy in Northern India*. New Delhi: Oxford University Press.

Chugtai, Ismat. 2003. *A Chugtai Collection*. Tr. Tahira Naqvi and Syeda S. Hameed. New Delhi: Women Unlimited.

Damodaran, Harish. 2008. *India's New Capitalists: Caste, Business, and Industry in a Modern Nation*. New Delhi: Permanent Black.

Dangle, Arjun, ed. 1992. *Poisoned Bread: Translations from Modern Marathi Dalit Literature*. Hyderabad: Orient Longman.

Das, Bhagwan, ed., 1980. *Rare Prefaces* [of B.R. Ambedkar]. Jullundur: Bheem Patrika.

——. 2000. 'Moments in a History of Reservations'. *Economic & Political Weekly*, 28 October: 3381–4.

——. 2010. *Thus Spoke Ambedkar, Vol.1: A Stake in the Nation*. New Delhi: Navayana.

Davis, Mike. 2002. *The Great Victorian Holocausts: El Nino Famines and the Making of the Third World*. New York: Verso.

Debroy, Bibek, tr. 2005. *The Bhagavad Gita*. New Delhi: Penguin.

Desai, Ashwin and Goolam Vahed. 2010. *Inside Indian Indenture: A South African Story, 1860–1914*. Cape Town: HSRC Press.

Deshpande, G.P., ed. 2002. *Selected Writings of Jotirao Phule*. New Delhi: LeftWord.

Devji, Faisal. 2012. *The Impossible Indian: Gandhi and the Temptation of Violence*. Cambridge, Massachusetts: Harvard University Press.

Dogra, Chander Suta. 2013. *Manoj and Babli: A Hate Story*. New Delhi: Penguin.

Doniger, Wendy. 2005. *The Rig Veda*. New Delhi: Penguin.

——. and Brian K. Smith. Tr. 1991. *The Laws of Manu*. New Delhi: Penguin Books.

Fischer, Louis. 1951. *The Life of Mahatma Gandhi*. New Delhi: Harper Collins. (Rpr. 1997.)

Gajvee, Premanand. 2013. 'Gandhi–Ambedkar.' In *The Strength of Our Wrists: Three Plays*. Tr. from Marathi by Shanta Gokhale and M.D. Hatkanangalekar, 91–150. New Delhi: Navayana.

Gandhi, Leela. 1996–97. 'Concerning Violence: The Limits and Circulations of Gandhian Ahimsa or Passive Resistance.' *Cultural Critique*, 35. 105–47.

Gandhi, Lingaraja. 2004. 'Mulk Raj Anand: Quest for So Many Freedoms.' *Deccan Herald*, 3 October. http://archive.deccanher ald.com/deccanherald/oct032004/sh1.asp. Accessed 5 October 2013.

Gandhi, M.K. 1999. *The Collected Works of Mahatma Gandhi* (Electronic Book). 98 volumes. New Delhi: Publications Division, Government of India.

Ghosh, Suniti Kumar. 2007. *India and the Raj, 1919–1947: Glory, Shame, and Bondage*. Calcutta: Sahitya Samsad.

Godse, Nathuram. 1998. *Why I Assassinated Mahatma Gandhi*. New Delhi: Surya Bharti Prakashan.

Golwalkar, M.S. 1945. *We, or Our Nationhood Def ned.* Nagpur: Bharat Prakashan. Fourth ed.

Guha, Ramachandra. 2013a. 'What Hindus Can and Should be Proud Of.' *The Hindu*, 23July. http://www.thehindu.com/opinion/lead/what-hindus-can-and-should-be-proud-of/article4941930.ece. Accessed 24 July 2013.

——. 2013b. *India Before Gandhi*. New Delhi: Penguin.

Gupta, Dipankar. 2001. 'Caste, Race and Politics.' *Seminar*, December.

——. 2007. 'Why Caste Discrimination is not Racial Discrimination.' *Seminar*, April.

Guru, Gopal. 2012. 'Rise of the 'Dalit Millionaire': A Low Intensity Spectacle.' *Economic & Political Weekly*, 15 December: 41–49.

Guy, Jeff. 1994. *The Destruction of the Zulu Kingdom: The Civil War in Zululand, 1879–1884*. Pietermaritzburg: University of Natal Press.

——. 2005. *The Maphumulo Uprising: War, Law and Ritual in the Zulu Rebellion*. Scotsville, South Africa: University of KwaZulu-Natal Press.

Hardiman, David. 1996. *Feeding the Baniya: Peasants and Usurers in Western India*. New Delhi: Oxford University Press.

——. 2006. 'A Forgotten Massacre: Motilal Tejawat and His Movement amongst the Bhils, 1921–2.' In *Histories for the Subordinated*, 29–56. Calcutta: Seagull.

——. 2004. *Gandhi: In His Time and Ours: The Global Legacy of His Ideas*. New York: Columbia University Press.

Hickok, Elonnai. 2012. 'Rethinking DNA Profiling in India.' *Economic & Political Weekly*, 27 October. Web exclusive piece: http://www.epw.in/web-exclusives/rethinking-dna-profiling-india.html#sdfootnote20anc. Accessed 10 September 2013.

Hochschild, Adam. 2011. *To End All Wars: A Story of Loyalty and Rebellion, 1914–1918*. London: Houghton Mifflin Harcourt.

Human Rights Watch. 1999. *Broken People: Caste Violence against India's 'Untouchables'.* New York: Human Rights Watch.

Hutton, J.H. 1935. *Census of India 1931*. Delhi: Government of India.

Ilaiah, Kancha. 1996. *Why I Am Not a Hindu: A Sudra Critique of Hindutva Philosophy, Culture and Political Economy*. Calcutta: Samya.

Jaffrelot, Christophe. 2005. *Dr Ambedkar and Untouchability: Analysing and Fighting Caste*. New Delhi: Permanent Black.

Jamnadas, K. 2010. '*Manusmriti* Dahan Din' [*Manusmriti* burning day]. 14 July. *Round Table India* (roundtableindia.co.in). Accessed 6 September 2013.

Janyala, Sreenivas. 2005. 'Tsunami Can't Wash this Away: Hatred for Dalits.'

The Indian Express, 7 January.

Jaoul, Nicolas. 2006. 'Learning the Use of Symbolic Means: Dalits, Ambedkar Statues and the State in Uttar Pradesh.' *Contributions to Indian Sociology* 40 (2): 175–207.

Jondhale, Surendra and Johannes Beltz. 2004. *Reccnstructing the World: B.R. Ambedkar and Buddhism in India*. New Delhi: Oxford University Press.

Joseph, George Gheverghese. 2003. *George Joseph: The Life and Times of a Kerala Christian Nationalist*. Hyderabad: Orient Longman.

Jose, Vinod K. 2010. 'Counting Castes.' *Caravan*, June.

Josh, Sohan Singh. 2007. *Hindustan Gadar Party: A Short History*. Jalandhar: Desh Bhagat Yadgar Committee. (Orig. publ. 1977.)

Juergensmeyer, Mark. 2009. *Religious Rebels in the Punjab: The Ad Dharm Challenge to Caste*. New Delhi: Navayana. (Orig. publ. 1982.)

Kael, Pauline. 1982. 'Tootsie, Gandhi, and Sophie.' *The New Yorker*, 27 December.

Kandasamy, Meena. 2013. 'How Real-Life Tamil Love Stories End.' *Outlook*, 22 July.

Kapur, Devesh, Chandra Bhan Prasad, Lant Pritchett and D. Shyam Babu. 2010. 'Rethinking Inequality: Dalits in Uttar Pradesh in the Market Reform Era.' *Economic & Political Weekly*. 28 August: 39–49.

Keer, Dhananjay. 1990. *Dr Ambedkar: Life and Mission*. Mumbai: Popular Prakashan. (Orig. publ. 1954.)

Khandekar, Milind. 2013. *Dalit Millionaires: 15 Inspiring Stories*. Tr. From Hindi by Vandana R. Singh and Reenu Talwar. New Delhi: Penguin.

Kishwar, Madhu. 2006. 'Caste System: Society's Bold Mould.' *Tehelka*, 11 February http://archive.tehelka.com/story_main16.a sp?filename= In021106Societys_12.asp. Accessed 10 October 2013.

Kosambi, D.D. 1948. 'Marxism and Ancient Indian Culture.' *Annals of the Bhandarkar Oriental Research Institute*. Vol. 26, 271–7.

Krishna, Raj. 1979. 'The Nehru Gandhi Polarity and Economic Policy.' Ed. B.R. Nanda, P.C. Joshi and Raj Krishna, 51–64. In *Gandhi and Nehru*. New Delhi: Oxford University Press.

Kumar, Vinoj P.C. 2009. 'Bringing Out the Dead.' *Tehelka*, 4 July. http://www.tehelka.com/bringing-out-the-dead/#. Accessed 10 August 2013.

——. 2009b. 'Numbness of Death.' *Tehelka*, 4 July. http://www.tehelka.com/numbness-of-death/. Accessed 10 August 2013.

Lal, Vinay. 2008. 'The Gandhi Everyone Loves to Hate.' *Economic & Political Weekly*, 4 October: 55–64.

Lelyveld, Joseph. 2011. *Great Soul: Mahatma Gandhi and His Struggle With India*. New York: Alfred A. Knopf.

Mani, Braj Ranjan. 2005. *Debrahmanising History: Dominance and Resistance in Indian Society*. New Delhi: Manohar.

——. 2012. 'Amartya Sen's Imagined India.' 4 June. http://www.countercurrents.org/mani040612.htm. Accessed 15 July 2013.

Mendelsohn, Oliver and Marika Vicziany. 1998. *The Untouchables: Subordination, Poverty and the State in Modern India*. Cambridge: Cambridge University Press.

Menon, Dilip. 2006. *The Blindness of Insight: Essays on Caste in Modern India*. Pondicherry: Navayana.

Menon, Meena and Neera Adarkar. 2005. *One Hundred Years, One Hundred Voices: The Millworkers of Girangaon: An Oral History*. Calcutta: Seagull.

Menon, Visalakshi. 2003. *From Movement to Government: The Congress in the United Provinces, 1937–42*. New Delhi: Sage.

Mishra, Sheokesh. 2007. 'Holy Word.' *India Today*, 20 December. http://indiatoday.intoday.in/story/Holy+word/1/2736.html. Accessed 26 August 2013.

Mohanty, B.B. 2001. 'Land Distribution among Scheduled Castes and Tribes.' *Economic & Political Weekly*, 6 October: 1357–68.

Mukherjee, Aditya, Mridula Mukherjee and Sucheta Mahajan. 2008. *RSS School Texts and the Murder of Mahatma Gandhi: The Hindu Communal Project*. New Delhi: Sage.

Muktabai (Salve). 1855/1991. 'Mang Maharachya Dukhavisayi.' Tr. Maya Pandit, 'About the Griefs of the Mangs and Mahars.' In *Women Writing in India: 600 B.C. to the Present*. Ed. Susie Tharu and K. Lalita, 214–16. New Delhi: Oxford University Press.

Murthy, Srinivasa. 1987. *Mahatma Gandhi and Leo Tolstoy: Letters*. Long Beach: Long Beach Publications.

Nagaraj. D.R. 2010. *The Flaming Feet and Other Essays: The Dalit Movement in India*. Ranikhet: Permanent Black.

Nambissan, Geetha B. 2002. 'Equality in Education: The Schooling of Dalit Children in India.' In *Dalits and the State*. Ed. Ghanshyam Shah, 79–128. New Delhi: Concept.

Namboodiripad, E.M.S. 1986. *History of the Indian Freedom Struggle*. Trivandrum: Social Scientist Press.

Nandy, Ashis. 1983. *Intimate Enemy: Loss and Recovery of Self under Colonialism*. New Delhi: Oxford University Press.

Natarajan, Balmurli. 2007. 'Misrepresenting Caste and Race.' *Seminar*, April.

——. and Paul Greenough, ed. 2009. *Against Stigma: Studies in Caste, Race and Justice Since Durban*. Hyderabad: Orient Blackswan.

National Commission for Scheduled Castes and Scheduled Tribes. 1998.

Fourth Report. New Delhi: NCSCST.

National Crime Records Bureau. 2012. *Crime in India 2011: Statistics*. New Delhi: NCRB, Ministry of Home Affairs.

Nauriya, Anil. 2006. 'Gandhi's Little-Known Critique of Varna.' *Economic & Political Weekly*, 13 May: 1835–8.

Navaria, Ajay. 2013. *Unclaimed Terrain*. Tr. Laura Brueck. New Delhi: Navayana.

Navsarjan Trust and Robert F. Kennedy Center for Justice & Human Rights. N.d. *Understanding Untouchability: A Comprehensive Study of Practices and Conditions in 1589 Villages*. http://navsarjan.org/Documents/Untouchability_Report_FINAL_Com plete.pdf. Accessed 12 September 2013.

Omvedt, Gail. 1994. *Dalits and the Democratic Revolution: Dr Ambedkar and the Dalit Movement in Colonial India*. New Delhi: Sage.

——. 2003. *Buddhism in India: Challenging Brahmanism and Caste*. New Delhi: Sage.

——. 2004. *Ambedkar: Towards an Enlightened India*. New Delhi: Penguin.

——. 2008. *Seeking Begumpura: The Social Vision of Anticaste Intellectuals*. New Delhi: Navayana.

Parel, Anthony, ed. 1997. *'Hind Swaraj' and Other Writings*. Cambridge: Cambridge University Press.

Patel, Sujata. 1988. 'Construction and Reconstruction of Women in Gandhi.' *Economic & Political Weekly*, 20 February: 377–87.

Patwardhan, Anand. 2011. *Jai Bhim Comrade*. DVD, documentary film. Phadke, Y.D. 1993. *Senapati Bapat: Portrait of a Revolutio-nary*. New Delhi: National Book Trust.

Prashad, Vijay. 1996. 'The Untouchable Question.' *Economic & Political Weekly*, 2 March: 551–9.

——. 2001. *Untouchable Freedom: A Social History of a Dalit Community*. New Delhi: Oxford University Press.

Pyarelal. 1932. *The Epic Fast*. Ahmedabad: Navajivan.

Raman, Anuradha. 2010. 'Standard Deviation.' *Outlook*, 26 April.

Ramaswamy, Gita. 2005. *India Stinking: Manual Scavengers in Andhra Pradesh and Their Work*. Chennai: Navayana.

Ravikumar. 2009. *Venomous Touch: Notes on Caste, Culture and Politics*. Calcutta: Samya.

Rege, Sharmila. 2013. *Against the Madness of Manu: B.R. Ambedkar's Writings on Brahmanical Patriarchy*. New Delhi: Navayana.

Renold, Leah. 1994. 'Gandhi: Patron Saint of the Industrialist.' *Sagar: South Asia Graduate Research Journal* 1 (1): 16–38.

Sainath, P. 2013a. 'Over 2,000 Fewer Farmers Every Day.' *The Hindu*, 2 May.

——. 2013b. 'Farmers' Suicide Rates Soar Above the Rest.' *The Hindu*, 18 May.

——. 1999a. 'One People, Many Identities.' *The Hindu*, 31 January.

——. 1999b. 'After Meenakshipuram: Caste, Not Cash, Led to Conversions.' *The Hindu*, 7 February.

Santhosh S. and Joshil K. Abraham. 2010. 'Caste Injustice in Jawaharlal Nehru University.' *Economic & Political Weekly*, 26 June: 27–9.

Satyanarayana, K. and Susie Tharu, ed. 2013. *The Exercise of Freedom: An Introduction to Dalit Writing*. New Delhi: Navayana.

Savarkar, V.D. 1923. *Hindutva*. Nagpur: V.V. Kelkar.

Sen, Dwaipayan. 2010. 'A Politics Subsumed.' *Himal*, April.

Singh, G.B. 2004. *Gandhi: Behind the Mask of Divinity*. New York: Prometheus Books.

Singh, Khushwant. 1990. 'Brahmin Power.' *Sunday*, 29 December.

Singh, Patwant. 1999. *The Sikhs*. London: John Murray/New Delhi: Rupa.

Skaria, Ajay. 2006. 'Only One Word, Properly Altered: Gandhi and the Question of the Prostitute.' *Economic & Political Weekly*, 9 December: 5065–72.

Swan, Maureen. 1984. 'The 1913 Natal Indian Strike.' *Journal of Southern African Studies* 10 (2): 239–58.

——. 1985. *Gandhi: The South African Experience*. Johannesburg: Ravan Press. Tagore, Rabindranath. 2007. *The English Writings of Rabindranath Tagore, Vol 2: Poems*. New Delhi: Atlantic.

Teltumbde, Anand. 2005. *Anti-Imperialism and Annihilation of Castes*. Thane: Ramai Prakashan.

——. 2010a. *The Persistence of Caste: The Khairlanji Murders and India's Hidden Apartheid*. New Delhi: Navayana/London: Zed Books.

——. 2010b. 'Dangerous Sedative'. *Himal*, April. http://www.himalmag.com/component/content/article/132-.html. Accessed 20 August 2013.

——. 2012. 'It's Not Red vs. Blue.' *Outlook*, 20 August. http://www.outlookindia.com/article.aspx?281944. Accessed 22 August 2013.

——and Shoma Sen, ed. 2012a. *Scripting the Change: Selected Writings of Anuradha Ghandy*. New Delhi: Danish Books.

——. 2013. '*Aerocasteics* of Rahul Gandhi.' *Economic & Political Weekly*: 2 November: 10–11.

Tharu, Susie and K. Lalita, ed. 1997. *Women Writing in India, Vol. 1: 600 B.C. to the Early Twentieth Century*. New Delhi: Oxford University Press.

(Orig. publ. 1991.)

Thorat, S.K. and Umakant, ed. 2004. *Caste, Race, and Discrimi-nation: Discourses in International Context*. New Delhi: Rawat.

——. 2009. *Dalits in India: Search for a Common Destiny*. New Delhi: Sage.

Tidrick, Kathryn. 2006. *Gandhi: A Political and Spiritual Life*. London: I.B. Tauris.

Valmiki, Omprakash. 2003. *Joothan: A Dalit's Life*. Calcutta: Samya.

Vanita, Ruth. 2002. 'Whatever Happened to the Hindu Left?' *Seminar*, April.

Viswanathan, S. 2005. *Dalits in Dravidian Land: Frontline Reports on Anti-Dalit Violence in Tamil Nadu (1995–2004)*. Chennai: Navayana.

Viswanath, Rupa. 2012. 'A Textbook Case of Exclusion.' *The Indian Express*, 20 July.

——. 2014 (forthcoming). *The Pariah Problem: Caste, Religion, and the Social in Modern India*. New York: Columbia University Press/New Delhi: Navayana.

Vyam, Durgabai, Subhash Vyam, Srividya Natarajan and S. Anand. 2011. *Bhimayana: Experiences of Untouchability*. New Delhi: Navayana.

Weiss, Gordon. 2011. *The Cage: The Fight for Sri Lanka and the Last Days of the Tamil Tigers*. London: The Bodley Head.

Wolpert, Stanley. 1993. *A New History of India*. New York: Oxford University Press. (Orig. Publ. 1973.)

Zelliot, Eleanor. 2013. *Ambedkar's World: The Making of Babasaheb and the Dalit Movement*. New Delhi: Navayana.

Zinn, Howard and Anthony Arnove. 2004. *Voices of a People's History of the United States*. New York: Seven Stories Press.

अनुक्रमणिका

❂❂❂

अनुवादक

अनिल यादव 'जयहिंद' पेशे से चिकित्सक एवं अस्पताल प्रशासक हैं। भारत के मज़दूरों के लिए बनी ई.एस.आई. कॉरपोरेशन के अस्पतालों और योजनाओं के सुधार के लिए बनी भारत सरकार की समिति के सदस्य रहे। 'नेताजी सुभाष का आह्वान' पुस्तक के लेखक हैं।

रतन लाल दिल्ली विश्वविद्यालय से स्नातक तथा पी-एच.डी.। तक़रीबन दो दशक से शिक्षण और शोध-कार्य में संलग्न हैं। *और कितने रोहित, काशी प्रसाद जायसवाल : दि मेकिंग ऑफ ए 'नेशनलिस्ट' हिस्टोरियन, काशी प्रसाद जायसवाल संचयन* (तीन खंडों में), *काशी प्रसाद जायसवाल (संस्मरण, श्रद्धांजलि, समालोचना)* इनकी प्रकाशित पुस्तकें हैं। सामाजिक-राजनीतिक कार्यकर्ता के रूप में भी सक्रिय। हिन्दू कॉलेज, (दिल्ली वि.वि.) में इतिहास के एसोसिएट प्रोफेसर हैं।